백광

KB179650

렌조 미키히코

양윤옥

장편소설

옮김

모모

백광
白光

렌조 미키히코
連城三紀彦

목차

1

　새벽녘 꿈속에서 아내가 웃고 있었다.

　잠깐 한순간 보인 얼굴이었다.

　그런데도 잠이 깬 뒤까지 그 얼굴은 끈질기게 뇌리에 엉겨 붙었다. 보통 때의 꿈이라면 아침 햇살에 의식이 차츰 뚜렷해지면서 허망할 만큼 깨끗이 사라지는데 몇십 년 만인지 모를 아내의 얼굴은 거꾸로 빛을 얻어 양화陽畵(음화陰畵를 인화지에 박은 사진으로, 색채나 명암이 실물과 동일하게 나타난다)로 도드라지는 필름처럼 선명해졌다.

　어젯밤에는 여느 때와 똑같이 오후 10시에 잠자리에 들었고, 평소 같으면 한밤중에 한 번은 잠이 깨는데 웬일로 눈을 떴을 때는 벌써 새벽 가까운 시각이었다.

　시계로 확인한 건 아니지만 눈을 뜨자마자 커튼으로 빛이 부옇게 스며들어서 새벽인 줄 알았다. 얼마 동안이나 눈을 뜬 채 천장을 바라보았을까. 천장의 나무옹이가 또렷이

7

보이기 전에 다시 잠에 빠져든 것 같기도 하고….

일흔 살 넘어 최근 몇 년 동안, 잠은 강물처럼 탁해졌다.

잠의 깊이가 강처럼 변한 것이다. 얕은 잠은 탁한 개울물이나 겨우 헤적거리는 것 같고, 깊은 잠은 어두운 강 밑바닥으로 잠겨 들면서도 완전히 가라앉지 못한 채 깊고 무거운 진흙 같은 물속에 반쯤은 묻히고 반쯤은 떠 있었다. 바닥까지 가라앉으면 그건 곧 죽음이고 두 번 다시 이 깊디깊은 잠에서 떠오를 수 없으리라…. 눈을 뜨면 매번 그런 생각이 들었다.

눈을 떴는데도 의식이 아직 흙탕물 속이어서 이게 바로 죽음인지 모른다는 생각이 들 때도 있었다.

일흔이 되고 처음 한동안은 죽음이 주춤주춤 다가와 해가 갈수록 성가신 물건처럼 자꾸 들러붙는다 했더니만 최근일이 년 사이에는 또 다른 나 자신이나 친한 친구처럼 내 몸속에 들어앉아 아예 일상이 되어버렸다.

"아버님, 일어나셨어요?"

며느리 사토코가 장지문을 살짝 열고 인사를 했다.

으응, 하고 대답했다.

"아침밥, 어떻게 할까요. 바로 드시겠어요?"

"으응."

그렇게 대답하고는 눈을 감고 이대로 죽을지도 모른다고 생각했다.

다시 아내의 얼굴이 선명하게 떠올라서 꿈보다 훨씬 깊은 꿈에 떨어진 것 같기도 했다.

아까 꾼 꿈이 조금씩 생각났다.

　스물두 살 아내의 얼굴은 흐린 유리창 너머에 있었다. 기차 유리창이다. 아내는 플랫폼에 우두커니 서서 어딘가로 떠나려는 한 남자를 배웅하고 있다…. 유리창 이쪽 편에 있는 건 나였다.

　내가 어떤 얼굴을 하고 있는지는 모르겠다. 표정이 흐릿해진 아내의 얼굴에 정신이 팔려 아무 생각도 없다.

　아내는 울고 있는지도 모른다. 하지만 그렇다고 해도 흐린 유리창이 그녀의 표정에서 슬픔을 모조리 지워버려 슬며시 미소 짓는 것처럼만 보인다.

　희미한 색깔이… 미소라고 하기에는 너무도 희미한 색깔이 아내의 검은 눈동자에 어려 있다. 옛날 활동사진의 여배우는 대부분 브로마이드 속에서 꿈처럼 아련한 미소를 지었지만 아내의 얼굴은 그 사진을 탁한 유리창 몇 겹 너머에 놓고 바라보는 듯 희미했다.

　스물둘?

　왠지 아내의 그 나이만 몹시도 선명하게 머릿속 한 귀퉁이에 달라붙어 있다.

　내가 몇 살이었는지는 모르겠다. 아내와의 나이 차는 기억하니까 쉽게 내 나이도 알 수 있을 텐데 왜 그런지 얼른 떠오르지 않는다. 지금 내 나이는 분명 일흔다섯…. 그러니까 그해 그날의 내가 몇 살이었는지는 생각해내려고 하면 알 수 있을 터였다. 하지만 그토록 중요한 인생에서의 한순간을 내 나이가 아니라 아내의 나이부터 먼저 챙겨보는 나 자신이 이상했다.

　중요한 한순간?

꿈속에 인생의 중요한 한순간이라는 게 있을까?

그래, 그건 꿈이 아니었던 것이다.

문득 그렇게 깨달았다.

새벽녘의 얕은 잠 속을 헤매면서 반쯤 의식이 깨어나 몇 년 만에 옛날 그때의 아내 얼굴을 생각해낸 것이다.

그때라고?

돌연 주위에 환성이 끓어올랐다.

가까이에 초등학교가 있어서 학교가 시작되면 아이들의 환성이 들려오는 것인데 지금은 여름방학이라 쓸쓸할 만큼 정적밖에 전달되지 않는다. 게다가 이른 아침 시간이다….

환성은 나이 든 이 몸속에서 끓어오른 것이다. 모두 만세, 만세, 라고 외치고 있다…. 그 목소리가 유리창을 깨버릴 만큼 요란하게 들려온다. 나는 그 기차에 지금 막 올라탄 참이고, 필사적으로 창문을 열려고 했지만 녹이 슨 창틀은 꿈쩍도 하지 않았다. 옆자리의 승객들이 도와줬지만 소용없었다. 그래서 나는 다급하게 흐릿한 유리창을 닦으려다가 그 손을 일순 멈췄다.

그래, 분명 그런 순서였다. 흐리터분한 유리에는 누군가 손바닥을 대고 꾹 눌렀는지 한 군데만 플라타너스 잎사귀 모양으로 트여서 거기로 플랫폼에 서 있는 아내의 얼굴이 보였다. 아내 쪽에서도 차창에 가까이 다가와 거기로 남편인 내 얼굴을 들여다보고… 그리고 미소를 지은 것이다.

아니, 그게 웃는 얼굴인지 선뜻 알지 못해서 나는 급하게 군복 소매로 뿌옇게 흐린 유리를 닦았다. 아내 주위에 수

없이 많은 얼굴들이 있었지만 내가 바라본 것은 아내의 얼굴뿐이었다.

아내는 혼자가 아니었다. 그 옆에 아직 어린 딸이 서 있고 아내가 아이의 작은 손을 잡고 있었다.

딸아이는 그때 겨우 네 살이었다. 시치고산(아이가 3세, 5세, 7세 되는 해의 11월 15일에 무사히 성장한 것을 축하해주는 일본의 풍습) 때처럼 알록달록한 색깔의 기모노를 입었다. 제 엄마가 잡은 손에는 국기를 들고 있다. 왼손이다…. 그것까지 또렷하게 생각났다.

내가 기차에 올라타고, 흐린 유리창을 닦아 아내의 얼굴이 또렷하게 보인 그 순간, 발차 벨이 울렸다. 기차는 슬금슬금 움직이고 만세 소리와 깃발의 폭풍으로 변한 플랫폼이며 그 폭풍 속에서 꼼짝 않고 서 있는 아내의 얼굴이 천천히 멀어져가고… 그 순간에야 비로소 나는 아내의 얼굴에서 눈을 돌려 딸아이를 보았다. 딸아이는 아내의 얼굴 표정을 따라 하듯이 희미하게 미소를 지으며 멀어져가는 나를… 제 아버지를… 지켜보고 있었다. 아버지가 어디로 떠나는지도 알지 못하고 국기의 의미도 알지 못한 채, 깃발을 잘게 흔들었다. 그것이 왼손이었다는 것을 지금 나는 또렷하게 기억해낼 수 있는 것이다.

딸아이는 자신의 의사에 따라 그 깃발을 휘두른 게 아니었다. 제 엄마가 붙잡은 딸의 손을 흔들어서 깃발이 휘둘렸을 뿐이다.

딸아이는 정말 아무것도 알지 못한 채 만세 소리의 소용돌이 속에 조그맣게 파묻혀 그저 무심히 미소를 짓고 있었다…. 그런데도 아내의 표정을 따라 한 듯이 느껴진 것은 아내 쪽이 거꾸로 아이의 표정을 따라 천진한 미소를 지었기 때문인지도 모른다.

한겨울 꽁꽁 얼어붙은 밤이었으니까 그 역 플랫폼에도 눈발이 휘날렸을 텐데 사진처럼 분명한 윤곽으로 생각나는 그 광경에 눈이라고는 한 조각도 없다.

창밖이 증기로 지워지며 점점 멀어져가는 광경이라서 사진이라기보다 기록 필름이나 영화처럼 떠오르는 것이다.

게다가 그건 무성영화 시대의 색깔 없는 영상이다. 생각나는 그 광경에는 소리도 색깔도 없다. 국기도 딸의 기모노 무늬도 흑백 영화하고 똑같다. 들려오는 건 발차 벨 소리뿐이고 눈에 들어오는 건 그 순간 아내의 눈에 어려 있던 한 가지 색깔….

그것이 그 뒤, 아마도 한 달여 만에 도착했을 터인 남태평양 섬에서의 기억과는 다른 점이었다.

그 섬은 모든 것이 색채로 넘쳐났다. 바다도 하늘도 한없이 파랗고 하얀 햇빛이며 미적지근한 비까지도 극채색을 내뿜었다.

남태평양의 섬?

내가 오늘도 또 그 남태평양의 섬으로 돌아가려고 하는 건가. 예전에는 잠에 빠져 꿈속에서나 갔던 그 섬을 요즘에는 잠이 깬 뒤에도 갈 수 있다. 방금 전까지 집 정원에서 놀고 있었는데 문득 깨닫고 보면 섬의 밀림 속이어서 흠칫하는 일이 있는 것이다…. 아니, 어쩌면 지금 내가 깨어 있다고 생각할 뿐, 사실은 잠에 빠져 있는지도 모른다. 이 방

침대에 누워 있는 내가 오히려 꿈속에 있는 것인지도 모른다…. 사실은 내가 아직 새파랗게 젊은 군인이고 남태평양의 섬에서 전쟁을 하던 중에 지칠 대로 지친 몸으로 잠에 곯아떨어져 몇십 년쯤 뒤의 노인이 된 나를 꿈속에서 보고 있는 것인지도 모른다. 하지만 어느 쪽이 됐건 지금 이 순간에는 나 자신을 일흔다섯 살의 건망증 심한 노인네라고 생각하고 있어서 방금 며느리가 아침 인사를 한 것이며 어제 있었던 일들을 벌써 먼 옛날 일처럼 까막까막 잊어버리고 있다….

어젯밤에 잠을 자기 전에도 무슨 일인가 일어났었다. 뭔가 아주 곤란한 일이…. 그것이 무엇인지 전혀 생각나지 않는데 오히려 먼 옛날 일은 어제 일처럼 또렷하게 떠오른다.

지금껏 까맣게 잊고 있었던 어린 시절의 아주 작은 일들이며 일이라고 할 것도 없는 사소한 것들까지….

이를테면 대여섯 살 때쯤에 동네 축제에 다녀오는 길에 나막신 코의 끈이 끊어졌던 것이며 한여름에 친구와 절 본당 아래서 밤을 새운 일…. 축제 날 밤에 어머니가 입은 옷 색깔이며 밤중에 노점에 꽂혀 있던 팔랑개비 색깔, 절을 온통 뒤덮을 듯 피어 있던 여름 싸리나무의 하얀 빛깔이며 깜깜한 어둠 속에서 맡았던 그 숨 막힐 듯한 향기…. 그리고 작은 골목길이며 한두 번 마주쳤을 뿐인 사람들.

며느리 사토코와는 벌써 몇 년째 함께 살고 있는데도 그 얼굴이 얼른 생각나지 않을 때가 있는데 벌써 칠십여 년 전에 딱 한 번 길에서 마주쳤던 약장수나 한겨울 눈길에 넘어진 나를 일으켜주던 길 가던 아주머니의 얼굴이 또렷이 되살아난다….

　푹푹 나이가 들어 앞으로 내가 살날이라고 해봐야 뻔한 것이다.

　별 여한도 없고 죽는 건 조금도 두렵지 않다. 지금도 이렇게 눈을 감은 채 죽을 수 있다면 그게 가장 행복한 일이라는 생각이 든다. 아니, 행복하다는 느낌 따위도 없이 그저 자연스럽게… 나뭇잎이 시들어 어느 날 어느 순간 가지에서 뚝 떨어지듯이 죽을 수 있을 것 같다.

　그게 아니면 아직 거기까지 깨우친 건 아닌지도 모른다. 가느다란 밧줄 위에서 줄타기를 할 수밖에 없는 앞으로의 일을 생각하면 왠지 너무도 괴로워서 한사코 과거로 도망치려는 것인지도 모른다…. 아니, 아니, 그게 아니라 이 세상에 운명이란 게 정말로 있다면 그 운명이 무無로 변해버릴 앞날을 보상하려고 이토록 풍성한 과거를 베풀어주는 것인지도 모른다.

　하루하루 몸이 쇠약해져 가는 것에 반비례해서 요즘은 추억만 하루하루 젊어져 간다.

　하지만 그 추억도 이제 슬슬 한계에 다다른 모양이다. 날마다 천장을 올려다보며 옛날 일을 이래저래 곱씹었으니 이제는 그 추억의 재료도 떨어진 모양이다. 아직 재료가 고갈되지 않은 것은 두 가지 과거뿐이다. 만세 소리와 아내의 미소로 배웅을 받으며 죽음의 길을 떠났던 전쟁 통의 그날 밤, 그리고 천신만고의 항해 끝에 도착한 남태평양의 섬, 허연 불꽃처럼 작열하는 태양 빛이 내리쬐는, 새파란 바다에 둥실 떠오른 듯한 원색의 섬. 그 두 가지는 몇 번을 떠올려도 처음과 똑같이 선명하게 내 머리와 몸을 온통 점령한다. 전쟁 끝난 뒤의 지난 몇십 년 동안의 내 인생은 그 두 가지 과거를 떠올리는 것뿐이었으니까.

아니, 역시 나는 꿈을 꾸는 것이다. 겨우 그런 것밖에 없었다니, 그렇다면 내 인생이 너무 적막하지 않은가. 남태평양의 섬도, 고향 역의 플랫폼도 그저 꿈에 지나지 않는 것이다…. 플랫폼에서 아이의 손을 잡고 아내가 밤 기차 유리창 너머로 내보인 마지막 미소도.

유키코….

문득 그런 이름이 떠오른다.

그 플랫폼에 서 있던 아내의 이름도 아니고 딸의 이름도 아니다. 누군가 다른 여자의 이름이다….

하지만 유키코라니, 그게 누굴까. 어젯밤에 그 유키코라는 여자 때문에 아들 내외가 뭔가 말다툼을 했던 것 같은데…. 아, 그렇지, 말다툼이 아니다. 누군가에게서 전화가 걸려왔고 며느리가 묘하게 신경질적인 목소리로 아들을 향해 "유키코 전화야. 내일 또 오려나봐"라고 말했던 것이다.

어젯밤?

하지만 어제라는 건 언제일까.

유키코… 대체 그게 누굴까.

남편 류스케를 회사에 보내고 빨래를 끝냈을 때쯤에 전화벨이 울렸다.

주방 식탁에서 여름방학 숙제를 하던 딸 가요가 전화를 받고 정원에 내려와 있던 사토코를 큰 소리로 불렀다.

"엄마, 유키코 이모 전화야."

사토코는 한 장 남은 남편의 속옷을 마저 빨래 건조대에 널었다. 주방으로 돌아와 가요의 그림일기를 들여다보며 "그렇게 하면 안 돼. 나중에 엄마가 도와줄 테니까 다시 그리자"라고 한마디 해주고는 아직 옆에 걸쳐놓은 수화기를 느릿느릿 집어 들었다. 여동생 유키코가 무슨 일로 전화했는지 뻔히 다 알고 있었기 때문에 사토코는 수화기를 들기가 영 싫었다.

"언니? 바쁜 아침 시간에 미안해. 오늘 정말 괜찮지?"

수화기에서 흘러나오는 목소리를 듣자마자 사토코는 짜증이 났다.

"근데 내가 이따 오후에 가요 데리고 잠깐 치과에 다녀와야 해. 여름방학 때 얼른 치료해야 할 충치가 있어서…."

"괜찮아, 나오코가 가요를 좋아하니까 치과에도 군소리 없이 따라갈 거야."

"그래도 치료받을 때 내가 진찰실에 들어가야 하는데 나오코 혼자 대기실에서 기다릴 수 있을까?"

"글쎄, 괜찮다니까. 혼자 노는 데는 이골이 난 애야. 잠깐 대기실에서 기다리라고 하면 돼."

"애, 나오코는 아직 네 살이잖아. 문화센터는 나오코가 초등학교 들어간 뒤에 다니면 안 되겠니? 봐주기 싫어서 이런 말을 하는 게 아냐. 나오코는 원래 얌전하고 가요하고도 친하지만, 그래도 애한테 안 좋을 거 같아서 그렇지. 지금 한창 중요한 시기잖아. 먹고살려고 일하러 나가는 거라면 또 모르지만 《겐지 이야기》를 공부하겠다고 아이를 나한테 맡기는 건 좀⋯."

"이대로는 사는 게 어쩐지 허망해서 그래. 나오코 돌보
는 것도 이제 한고비 넘긴 거 같고, 다케히코는 사람은 좋은
데 마냥 착하기만 하니까 좀 답답하고⋯. 나는 언니하고 달
라서 아내와 엄마로만 내 인생을 끝내고 싶지는 않아. 그러
니까 뭐든 열심히 배워서 나름 교양을 쌓아야지."

"참 내, 항상 말은 번지르르 하더라. 그냥 재미 삼아 놀러
다니는 거면서."

미워하는 마음이 지나치게 노골적으로 드러났는지도
모른다.

"언니, 역시 싫은 모양이네? 그럼 어젯밤에 그렇다고 미
리 말했으면 좋았잖아."

수화기의 목소리도 갑작스레 냉랭해졌다.

사토코는 동생과 싸우는 건 피하고 싶어서 얼른 환한 목
소리를 지어냈다.

"아니, 그건 아니고⋯. 그래, 아무튼 데려와. 내가 어떻게
든 해볼 테니까."

그러자 유키코는 금세 목소리가 달라져서 이러니저러
니 종알거렸다. 사토코도 적당히 꾸며낸 목소리로 대꾸한
뒤 전화를 끊었다.

외향적이고 화려한 성격의 여동생 유키코와는 옛날부
터 매사에 마음이 맞지 않았다. 어렸을 때부터 주위에서는
사이좋은 자매라고 칭찬했지만, 실은 날마다 은근한 다툼
이 많았다. 하긴 그게 다툼이라고 알고 있는 건 유키코와 자
신뿐일 것이다. 겉으로는 별다른 평지풍파가 없었기 때문에

아버지와 어머니도 둘이 사이가 좋다고 생각했다. 제 마음 내키는 대로 사는 여동생에게 사토코는 내심 화가 나면서도 마지막에는 번번이 져주고 마는 것이다.

유키코는 항상 제멋대로 굴고 사토코는 그걸 내내 견뎌 왔다. 그건 각자 가정을 꾸려 따로 살게 된 지금까지도 오늘 같은 식으로 계속 이어졌다.

단순히 문화센터 수업 때문이라면 일주일에 한 번이니까 기꺼이 조카딸을 봐줄 수 있었다. 나오코는 엄마와는 정반대로 얌전하고 내성적인 아이여서 그리 손이 많이 가는 것도 아니다. 단지 조카딸이 제 엄마가 아니라 자신을 더 많이 닮았다는 것도 뭔가 좀 이상한 이야기지만, 아직 네 살인데도 나오코는 그 얌전한 성격 어딘가에 가는 철사 같은 고집스러운 심지가 숨겨져 있어서 사토코는 아무래도 이 아이를 좋아할 수 없었다. 거꾸로 딸 가요가 제멋대로고 화려한 걸 좋아하는 성격인 것이 제 이모를 꼭 닮았다.

방금 여동생이 전화로 말했듯이 가요와 나오코는 분명 사이가 좋았다. 하지만 아무리 잘 지내도 사토코는 그 이면에서 자신과 여동생의 어린 시절의 관계가 떠올라서 이 아이들도 마음속으로는 서로 미워하는지 모른다는 의심이 들곤 했다.

게다가 매주 목요일마다 나오코를 봐주는 게 영 내키지 않았던 것은 꼭 그런 이유 때문만은 아니었다.

유키코가 4월부터 문화센터에 다녔던 것은 사실이지만, 거기에는 《겐지 이야기》 강의가 아니라 또 다른 목적이 있었다.

지지난 주 화요일, 유키코의 남편 다케히코가 갑작스럽

게 전화를 걸어왔다.

"오후에 회사 외근으로 그 근처에 갈 일이 생겼어요. 시간 괜찮으시면 잠깐 만났으면 하는데 괜찮을까요? 긴히 할 얘기가 있어서…."

그리 어두운 목소리는 아니었기 때문에 별다른 생각 없이 약속한 역 앞 찻집으로 나갔는데 다케히코가 뜻밖의 얘기를 꺼냈다.

"집사람한테 남자가 있는 것 같아요."

깜짝 놀라는 사토코를 보며 다케히코는 조용히 말을 이어갔다. "지난주에도 문화센터에 간다면서 처형 집에 나오코를 맡겼지요? 문화센터에 다니는 건 사실이지만, 아무래도 거기 나오는 대학생하고…."

"대학생하고?"

그렇게 되묻자 다케히코는 안경테를 손끝으로 잡고 귀에 잘 걸렸는지 확인하듯이 한 차례 들었다가 내렸다. 그답지 않게 신경질적인 몸짓이어서 그 순간 사토코는 여동생이 바람을 피운 게 틀림없다고 확신했다.

다케히코는 지나칠 만큼 착실한 성품에 얼굴도 각이 져서 선뜻 말 붙이기 어려운 분위기의 사람이다. 하지만 웃으면 눈이 호호영감처럼 다정해졌기 때문에 사토코는 그에게 호감을 갖고 있었다. 실제로도 도량이 넓은 사람이라서, 이만큼 관대한 사람이면 자신이 제멋대로 굴어도 다 감싸줄 거라는 계산에 따라 유키코가 그를 결혼 상대로 선택했다고 사토코는 전부터 짐작하고 있었다. 하지만 아무리 착한 남자라도 아내의 바람기는 또 다른 문제일 것이다.

처음 보는 다케히코의 신경질적인 표정에 놀라면서도 사토코는 문득 웃음이 터져서 잠깐 소리 내어 웃고 말았다.

"아, 미안해. 근데 텔레비전 드라마에 많이 나오지? 남자들이 난처할 때 겉으로는 태연한 척하면서도 관자놀이가 움찔거리고 안경테를 만지작거리는 장면…. 참 진부하다고 생각했어. 근데 그럴 때는 결국 그런 표정이 되는 건가봐. 우리 집 남자는 그렇지를 않아서 텔레비전 드라마는 다 거짓말이라고 우습게 봤는데."

웃음이 터진 사토코를 당황스런 눈빛으로 마주 보던 다케히코는 방금 사토코가 한 말의 의미를 그제야 알아들은 모양이었다.

"그럼 혹시 처형도 바람을 피운 적이…."

그렇게 말하다 말고 곧바로 다케히코는 고개를 저었다.

"아니, 우리는 그 반대지. 바람을 피운 건 류스케 쪽이야. 남편이 바람 같은 걸 피우면 내가 훨씬 더 놀라고 당황할 줄 알았는데 의외로 아무렇지도 않았어."

사토코는 다케히코의 눈을 피해 창문 너머 거리를 오가는 사람들 쪽으로 시선을 돌렸다.

"언제 그랬는데요, 류스케 형님이?"

"글쎄, 언제였더라…. 내가 알았던 건 사오 년 전인데 아마 그 훨씬 전부터였을 거야. 그 사람 양복 주머니에서 신주쿠 호텔 영수증이 나왔거든. 얼굴 맞대고 캐묻지는 않았지만 딴 여자가 있고 게다가 상당히 깊은 관계라는 건 알아. 아참, 그렇다, 다케히코 씨와 유키코의 첫 번째인가 두 번째 결혼기념일 조금 전이야, 내가 류스케의 바람기를 눈치챈 게.

그 사람이 일요일인데도 회사에 일이 있다고 거짓말을 하고 나간 날에 다케히코 씨였는지 유키코였는지, 우리 집에 전화를 했었어. 결혼기념일이라 저녁에 신주쿠 호텔에서 식사하기로 했다고. 혹시 류스케가 딴 여자를 만나는 호텔에서 덜컥 마주치기라도 할까봐 내가 호텔 레스토랑은 비싸니까 가지 말라고 말렸었는데….”

“네, 기억나요. 제가 전화했었어요. 선생님 건강도 안 좋으신데 결혼기념일이라고 우리끼리 외식을 해도 괜찮을지, 아무래도 마음에 걸려서 선생님께 안부 인사도 할 겸 전화했었죠.”

다케히코가 ‘선생님’이라고 한 건 류스케의 어머니이자 사토코에게는 시어머니인 아키요를 가리키는 것이다. 젊은 시절에 교사로 근무했던 아키요가 자신의 제자였던 다케히코와 며느리의 여동생 유키코를 중매한 것이다. 그래서 다케히코는 결혼한 뒤에도 아키요를 계속 ‘선생님’이라고 불렀다. 아키요가 세상을 떠난 지금까지도.

“류스케 형님의 바람기는 이제 가라앉았겠지요?”

뭔가 머뭇거리는 듯한 음성이 마음에 걸려서 사토코가 돌아보자 안경 안쪽에 뜻밖일 만큼 어려 보이는 눈이 있었다. 선생님의 반응을 살피며 우물우물하는 초등학생의 눈빛이었다. 이 사람이 이런 눈빛이었구나. 사토코는 마음속으로 중얼거리며 다케히코의 그런 눈을 향해 고개를 저었다.

“끝나지 않았어요. 아직도?”

“아마도.”

한층 더 당황하는 다케히코에게 사토코는 그렇게 대답

했다.

"남의 일처럼 말씀하시네요."

"그러게 말이야."

사토코는 정말로 남의 일처럼 덤덤한 목소리로 대답했다.

"나도 이런 내가 이상해. 남편이 바람을 피우는데도 그 냥 남의 일만 같으니…. 아까 의외로 아무렇지도 않았다고 했지만, 정말 전혀 아무렇지도 않아. 그래서 상대 여자가 누 군지 짐작을 하면서도 오늘까지 류스케하고 그 일에 대해서 는 거의 한 마디도 한 적 없이 그냥 지내왔어."

"짐작을 하셨다니, 누구를…."

"짐작만이 아니라 분명한 증거도 있어. 그 사람 밑에서 일하던 여직원이야. 회사 워크숍 때 찍은 사진을 보니까 나 보다 물론 젊고 훨씬 더 예쁜 여자더라."

다케히코가 아직도 뭔가 하고 싶은 말이 있는 듯한 표정 이어서 사토코는 도망치듯이 다시 창밖으로 시선을 돌렸다.

"미안해. 다케히코 씨 얘기를 들어주려고 나왔는데 어 쩌다 보니 내 이야기만 했네. 우리 집 일은 그만 됐어. 방금 오랜만에 잠깐 생각난 것뿐이야. 그보다 다케히코 씨 일이 문제지. 유키코가 바람을 피워서 다케히코 씨를 힘들게 했 다면 나는 그게 더 마음에 걸리고 언니로서 책임감도 느껴 져. 하지만 다케히코 씨는 어떻게 유키코가 바람피우는 걸 알았지? 아, 미안해. 다케히코 씨가 지금까지 그런 쪽으로는 전혀 신경을 쓰지 않던 것처럼 보여서 묻는 말이야."

똑바로 바라보기가 미안해서 얼굴을 살짝 돌린 채 그렇 게 물었고, 다케히코의 대답 역시 얼굴을 돌린 채 들었다.

"결혼해서 육 년째인데 이번이 벌써 네 번째예요. 그나마 얌전히 집에 붙어 있었던 건 나오코를 낳고 잠시 동안뿐이었죠."

다케히코가 내쉬는 한숨에 끌려가듯이 사토코는 천천히 시선을 그에게로 돌렸다. 체념한 듯 엷은 웃음을 짓는 다케히코를 보고 사토코는 오히려 자신이 얼굴을 찌푸리며 물었다.

"그럼 결혼한 첫해부터 유키코가 바람을 피웠다는 거야?"

"네."

메마른 목소리가 대답했다.

"그렇게 일찍부터 바람피우는 걸 다케히코 씨는 여태까지 태연한 얼굴로 용서해주고 있었어?"

"아뇨…."

고개를 가로젓고 잠시 머뭇거리며 입을 꾹 다물더니 이윽고 다케히코는 말했다.

"그걸 어떻게 용서하겠어요. 그냥 꾹꾹 참고 지냈을 뿐이지요. 하지만 이제 그 인내심도 한계에 달해서 이렇게 처형에게 상의를 하러 왔습니다."

그러고는 다시 안경 속의 눈이 가느스름해지면서 웃었다.

결국 "나도 주의해서 지켜보다가 바람피우는 게 확실하면 단단히 타이르겠다"고 말하고 다케히코와 헤어졌다. 하지만 지지난 주 목요일에 유키코가 왔을 때, 어디서도 바람을 피우는 듯한 기척은 느껴지지 않았다. 문화센터에서 하는 《겐지 이야기》 강의는 두 시간이다. 유키코는 항상 하던 대로 낮 12시에 나오코를 맡기러 왔다가 3시 반쯤에 데려갔다.

사토코의 계산으로는 문화센터 강의가 끝나고 유키코에게 허락되는 시간은 기껏해야 삼십 분이었다. 지난 4월부터 다녔으니까 일주일에 한 번씩 나오코를 봐준 게 벌써 석 달이 넘었지만. 그 동안에 아이를 데리러 오는 게 늦었던 적은 딱 한 번뿐이고 그때도 문화센터 강의가 끝난 뒤에 "이것저것 쇼핑할 게 많아. 미안하지만 저녁때까지 나오코 좀 봐줘. 괜찮지?"라고 미리 전화로 연락했었다. 실제로 나오코를 데리러 왔을 때 양손에 묵직한 쇼핑 가방을 들고 있었다.

바람피운다는 말에 적합할 만한 변화는 전혀 감지하지 못해서 혹시 문화센터에 다니는 대학생과 차 한잔쯤 하는 정도의 사소한 일을 다케히코가 지레짐작으로 오해한 게 아닌가 하는 생각도 들었다. 하지만 결국 다케히코와 이야기할 때 품었던 확신은 흔들리지 않았다.

유키코는 지금까지도 사토코가 방심한 틈을 노리듯이 뒤통수를 치는 일이 많았기 때문에 아무래도 다케히코의 말 쪽을 더 믿을 수밖에 없었다. 결혼 초기에 유키코가 "다케히코는 정말 착한 사람이야"라는 말을 입버릇처럼 하길래 이제야 겨우 자리를 잡고 잘 사는 모양이라고 마음을 놓았더니만 그 행복해 보이는 얼굴 뒤에서 이런 파란을 일으키고 있었던 것이다.

그야말로 유키코다운 짓이라고 사토코는 허탈한 웃음을 지으며 다케히코의 말을 받아들일 수밖에 없었다.

유키코도 물론 못됐지만 제 아내의 부정을 오늘까지 별 말 없이 용서해준 다케히코도 참 그렇다고 생각했다.

하지만 여동생의 온갖 망나니짓을 그보다 훨씬 더 오래

참아온 사토코는 다케히코가 답답하다는 마음이 들면서도 아내의 거듭되는 외도를 여태껏 혼자 속으로 삭이며 용서해온 다케히코의 심정도 이해가 안 되는 건 아니었다. 게다가 자신도 남편의 외도를 전혀 아무렇지도 않은 척, 결과적으로는 용서하고 넘어가지 않았는가.

　아무튼 유키코는 다케히코를 배신한 것 이상으로 언니인 자신을 배신했다.

　연하의 남자와 바람을 피우려고 제 자식을 언니 집에 맡기다니, 정말 머리 구조가 어떻게 생겨먹은 것일까.

　매주 한 번씩 그 대학생과 관계를 가졌다면 애초에 문화센터에 다닌다는 것 자체가 거짓말인지도 모른다. 게다가 그 상대 남자도 뭔가 이상하다. 대학생이라면서 굳이 문화센터 강의를 들으러 다닐까? 아니, 다케히코가 확실하지도 않은 얘기를 할 사람도 아니고, 공부에 열심인 대학생이 문학적 조예를 쌓기 위해 문화센터에 나오는 경우도 있을 것이다. 그리고 공부에 열심인 대학생이 연애나 섹스에 관해 자유로운 사고를 가졌다고 해도 그건 그리 부자연스러운 얘기는 아니다. 문제는 유키코 쪽이다. 유행이라면 기어코 따라 하는 아이라서 요즘《겐지 이야기》가 붐이라는 얘기를 듣자마자 당장 문화센터로 달려간 건 물론 이상할 게 없다. 하지만 아무래도 이상한 건 어떤 일에나 금세 달아올랐다 금세 식어버리는 유키코가 이번만은 석 달이 넘도록 문화센터에 다녔다는 것이다. 그렇다면 그 대학생을 문화센터 강의에서 만난 건 사실이지만 이제 그 강의는 듣지도 않고 그 시간에 바람을 피우는지도 모른다.

그렇게 감을 잡은 사토코는 지난주에 유키코가 나오코를 맡기러 왔을 때 넌지시 한 마디 던져보았다.

"나도 전부터 《겐지 이야기》에 관심이 있었는데, 함께 다닐까?"

하지만 유키코는 진지한 얼굴로 대답했다.

"그러면 좋지. 나는 15권 〈무성한 쑥〉이라는 이야기가 정말 좋았어. 지난번에 강의 듣는데 눈물이 핑 돌더라니까. 언니, 같이 가자. 애들은 어딘가에 맡기면 될 거야."

하지만 유키코가 그렇게 진지한 표정일 때일수록 엄청난 거짓말을 한다는 것을 사토코는 지금까지 지겨울 만큼 당해봤기 때문에 잘 알고 있었다. 그래서 그 순간에 새삼 여동생이 바람피운다는 것을 더욱 확신했다.

상대 대학생은 아마도 다케히코와 정반대의 얼굴에 젊음만이 장점인 경박한 젊은이일 것이다. 오로지 침대에서만 매력 있는 남자. 그리고 그건 유키코 쪽도 마찬가지였다.

두드러지게 미인이랄 수는 없지만 누구보다 아름다운 유키코의 몸을 사토코는 예전부터 내심 부러워했다.

같은 여자라도 한번 만져보고 싶을 만큼 피부까지 곱고 매끈해서 똑같은 부모 밑의 자매인데 왜 유키코의 몸만 저런 은혜를 받았을까, 때로는 질투하는 마음도 들었다.

하긴 애초에 타고난 것이니까 그런 아름다운 몸매를 갖게 된 건 유키코의 책임은 아니다. 사토코가 용서할 수 없는 건 유키코가 제 몸이 아름답다는 것을 잘 알고 있고 그래서 남자에게 사랑받는 게 당연하다는 듯이 항상 당당하게 못된 짓을 한다는 점이었다.

아마 다케히코도 그 몸에서 헤어나지 못해 아내의 바람기를 묵인해온 것이리라.

다케히코도 나름대로 잘못이 있었으니까 이제 이 일은 그들 부부간의 문제로 정리해버리자. 그러기 위해서는 더 이상 나오코를 맡아주지 말아야 한다. 그동안 아이를 맡아주는 것으로 자신도 모르게 여동생의 불륜에 가담한 셈이었다.

그렇게 생각하고 이번 주에는 어떻게든 핑계를 대고 아이를 봐주지 않으려고 했는데 어제 걸려온 전화에서도 오늘 전화에서도 결국 거절하지 못하고 말았다.

수화기를 내려놓으며 사토코는 한숨을 내쉬었다. 급한 볼일이 생겨 나오코를 봐줄 수 없다고 다시 전화를 할까도 생각했지만, 결국 그런 말은 못하리라는 것도, 유키코가 아이를 데려오면 별로 싫은 내색 없이 지금까지 해왔던 대로 봐주리라는 것도 사토코는 잘 알고 있었다.

"그 전화가 거절할 수 있는 유일한 기회였는데 놓쳐버렸어요."

그날 저녁, 사토코는 후회 가득한 목소리로 경찰과 다케히코에게 그런 말을 하게 되었다.

"그때라면 그나마 거절할 수 있었는데…."

하지만 두 시간 뒤에 유키코가 딸을 데리고 왔을 때, 사토코는 난감해하면서도 저녁에 내보이게 될 표정과는 딴판으로 오히려 자신이 먼저 웃으면서 아이의 손을 잡았었다.

그날도 아침부터 쨍쨍한 햇빛이 도쿄의 탁한 공기 너머로 부루퉁하게 쏟아져서 짜증나는 무더위가 집을 휘감고 있었다. 시아버지 게이조는 일어나자마자 남태평양의 섬이 이러니저러니 망상에 빠진 소리를 중얼거리고, 어린 딸아이를 데려온 유키코의 짙은 화장은 난잡한 불륜을 그대로 드러내는 것 같아서 사토코는 잔뜩 신경이 곤두서 있었다. 어떤 괴이한 사건이 터져도 이상하지 않을 만큼 온 집 안에 불길한 느낌이 가득 차 있었던 것인데 그건 나중에야 할 수 있었던 말이고, 실제로는 노인의 헛말도 사토코의 곤두선 신경도 여름과 보조를 맞추듯이 벌써 며칠째 이어진 것이어서 그날만 특별했던 건 결코 아니었다.

게다가 태풍 전의 고요함이라고 할까, 아침 일찍 만들어 둔 샌드위치로 나오코까지 넷이 식탁에 앉아 점심을 먹을 때쯤부터 선선한 바람이 불어서 집 안은 안온한 정적에 감싸였다. 시아버지도 조용해졌고 사토코도 묘하게 곤두섰던 신경이 풀려서 이번 여름 들어 처음이라고 해도 좋을 만큼 마음이 편안하기까지 했다.

치과 예약 시간이 다가왔을 때, 두 아이는 시아버지 게이조와 함께 신문지로 종이접기를 하며 놀고 있었다. 엄마가 외출 준비를 하는 것을 보고 가요가 다가와 소곤소곤 말했다.

"엄마, 나오코는 치과에 데려가지 말자. 병원 무서워할 텐데, 불쌍하잖아."

사토코는 무심코 "그럴까?"라고 대답하고 시아버지에게 말을 건넸다.

"아버님, 한 시간만 나오코 좀 봐주세요. 가요 데리고 잠깐 치과에 다녀올게요."

시아버지는 선선히 "그래, 괜찮으니까 다녀와"라고 대답했다. 요즘 정신이 멀쩡할 때면 이따금 내보이는 조용한 웃음이 노인의 얼굴에 번졌다.

하지만 반드시 그것만으로 한 소녀의 운명이 결정된 것은 아니었다. 사토코는 혹시 나오코가 집에 있기 싫다고 말한다면 함께 데려갈 생각이었다. 그래서 "나오코는 할아버지하고 집에 있을래?"라고 물었는데 나오코가 고개를 까닥거리는 인형처럼 천진하게 그러겠다고 했던 것이다. 그리고 곧바로 제 엄마가 두고 간 꽃무늬 가방에서 스케치북과 크레용을 꺼내더니 방바닥에 엎드려 그림을 그리기 시작했다. 사토코가 "집에 있을래?"라고 물은 뒤부터 그림을 그리기까지 삼십 초도 걸리지 않았다. 네 살짜리 어린아이의 너무도 재빠른 반응에 내심 놀라서, 제 엄마한테 집 보고 있으라는 말을 너무 많이 들어서 혼자 시간 보내는 법을 아예 꿰고 있구나, 하는 짠한 마음이 들었다.

"나오코는 참 착하구나. 엄마 나가고 집에서 혼자 놀 때가 많았어?"

나오코는 잠깐 생각해보더니 가만히 고개를 가로저었다.

사토코는 문득 궁금한 것이 생겼다.

"근데 나오코, 오늘처럼 엄마가 밖에 나갈 때마다 지금까지…, 이모네 집에 오기 전까지는 어떻게 했어? 나오코는 아직 유치원에도 어린이집에도 안 다니잖아."

아이는 엄마가 키우는 게 가장 좋다면서 유키코는 나오코를 아직 어린이집에 맡겨본 적이 없다고 자랑했었다. 하지만 유키코가 바람을 피운 게 이번이 처음이 아니라고 다케히코는 말했다. 그렇다면 다른 남자를 만날 때마다 지금 보다 더 어렸던 나오코를 어떻게 했던 것일까.

친정 부모님은 이미 돌아가셨고 남동생의 아내는 직장에 다닌다. 그밖에 나오코를 맡길 곳은 어디에도 없었다.

"엄마는 토요일하고 일요일, 아빠가 집에 있을 때만 나갔어?"

나오코는 그 질문에도 고개를 가로저었다.

"그럼 아빠 없는 날에 엄마가 밖에 나가면 나오코는 어떻게 했어?"

다시 그렇게 물었을 때, 가요가 뒤에서 "엄마, 치과 늦겠어"라고 재촉했다.

나오코도 무슨 질문인지 이해하지 못했는지 멍하고 있을 뿐이어서 사토코는 별일은 없을 거라고 그쯤에서 궁금한 걸 꿀꺽 삼켜버렸다.

"나오코는 착하니까 괜찮아. 언니가 얼른 치과 갔다 와서 숨바꼭질하고 놀아줄게."

언니 노릇을 하느라고 나오코의 머리를 쓰다듬으며 다독여주는 가요의 손을 잡고 사토코는 자리에서 일어섰다. 신문지로 뭔가 커다란 꽃 같은 것을 접는 시아버지 게이조와 바닥에 엎드려 그림을 그리는 나오코에게 얼른 다녀오겠다고 말하고 이번에야말로 정말로 나가려고 했다. 그 순간 문득 치마 밑으로 드러난 나오코의 다리가 마음에 걸려 그쪽을 돌아보았고… 이윽고 그 시선은 바로 옆의 불단으로 옮겨갔다. 시어머니가 생전에 자주 했던 이야기가 생각났던 것이다.

그때뿐만이 아니다.

시어머니 아키요가 첫 손녀 가요가 태어난 지 얼마 안 되었을 때 해준 그 이야기를 사토코는 그날 아침에도 벌써 몇 번이나 떠올렸다.

"첫 손녀가 태어났는데도 네 시아버지는 별로 기뻐하는 얼굴이 아니었지? 그건 딸이라서 그래. 대를 이을 아들을 바란다든가 하는 고리타분한 생각 때문이 아니야. 이런 얘기, 언젠가도 했었지만 저 사람은 나하고는 재혼이고 전처와의 사이에 외동딸이 있었어. 저 사람이 전쟁터에 나간 사이에 둘 다 공습으로 죽었다는데…. 그 전처가 아주 형편없는 여자여서 저 사람도 모르게 결혼 전부터 좋아하던 남자의 아이를 낳았던가봐. 그런 줄도 모르고 자기 자식이라고 믿고 그 딸아이를 애지중지 키웠는데 소집 영장을 받고 출정하는 날 밤에…."

시아버지 게이조의 고향은 니가타현의 나가오카시였는데 출정하는 날 밤에 그 나가오카 역까지 배웅을 나온 전처가 남편이 너무도 끈덕지게 딸아이를 부디 잘 부탁한다고 말하자 아주 지긋지긋하다는 표정으로 대꾸했다는 것이다.

"그렇게 걱정할 거 없어. 얘는 당신 아이가 아니니까."

그것도 시아버지 게이조가 기차에 타기 직전에 새들새들 웃는 얼굴로.

"어지간히도 남편이 지겨웠던 모양이지. 딱히 따로 좋아하는 남자가 있었기 때문이 아닐 거야. 소심하고 재미없는 남자가 남보다 자존심은 두 배나 강하고 너무 고지식해서 실은 나도 지겨울 때가 있어. 그래서 그런 전처의 심정도 이해 못하는 바는 아니야. 하지만 그 시절에 전쟁터에 나간다는 건 곧 죽으러 간다는 뜻이었잖니. 하필 출정 열차를 타고 떠나는 날에 그런 말을 하다니, 너무 잔인한 짓이었지 뭐야. 저 사람에게는 그 일이 평생 상처로 남은 것 같아."

시어머니는 한숨을 내쉬며 말했던 것이다.

"그 아이가 딸이었거든. 그래서 저 사람은 첫 손녀딸을 사랑하지 못하게 될까봐 은근히 걱정인 모양이야."

하지만 시아버지는 손녀딸을 품에 안으면 나름대로 흐뭇한 듯 웃어가며 귀여워해줬기 때문에 아마 시어머니가 남편이 미워서 괜한 소리를 한 모양이라고 생각하고 내내 잊어버리고 있었는데 올봄부터 다시 자꾸만 그 얘기가 생각나곤 했다.

이유는 잘 알고 있었다.

일주일에 한 번씩 유키코가 제 딸을 이 집에 맡기러 왔기 때문이다. 시아버지는 변함없이 손녀딸 가요를 귀여워했지만 나오코는 싫어하는 눈치였다. 아니, 싫어한다기보다 아직 어리고 조그만 나오코를 어쩐지 두려워한다고 하는 게 더 정확할까.

손녀와 똑같이 귀여워하고 실제로 나오코의 작은 몸짓에도 호호영감님처럼 실눈이 되어 웃었지만, 이따금 퍼뜩 뭔가 생각난 듯 나오코의 얼굴에 시선이 고정된 채 몸이 꼿꼿해지거나 부르르 떨곤 했다.

"사토코, 저 애는 누구냐? 저 애가 언제부터 저기 앉아 있었어?"

그런 영문 모를 소리를 내뱉으면서 어린애처럼 겁에 질

려 사토코 뒤로 숨으려고 한 적도 있었다.

　사토코는 벌써 몇 년 전에 들은 시어머니의 말을 새삼 떠올리며 치매가 시작된 시아버지가 옛날 자신의 딸아이, 전처의 배신의 증거인 어린 딸아이와 나오코를 혼동하는 거라고 짐작했다. 특히 7월에 접어들어 본격적으로 여름이 시작될 즈음부터 노인네의 망상이 한층 더 심해져서 사토코는 싫더라도 시어머니의 얘기를 떠올리지 않을 수 없었다. 다케히코에게서 유키코가 바람을 피운다는 얘기를 듣고 여동생의 그런 바람기와 시아버지의 전처의 부정한 짓이 하나로 이어져서 떠오른 탓도 있을 것이다.

　시어머니는 전쟁 중의 그 잔인한 날 밤의 얘기를 하면서 "류스케가 제 아버지를 닮아 아무 재미도 없는 사내라서 사토코도 저 사람의 전처의 심정을 이해할 수 있을 것"이라는 말도 했었다. 하지만 시아버지 게이조를 닮은 사람은 친아들인 류스케보다 아무 혈연관계도 없는 다케히코 쪽이다. 그날 치과에 가기 전에 사토코는 신문지로 커다란 꽃 같은 것을 접는 시아버지를 보며 그렇게 느꼈다.

　구체적인 생김새를 말하는 게 아니다. 노인의 얼굴이며 몸에서 배어 나오는 어딘가 음울하고 불행한 그림자가 다케히코와 꼭 닮은 것이다. 예전에 들은 시어머니의 말을 떠올리며, 저 그림자는 아내에게 배신당한 음울한 남자들 특유의 것인지도 모른다고 사토코는 생각했다. 옛날에 이 노인에게 일어났던 비극을 재현하기 위해 이번에는 기타가와 다케히코라는 남자의 몸이 선택된 게 아닐까. 퍼뜩 그런 생각도 들었다.

그게 오후 1시 조금 전의 일이었다.

사토코가 시아버지에게 "그럼 아이 좀 부탁드릴게요"라고 말하고 시어머니가 육 년 전에 했던 이야기를 떠올리며 벽시계를 올려다봤을 때, 시아버지가 종이접기로 만든 것을 사토코에게 내보였다.

"이거 봐, 이 섬에도 꽃이 피었어…."

무슨 꽃인지는 모르겠지만 여러 개의 꽃잎이 바깥쪽으로 젖혀지듯이 벌어져 제법 멋진 꽃송이 모양을 만들었다. 죽음의 암흑을 주물럭거리는 팍삭 시들어버린 노인네의 손에 아직도 이런 아름다운 것을 접어낼 힘이 남아 있었다니, 사토코는 그게 더 놀라워서 시아버지에게 말했다.

"돌아가신 어머님이 종이접기만은 아버님께 못 당한다고 하시더니 정말이네요. 불단에 장식할 꽃도 아버님한테 접어달라고 해야겠는데요? 날이 너무 더워서 생화는 금세 축 처지거든요."

입으로는 그렇게 말했지만 그 순간 사토코의 뇌리를 스친 것은 불단이 아니라 관을 가득 메운 종이꽃이었다. 자신이 접은 종이꽃에 파묻혀 편안한 미소를 띤 게이조 자신의 죽은 얼굴. 아니, 게이조가 아니라 종이꽃에 파묻힌 것은 아직 어린 소녀의 얼굴이었다.

남태평양 섬의 소녀.

적어도 게이조의 머릿속에서 이 종이꽃은 머나먼 남태평양의 섬에 피어 있는 꽃이다. 그래서 방금 "이 섬에도 꽃이 피었어"라고 말한 것이다.

게이조는 고향 기차역에서 불행한 첫발을 내디딘 뒤, 남태평양 섬의 전쟁터로 보내졌다. 그 섬에서 저지른 한 가지 일이 전쟁이 끝난 뒤에도 게이조의 인생에 다시금 암울한 그림자를 드리웠다, 라는 이야기를 사토코는 또 다른 기회에 시어머니에게서 들었다.

"지난번에 얘기했던 출정 날 밤의 일이 원인이었다고 할 수밖에 없겠지. 저 사람이 아마 그 전쟁터 섬에서 아주 나쁜 짓을 저지른 모양이야. 나와 결혼한 뒤에도 계속 똑같은 악몽을 꾸곤 했어. 수백 수천 번 그 섬에 돌아가 똑같은 잘못을 반복하는 거야. 요즘도 마찬가지야. 한밤중에 가위눌린 신음이 너희들 방에까지 들리지?"

그렇게 전제를 하고 들려준 이야기를 사토코는 시어머니가 세상을 떠난 뒤에 자신의 귀로도 직접 확인했다. 시어머니가 돌아가시자 게이조는 점점 더 현실과 망상을 구분하지 못하고 눈을 뜨고 있을 때도 자신이 전쟁 중인 남태평양의 섬에 있다는 말을 자주 했던 것이다. 그날도 한여름 무더위가 남태평양의 섬을 연상시켰는지 게이조의 입에서 수없이 '섬'이라는 말이 튀어나와서 사토코는 시어머니에게서 들었던 게이조의 출정 날 밤의 얘기와 함께 남태평양 섬에서 있었던 일도 좋든 싫든 떠올리지 않을 수 없었다.

특히 치과에 가기 직전에는 불단에서 시어머니의 목소리가 들려온다고 착각했을 만큼 생생하게 떠올랐지만 환청 같은 그 목소리에 귀를 기울이고 있을 여유는 없었다.

시곗바늘이 정확히 1시를 알렸다.

마지막으로 다시 한번 나오코도 데려갈까 하고 망설이다가 결국 그 시곗바늘에 떠밀리듯이 나오코를 노인네 곁에 남겨둔 채 가요의 손을 잡고 집을 나섰다.

몇 시간 뒤 밤이 시작될 즈음에는 '사건 현장'이라고 불리게 된 그 집을.

2

　처형 사토코 씨에게서 내 휴대전화로 연락이 온 것은 그
날 오후 2시 41분의 일입니다.

　어째서 그렇게 정확한 시간을 기억하고 있는가 하면
"다케히코 씨, 나오코가 없어졌어. 치과에 가면서 시아버지
에게 잠깐 봐달라고 했는데…"라는 사토코 씨의 목소리를
들은 순간, 반사적으로 커피숍 벽에 걸린 시계를 올려다봤
고 우연히도 그것이 내게는 너무도 중요한 의미를 가진 시
각이었기 때문입니다.

　2시 41분.

　그건 내게는 잊지 못할 추억과 깊은 관계가 있는, 기념
해야 할 시각입니다. 날짜는 관계없습니다. 육 년 전 그날부
터 나는 그 시각이 다가오면 심장 속에 묻어둔 시계가 초읽
기를 시작하고 마침내 초침이 그 시각을 통과하는 순간, 어
떤 일을 하고 있었건 모든 동작을 멈추고 눈을 질끈 감은 채

오로지 그 일 분이 지나가기를 기다리는 수밖에 없습니다.

나는 그것을 신경증 비슷한 '발작'이라고 부릅니다. 그날부터 한참 동안은 매일같이 그런 발작이 일어났지만 아무리 슬픈 추억도 아픔은 서서히 약해지는 것이더군요. 심장에 파묻은 시계도 점점 녹이 슬어 육 년이 지난 지금은 일주일에 한 번, 아니, 한 달에 한 번 꼴로 발작이 일어납니다. 육 년 전부터 부정맥을 앓기 시작했는데 그 시각을 알리는 심장의 초침도 병이 들어 움직임이 둔해지고 흐트러진 모양이지요.

육 년 전의 그것이 어떤 추억이었는지는 다음에 다시 이야기하겠습니다. 아무튼 우연히도 그것이 똑같은 시각이었기 때문에 나는 반사적으로 눈을 질끈 감았고, 그래서 그 뒤에 들려온 처형의 전화 목소리를 어둠 속에서 들었습니다.

"시아버지가 한참 전부터 치매기가 있어. 나오코 어디 있느냐고 물어봐도 자꾸 이상한 소리만 하시고…. 나하고 가요하고 여기저기 찾아봤는데 없어. 문화센터에도 전화했어. 근데 유키코가 전화를 안 받아. 혹시 유키코가 문화센터에서 좀 일찍 와서 데려간 건지…. 그래, 그럴 가능성도 있으니까 너무 걱정할 건 없는데, 집에 전화해도 아무도 없고 그래서 다케히코 씨 회사에 전화해서 휴대전화 번호를 물어봤어."

평소에는 지나칠 만큼 침착하던 사토코 씨의 목소리가 초조와 불안으로 크게 동요한 것처럼 들린 것은 내 가슴속의 초침이 녹슬어 망가져 가기 때문이라고 생각했습니다. 가까스로 질끈 감았던 눈을 뜨고 "지금 바로 그쪽으로 가겠습니다"라고 말하고 전화를 끊었습니다. 하지만 곧장 일어서지 못하고 식은 커피를 한 모금 마시고 햇볕이 내리쬐는 창문 유리에 머리를 기댄 채 한참을 멍하니 앉아 있었습니다.

2시 41분.

그 우연이 비싼 값을 치르리라는 것, 내 인생에 뭔가 어처구니없는 착오가 생기리라는 것, 녹슨 가슴속의 초침이 칼날이 되어 내 인생에 둘러쳐진 무수한 선을 뜻밖의 예리함으로 단번에 잘라내리라는 것….

분명 그런 예감이 있었는데도 나는 벌써 그 예감의 엄청난 무게에 짓눌려 찌부러진 것처럼 커피숍 한구석에서 작게 몸을 웅크린 채 앉아 있었습니다.

처형 사토코 씨의 집에 도착한 것은 이미 4시 가까운 시각이었을 겁니다.

현관 유리문이 열려 있어서 안으로 들어갔더니 현관 마루턱에 앉아 있던 사토코 씨와 가요가 나란히 일어나 고개를 가로저었습니다.

고개를 젓는 그 모습이 목을 기울이는 정도 하며 얼굴 표정 하며 너무도 꼭 닮아서 이 두 사람은 틀림없는 모녀간이구나, 라고 생각했던 것이 기억납니다.

나오코를 데리고 몇 번 나갔던 근처 유원지며 그밖에 딱 한 번 갔던 곳까지 모두 다 찾아봤지만 눈에 띄지 않는다, 이웃집과 상점가에도 물어봤는데 아무도 아이를 본 사람이 없다…. 일단 경찰에 신고하는 게 좋겠다는 사토코 씨에게 나는 잠시만 상황을 지켜보자고 말했습니다.

"혹시 유키코가 와서 나오코를 데려갔다면 경찰에 괜한

수고를 끼치게 될 테니까요."

　말은 그렇게 했지만 실제로는 경찰이 개입했을 경우 유키코의 행적을 어떻게 설명해야 할지, 그게 걱정스러웠기 때문입니다.

　경찰은 아이 엄마 유키코는 어디 있느냐고 물을 것이고 그때 사실대로, 내 아내는 문화센터에 간 게 아니라 거기서 만난 대학생과 어딘가의 호텔에 가 있다, 라는 말을 대체 어떤 얼굴로 해야 좋을지 알 수가 없었던 것입니다.

　사토코 씨도 나의 그런 속마음을 짐작했는지, 그럼 해 저물 때까지 좀 기다리자고 해서 일단 집 안으로 들어갔습니다.

　현관에 있던 나오코의 신발이 없어졌고, 혼자 밖에 나갈 아이는 아니니까 역시 유키코가 데려갔다고 생각하는 게 가장 맞을 것이다…. 그런 얘기를 내 생각이랍시고 사토코 씨에게 말했지만, 그렇다고 그저 가만히 앉아 기다릴 수도 없어서 공연한 짓이라는 걸 알면서도 이웃집을 돌며 찾아보기도 했습니다. 물론 우리 집에도 연락을 해봤지만 부재중 전화의 건조한 안내 멘트만 들려올 뿐이었습니다. 이미 사토코 씨가 "집에 오는 대로 이쪽에 전화 좀 해줘"라고 녹음을 해뒀다지만 나도 내 목소리로 몇 번이나 부재중 전화에 말을 남겼습니다.

　가요의 할아버지는 그동안 내내 마루에 앉아 정원을 내다보았습니다. 자세가 반듯한 분이라서 그때도 우리에게 꼿꼿한 등을 내보였지만 무심히 앉아 있어도 경직된 듯 움직임이라고는 없는 그 등에서는 인간다움이란 어디에도 없고 석상처럼 불길함과 허망함만 느껴졌습니다.

정원을 보고 있었지만 그곳의 어떤 것도 바라보지 않고 반쯤 넋이 나간 뒷모습이었습니다.

사토코 씨는 그래도 가끔씩 정신이 돌아오는 일이 있다면서 몇 분 간격으로 "아버님, 나오코 어디 갔는지 모르세요?"라고 물었지만 그 목소리도 전혀 귀에 들리지 않는지 계속 입을 꾹 다물고 있었습니다. 어쩌다 대답을 해도 "어, 벌써 저녁 먹을 시간이냐?"라든가 "네 어머니는 어디 갔어? 아까까지 저기 있었던 것 같은데"라고 전혀 도움이 안 되는 말만 할 뿐이었습니다.

할아버지 쪽에서 먼저 한 말이라고는 "사과 좀 먹자"라는 것뿐입니다.

이미 들으셨겠지만, 사토코 씨가 그날 오후에 가요와 치과에서 돌아온 것은 2시 10분경입니다. 집에 와서도 한참 동안 나오코가 없어진 것을 알지 못했던 것은 할아버지가 주방에서 사과를 먹고 그 쓰레기를 온통 어질러놓는 바람에 거기에 정신이 팔렸기 때문이라고 합니다.

할아버지는 그 전날 신슈에 사는 친척이 보낸 택배 상자를 마음대로 열고 그 사과를 껍질째 우적우적 먹고 있었던 모양입니다. 40개 남짓한 사과를 반절 넘게 먹고는 그 찌꺼기를 죄다 주방에 어질러놓은 것입니다. 뼈대도 이도 튼튼한 분이라서 그 나이에도 아직 자세가 꼿꼿하고 틀니를 쓰지 않는 게 자랑거리였지만, 잇몸에서 피가 나도록 필사적으로 사과를 먹고 있어서 그걸 말리느라 한참이나 정신이 없었노라고 사토코 씨는 미안하다는 표정으로 말했습니다.

한참 할아버지를 달래고 있는 참에 가요가 "엄마, 나오코 어디 갔어? 신발이 없는데?"라고 하는 바람에 사토코 씨는 그제야 깜짝 놀라 할아버지도 사과 찌꺼기도 그대로 두고 나오코를 찾아 나섰다고 합니다.

사토코 씨의 말을 듣고 주방에 들어섰을 때, 아직도 바닥에는 사과 찌꺼기가 흩어져 있었습니다. 설익었다고 할까 아직 단단해 보이는 푸른 사과였습니다. 사토코 씨는 치과에 나오코를 함께 데려가지 않아 이런 일이 생겼다고 몹시 후회하는 기색이었습니다. 얼굴까지 핼쑥해져서 나오코를 찾는 것 말고는 다른 건 돌아볼 겨를이 없는 상태였습니다.

어질러진 사과 찌꺼기가 30개 가까이나 되었을까요. 굶주린 짐승이 한바탕 휩쓸고 지나간 것처럼 과육은 죄다 파먹고 심지만 가늘게 남아 있었습니다. 어린아이의 아직 어린 뼈가 여기저기 버려진 것만 같아서 나는 그걸 하나하나 손으로 줍는 사이에 구역질이 났습니다. 옆에서 함께 줍던 사토코 씨도 그 사과 심지에서 뭔가 불길한 사건을 예감했는지 한 차례 자기도 모르게 시선을 돌리더군요.

사건….

정말로 사건이라고 할 수밖에 없게 된 것은 그 얼마 뒤였습니다.

돌담으로 둘러싸인 정원에 저녁 어스름이 내리고 무성한 나무 잎사귀며 잡초에서 색깔이 사라져가고…. 사토코 씨가 더 이상 애가 타서 기다릴 수 없다고 해서 경찰에 전화를 하기로 했습니다. 그 전에 나는 마지막으로 다시 한번 우리 집에 전화해서 아내가 돌아왔는지 확인했습니다. 사토코

씨도 마지막이라는 생각으로 할아버지에게 나오코에 대해
물었습니다.

체념한 듯한 목소리였습니다. 돌덩이 같은 그 등에서는
아무 대답도 기대할 수 없다는 것을 알고 있었던 것입니다.

그랬는데 그 순간 문득 노인의 말문이 열렸습니다.

"여자애를 찾는 거라면 아까 젊은 남자가 저기 종려나
무 밑에 파묻고 갔어…."

돌덩이 같은 등이 내뱉은 그 말은 환청처럼 실감이 나지
않고 침묵보다 더 허허로웠습니다.

"종려나무 같은 건 없어요. 저건 능소화잖아요."

정원 한쪽에 서 있는 나무에 지그시 시선을 던지는 시아
버지의 옆얼굴을 사토코 씨는 섬뜩한 듯이 바라보며 그렇게
말했습니다. 그리고 재우쳐 물었습니다.

"근데 젊은 남자라니, 그게 누구예요?"

할아버지는 크게 고개를 저으며 대답했습니다.

"나도 누군지 몰라. 처음 본 녀석이야."

그 목소리가 또렷했기 때문에 처형은 진지한 눈빛으로
물었습니다.

"아버님, 어떤 남자인지 기억나세요?"

하지만 곧바로 낙담하는 얼굴로 나를 돌아보며 고개를
저었습니다.

"어쩌면 나인지도 몰라. 잘 모르겠어. 나는 젊은 시절의
나를 모르겠어…. 그런 섬에는 한 번도 간 적이 없는데 젊은
시절에 내가 그 섬에 갔었다고 누가 자꾸 말을 한다니까…."

할아버지가 그런 의미 불명의 말을 했기 때문입니다.

43

"아버님이 전쟁 때 남태평양의 어떤 섬에 가셨었대. 요
즘 그때 일이 자꾸 생각나는 모양이야."

처형은 그렇게 말하며 한숨을 내쉬다가 내가 능소화나
무 뿌리 근처를 뚫어져라 쳐다보는 것을 알고 할아버지 말
은 곧이곧대로 믿지 않는 게 좋다는 듯이 좀 더 강하게 고개
를 저었습니다.

지금까지 몇 번이나 그 집에 갔었지만 정원 한 구석이랄
까 대문 근처에 서 있는 그 나무를 의식한 적이 없었던 것은
바깥길에서 정원이 보이지 않게 문에서 현관 쪽으로 사람
키 정도의 대나무 울타리를 둘러쳐서 대문과 현관 사이를
드나들 때는 정확히 사각死角이 되었기 때문입니다. 아니, 그
보다 그 집이나 집안사람에게는 관심이 있어도 정원이나 나
무에는 별로 관심이 없었던 것이겠지요. 집 안에서는 나무
들이 잘 보이는데도 제대로 눈길을 준 적이 한 번도 없었습
니다. 능소화라는 이름도 물론 알지 못했고 할아버지가 입
에 올린 종려나무라는 게 어떤 나무인지도 모릅니다. 단지
'남태평양의 섬'이라는 말을 듣고 정원에 있는 그 나무의 무
성한 잎사귀에서 덩굴처럼 늘어진 꽃이 어딘가 열대의 꽃을
연상하게 하는 데가 있어서 나는 할아버지의 말에 묘한 공
감을 품었습니다.

그 정원에는 저녁나절의 어스름한 빛이라기보다 오후
의 햇볕에 달아오른 검게 그을린 듯한 공기가 무겁게 드리
워졌지만, 그 속에서 원색에 가까운 오렌지색 꽃은 덩굴줄
기마다 떼로 엉겨서 번잡스러울 만큼 농밀하게 피어 있었습
니다. 그 나무 주위에는 분명 '밀림'을 생각나게 하는 것이

있었습니다.

"할아버지 말씀이 혹시 정말인 거 아닐까요? 저 나무 뒤쪽에 어린아이를 묻을 정도의 공간이 있는 거 같은데…."

내가 그렇게 말하는 것과 동시에, 가요가 대문 옆 대나무 울타리에 세워놓은 삽을 가리켰습니다.

"엄마, 아까 치과에 갈 때는 저기에 삽이 없었어."

가요는 나오코와 숨바꼭질을 하기로 약속했기 때문에 치과에 가기 전에 숨을 만한 곳이 없나 하고 정원을 구석구석 살펴봤다고 합니다.

나오코와는 달리 가요는 활달한 데다 어린애답지 않게 눈썰미가 좋아서 그때도 목소리에 약간 의기양양한 기색이 있었습니다.

그 순간에 사토코 씨는 뭔가를 감지했던 모양이지요.

나중에 들은 얘기지만 사토코 씨는 정원에 작은 연못을 만들 생각으로 그 전 주 일요일에 류스케 씨에게 구덩이를 파달라고 했다고 합니다. 그런데 그 삽으로….

삽이 놓인 위치가 평소와 다르다는 것을 가요가 말해줄 때까지 사토코 씨는 알지 못했다고 했습니다. 능소화나무는 또 한 그루 뭔가 가느다란 나무와 엉켜 있는 데다 집 안에서 보면 앞쪽에 잡초가 수북하게 자라 뿌리 근처는 잘 보이지 않았기 때문에 혼란에 빠져 있던 사토코 씨는 거기에 구덩이를 팠던 것도 까맣게 잊어버렸던 모양입니다.

내가 정원으로 내려서려는 것을 밀치듯이 사토코 씨가 먼저 "애, 가요, 대문 전등불 좀 켜봐"라고 부르짖으며 나무 곁으로 뛰어갔습니다. 곧바로 대문 전등이 켜졌고 그 불빛에 파르르 떨듯이 주위의 어스름한 저녁 빛은 검게 그늘이 지고 꽃만 눅진하게 번들거리는 것을 보니 마치 무더위 때문에 진땀을 흘리는 것 같았습니다.

사토코 씨는 비명을 지르지 않았습니다. 그저 조용한 눈빛으로 나무뿌리 쪽을 보며 한 손으로 자신의 입을 틀어막았을 뿐이지요. 그리고 그 어깨 너머로 들여다보던 나도 말라버린 잡초가 섞인 흙 속에서 삐죽 튀어나온 허연 것이 어린아이의 움켜쥔 작은 손이라는 것을 금세 알았는데도 의식이 뒤틀린 것처럼 멍하니 선 채로 '할아버지가 먹고 내던진 사과 심지 하나가 이런 곳에도 떨어져 있구나'라고 생각했습니다….

유키코에게서 연락이 온 것은 경찰과 그 관계자들이 집 안을 들락거리고 평온하던 집이 문자 그대로 사건 현장이 되었을 때쯤이었습니다.

그때 마침 나는 마루에서 사토코 씨와 함께 형사의 질문에 답하던 때였는데 전화를 받은 사토코 씨가 나를 흘끔 쳐다봤기 때문에 곧바로 달려가 그 손에서 수화기를 뺏어 들었습니다.

"어머, 당신이 나오코 데리러 갔어? 아이, 잘됐네. 내가 두세 시간쯤 더 늦어질 거 같아. 좀 곤란한 일이 생겨서…."

유키코가 뻔뻔하게도 그런 변명을 느물느물 늘어놓아서 나는 그 말을 가로막고 "당신, 지금 어디 있어?"라고 물었습니다.

"어디든 무슨 상관이래? 말투는 또 왜 그래?"

"상관이 있어서 묻는 거야. 보통 때 같으면 당신이 어디서 무슨 짓을 하건 상관없지만 지금은 형사가 나한테 묻고 있어. 딸이 살해되었는데 엄마라는 사람은 어디 있는지도 모른다는 게 말이 되느냐고…."

"형사?"

그제야 조금 진지해진 목소리로 되묻는 아내에게 나는 짧게 사정을 설명했습니다. 하지만 그에 대한 대답은 아내의 웃음소리였습니다. 평소의 그 웃음, 귀에 거슬리게 새새거리는 웃음….

내 말을 농담이라고 생각하고 웃었겠지요. 하지만 내가 아무 때나 농담을 하는 사람이 아니라는 게 생각났는지 그 웃음소리를 애매한 부분에서 뚝 끊더니 "아무튼 지금 바로 갈게"라고 대답했습니다.

아내는 사건 현장이 된 처형 집에서 지하철로 기껏 이십 분쯤 걸리는 곳에 있었는데도 실제로 도착한 것은 그로부터 한 시간이 지난 뒤였습니다. 그때는 이미 나오코의 사체는 부검을 위해 실려 나가고 집 안도 다시 조용해진 다음이라서 아내는 들어서자마자 주위를 둘러보고 웃으려고까지 했습니다. 역시 농담이었구나, 라는 듯이….

나와 처형이 사정을 얘기해도 전혀 실감이 나지 않는 눈치였습니다. 나오코가 저 나무 밑에 묻혀 있었다는 말을 듣고는 메마른 시선을 정원의 나무 쪽으로 흘끔 던지더니 중얼거리듯이 이렇게 말했을 뿐입니다.

"저 꽃, 난 원래부터 싫었어. 너무 화려해서 후덥지근하게 보이잖아."

형사가 난처한 듯한 눈빛을 보이더니 그 시선을 소파에 앉은 할아버지에게로 던졌던 게 기억납니다. 그때까지 그 유일한 증인이 어떤 질문에도 의미 불명의 말밖에 하지 않아 속을 태우고 있었는데 사태를 전혀 파악하지 못한 유키코의 반응 역시 그와 비슷한 데가 있었으니까요.

제 입으로 화려한 건 싫다고 했지만 그때 유키코는 능소화보다 더 진한 화장에 옷차림도 화려했습니다. 원색 꽃무늬 셔츠와 하체의 선이 고스란히 드러나는 꼭 끼는 바지, 거기에 군데군데 탈색한 머리며 오렌지색 립스틱이 어디 관광지에라도 놀러 나온 사람 같아서 참혹한 사건이 일어난 집과는 그야말로 어울리지 않는 모습이었습니다.

아뇨, 어울리지 않은 것은 옷차림이나 화장 때문이 아닙니다. 유키코는 천성적으로 온몸에 원색 같은 화려함이 있습니다. 수수한 옷에 맨얼굴일 때도 땀이며 피부호흡이라고 하던가요, 몸에서 토해내는 숨 같은 것에 원색이 배어나서 집에 있을 때도 아이를 돌봐줄 때도 항상… 항상 뭔가 그 자리에 어울리지 않는 인상을 풍기는 것입니다.

하긴 나와 처형도 아직 사건이 실감이 나지 않아 마치 텔레비전 드라마 속에 뛰어든 것처럼 그 자리가 어색했으니까 딱히 유키코만 나무랄 수는 없습니다. 특히 나는 갑작스럽게 내게 주어진 피해자의 아빠 역할을 어떻게 실감 나게 연기해야 할지 알 수가 없어서 촬영이 착착 진행되는 것을 혼자 뒤처진 채 멍하니 지켜보는 서툰 연기자 같은 심정이었습니다.

그래서 유키코가 갑자기 화를 내며, "내가 분명히 나오코는 치과에 데려가도 괜찮다고 했지? 난 엄마니까 나오코를 잘 알아. 근데 왜 데려가지 않았어? 그랬으면 이런 일은 없었잖아?"라고 말했을 때도 정말 저 좋을 대로 떠드는 여자라는 생각에 불끈 화가 나는데도 내가 오히려 드라마 각본을 잘못 연기한 것만 같아 가만히 입을 다물고 있을 수밖에 없었습니다.

사토코 씨도 마찬가지였을 겁니다.

"미안해, 내가 깜빡…"이라고만 할 뿐, 아무 말도 못 했습니다.

사토코 씨에게는 나오코를 치과에 데려가지 않은 것보다 더 마음에 걸리는 점이 있었던 것입니다.

나오코의 사체가 발견된 순간부터 처형이 어떤 의심을 품었는지는 그때 현장에 있던 형사님들도 잘 아실 겁니다.

형사님들도 사토코 씨에게서 할아버지가 "아이를 죽인 건 젊은 남자야. 그 젊은 남자는 나인지도 몰라"라고 했다는 말을 듣고 처음부터 똑같은 의심을 품었을 테니까요.

게다가 할아버지는 칠십 노인네답지 않게 완력이 대단했습니다. 지금까지도 몇 번이나 정원의 그 나무뿌리 근처를 이유 없이 파헤치기도 하고, 평소의 온화한 모습에서는 상상도 못 할 잔혹한 행위로 내달리는 순간도 있었다고 합니다. 길을 잃고 헤매든 고양이를 야구 방망이로 때리려고 한다거나 가요와 함께 놀다가 갑작스럽게 이상한 소리를 하면서 가요의 목을 조르려고 한 적이 있다는 말을 듣고 형사님도 집 한쪽에서 입을 꾹 다물고 있는 노인을 의심의 눈길로 훔쳐봤습니다.

아니, 입을 꾹 다물고 있었던 것만은 아니었죠.

유키코가 모든 책임을 언니에게 떠넘기는 듯한 말을 하는데도 조용히 침묵하고 있을 수밖에 없는 나나 처형 대신 "저 여자를 이 집에서 쫓아내!"라고 외친 것이 할아버지였으니까요.

갑작스런 고함에 모두 당황한 참에 할아버지가 벌떡 일어나 거실에 앉아 있던 유키코에게 덤벼들었습니다. 다들 어리둥절하고 있는 사이에 두 손으로 유키코의 목을 움켜쥐었고… 나와 처형이 달려가 필사적으로 말리려 했지만 노인답지 않은 강한 힘에 떠밀려 형사까지 거들어서야 겨우 떼어놓을 수 있었습니다.

그때 느닷없이 눈물을 흘리며 뭔지 모를 고함과 함께 유키코에게 덤벼드는 노인의 모습을 보고 형사님들도 이유를 알 수 없는 그 흉포함이 한 소녀를 죽음으로 몰아넣은 게 틀림없다고 느꼈을 것입니다.

실제로 할아버지의 손아귀에서 벗어나 방바닥에 나동그라진 유키코가 목을 잡고 컥컥거리면서 말했습니다.

"이런 위험한 노인네 옆에 남겨두고 나가다니, 언니는 나오코가 어떻게 되건 상관없었던 거 아냐? 지금도 사람들이 없었으면 내가 죽을 뻔했잖아!"

그렇게 할아버지를 범인으로 지목하는 것과 다름없는 말을 했는데도 어느 누구도 그것을 부정하는 사람이 없었습니다.

사토코 씨는 그런 시아버지의 이유를 알 수 없는… 어쩌면 이유 따위는 처음부터 없었는지도 모르는 흉포함을 알면서도 잠깐의 방심으로 그 손에 어린 조카딸을 내맡긴 것을 크게 자책하는 기색이었습니다.

할아버지는 유키코에게서 떼어놓자 짐승의 포효 같은 부르짖음을 쏟아냈고… 하지만 다음 순간에는 아무 일도 없었던 듯 점잖은 무표정으로 돌아갔습니다.

"확인차 물어보겠는데요, 지금까지 어디 있었습니까?"

형사가 유키코에게 그렇게 물어본 것은 사토코 씨가 시아버지를 재우러 2층으로 올라간 뒤였습니다.

"나오코를 언니네 집에 맡기고… 그다음에 문화센터에 갔다가 친구하고 놀았어요. 언니한테 맡겨두면 절대로, 절대로 괜찮을 줄 알고…."

"놀았다면, 어디서?"

"식사를 하고…, 그러고는 커피숍에서 얘기 좀 한 것뿐이에요."

"하지만 평소에 3시 반에는 아이를 데리러 왔다고 언니에게서 들었습니다. 오늘은 왜 이렇게 늦게까지 전화 한번 없었습니까?"

"그냥… 근처에 전화가 없었어요. 제가 말했죠, 언니한테 맡겨두면 아무 걱정 없다고 생각했다니까요?"

유키코는 태연히 거짓말을 늘어놓았지만, 형사님이 지금까지 있었던 장소와 만난 친구의 이름을 묻자 말을 어물거렸습니다. 그러고는 도리어 화를 냈습니다.

"내가 왜 그런 것까지 대답해야 되죠? 우리 나오코가 죽은 것과는 아무 관계도 없잖아요?"

자기에게 불리한 상황이 되면 항상 유키코는 상대를 공

격합니다. 형사도 그걸 눈치챘는지 은근한 말로 집요하게 유키코를 추궁하셨지요. 그러자 더욱 더 분노의 불이 댕겨졌는지 유키코는 결국 제 감정을 폭발시키며 울음을 터뜨렸습니다.

"그런 것보다 나오코부터 만나게 해주세요. 그 아이는 내 딸이에요. 내 딸이 죽었다는데 엄마라면 만날 권리가 있잖아요? 이런 말도 안 되는 질문을 할 시간에 나를 병원에 데려다 달라고요!"

하지만 그 눈물에 조금이라도 딸의 죽음을 슬퍼하는 마음이 있었는지, 나는 의심스럽기만 합니다.

하긴 나도 그런 말을 할 처지가 아니지요. 나 역시 나오코는 잊어버린 채 그저 아내에 대한 증오에 휩싸여 있었으니까요.

그리고 그제야 내가 해야 할 말을 깨달았던 것입니다.

"히라타 나오키, T대학 문학부 3학년 대학생과 같이 있었습니다."

중얼거림 같은 나의 작은 목소리에 아내는 놀란 듯 돌아보았습니다. 하지만 나는 엄청난 증오가 한순간에 검은 돌로 굳어버린 듯한 그 눈빛도, 그리고 형사의 건조한 눈빛도 무시하고 그저 나를 가엾어 하는 눈빛의 사토코 씨 쪽만 바라보며 말을 이어갔습니다.

"그 밖의 자세한 건 저도 잘 모르니까 아내한테 물어보십시오. 그 대학생이 아내의 불륜 상대니까요."

다음 날, 사건은 뜻밖의 방향으로 흘러갔습니다. 사토코 씨와 가요가 떠나고 한 시간 십여 분 사이에 그 집에 젊은 남자가 드나드는 것을 봤다는 두 명의 목격자를 경찰이 찾아낸 것입니다.

한 사람은 맥주 상자를 근처 집에 배달하던 역 앞 주류 판매점 점원으로, 오후 1시 30분경에 그 집 앞을 지나갈 때, 현관 유리문을 살짝 열고 안을 기웃거리는 남자를 분명히 봤다고 했습니다. 또 한 사람은 그로부터 삼십 분 뒤인 2시경에 장을 보고 그 집 앞을 지나간 이웃집 아주머니였습니다. 대문 앞을 막 지나가려는데 안에서 유리문을 거칠게 닫는 소리가 들려서 깜짝 놀라 돌아봤더니 한 남자가 대문 밖으로 뛰쳐나와 길 반대편으로 달려가는 것을 봤다고 했습니다.

두 사람 모두 남자의 뒷모습만 봤고, 게다가 주류 판매점 점원은 자동차로 집 앞을 통과하는 순간에 얼핏 본 것이라서 젊은 남자였다는 인상착의뿐이었습니다. 이웃집 아주머니 쪽도 그 남자가 금세 모퉁이를 돌아갔기 때문에 뛰는 모습으로 젊은 남자라고 생각했을 뿐이라고 말했습니다. 하지만 두 목격자 모두 남자가 흰색의 가벼운 여름 옷차림이었다고 말한 점이 일치하고 시각도 틀림없다고 해서 경찰에서는 이 증언을 바탕으로 그자의 신원과 행방을 쫓는 중인 모양이었습니다.

그리고 며칠 뒤에는 "1시 반쯤에 그 집 현관에서 뛰어나오는 남자를 봤다"라는 세 번째 목격자도 나타났습니다. 사건이 일어나고 정확히 일주일째 되는 날에 경찰서에 갔던 유키코가 형사에게서 그렇게 들었다고 알려주었습니다. 근처에 사는 여중생인데 무더운 날씨에 공부가 안되어 잠깐 역 앞에 놀러 가려던 참이었다고 합니다. 흰색 셔츠를 입은 젊은 남자라는 것도, 대문에서 뛰쳐나와 큰길 쪽으로 달려갔다는 것도 이웃집 아주머니의 증언과 일치했습니다. 다만 시간 차가 약간 있어서 1시 반이라는 건 주류 판매점 점원이 "남자가 유리문 틈새로 집 안을 살피고 있었다"라고 한 시각입니다. 여중생은 여름방학이라서 시간관념이 희박했기 때문에 결국에는 "어쩌면 2시쯤이었는지도 모르겠다"라는 식으로 증언을 변경해 이웃집 아주머니의 증언을 뒷받침했던 것입니다.

아니, 이건 나보다 경찰 여러분이 더 잘 아시겠지요. 두 명의 목격자, 여중생까지 더하면 세 명의 목격자가 나타나 할아버지가 헛소리처럼 말했던 '젊은 남자'라는 게 갑작스럽게 신빙성을 갖게 된 것도, 그리고 용의선상에 오른 그 젊은 남자를 아내와 불륜을 저지른 대학생으로 지목하고 그의 알리바이를 조사했던 것도.

하지만 나도 다시 확인할 필요가 있어서 좀 더 이야기하겠습니다.

히라타 나오키라는 대학생의 알리바이는 경찰 이상으로 내게도 중요한 의미가 있으니까요.

히라타는 그날 오후 1시에 신주쿠의 문화센터가 아니라 니시구치의 호텔 근처에서 유키코를 만났고, 유키코가 체크인을 하고 1시 10분경에 둘이서 호텔방에 들어가… 곧바로 침대에 뛰어들었다고 했다지요. 그리고 그로부터 유키코가 언니 집에 전화한 7시쯤까지 한 번도 호텔방에서 나오지 않았다고….

　경찰은 물론 그 말을 확인하기 위해 유키코를 찾아갔고, 유키코는 "그 말에 틀림이 없다"라고 대답했다고 들었습니다. 나오코의 장례식이 끝나고 사흘 뒤, 내가 회사에 나가고 집에 없는 사이에 우리 집으로 찾아오셨지요. 그 뒤에 형사 두 분이 회사로 나를 찾아와 "부인도, 히라타도 그렇게 말하고 있다"라고 알려줬습니다.

　그때 만난 형사님 한 분은 사건 날 밤에 현장에 출동했던 분이었는데, 네, 그렇죠, 야마노 씨라는 분이었어요. 그 야마노 형사님은 현장에서 유키코의 태도가 너무도 냉랭한 것을 보고 혹시 유키코가 자신의 딸을 살해할 동기는 없었는지, 마치 소설이나 텔레비전 드라마 같은 그런 얘기를 내게서 알아내려는 눈치였습니다. 부검을 끝낸 나오코의 사체를 인수할 때도, 그리고 장례식 때도 몇 번이나 내보인 아내의 과장된 눈물에서 저는 얼핏 거짓을 감지했지만, 어쩌면 야마노 형사님도 똑같은 거짓의 냄새를 맡았는지도 모릅니다.

　만일 유키코에게 그럴 만한 동기가 있었다면 두 사람이 주장하는 알리바이는 의미가 없다, 유키코가 히라타를 이용해 나오코를 살해하게 했을 가능성도 있다, 라고 생각했던 것이겠지요.

　직접은 아니지만 멀리 에둘러 그런 뜻을 내게 내비쳤습니다.

　정확하게는 이런 말이었습니다.

　"그날 저녁에 부인은 딸의 죽음을 슬퍼한다기보다 자신의 불륜이 드러나는 것을 두려워하는 것처럼 보였는데요, 딸을 사랑하기는 했습니까?"

그런 질문을 받고 나는 대답했습니다.

"아내는 그런 짓을 하고 다니긴 했어도 보통 엄마보다 더 나오코를 사랑했습니다."

그리고 그 증거로 몇 가지 예까지 들었습니다.

실제로 유키코는 나오코를 잘 돌봐줬습니다. 조금만 열이 나면 한밤중에라도 병원으로 차를 몰고 달려갔고, 재작년에는 고등학교 때 친구가 유키코에게 딱 맞는 일을 소개해줘서 꽤 솔깃해 했는데도 나오코를 어린이집에 맡기는 게 가엾다면서 포기했습니다.

"하지만 남자를 만나려고 딸을 언니 집에 맡겼잖습니까."

"아뇨, 그건 나오코가 가요를 좋아해서 날마다 이모 집에 가기를 손꼽아 기다렸기 때문입니다. 결코 바람피우는 데 거치적거린다는 매정한 이유 때문은 아니었을 거예요."

결국 야마노 형사님은 뭔가 석연치 않다는 표정으로 돌아갔고, 나는 그 뒤 내가 너무 지나치게 유키코 편을 든 게 아닌가 하고 후회했습니다.

분명 나오코를 사랑하기는 했지만 전에도 말했듯이 나오코 곁에 있을 때도 유키코는 어쩐지 전혀 어울리지 않는 자리에 와 있는 것처럼 원래의 유키코의 모습이 아니라고 매번 느끼곤 했습니다. 유키코에게 잘 어울리는 곳은 남자 옆에… 물론 나 이외의 남자 옆에 있을 때뿐이고, 그것도 침대 위에서 남자와 정사를 할 때뿐이라고 나는 생각하고 있으니까요.

그때 사실은 형사님에게 좀 다른 이야기를 하고 싶었습니다.

　야마노 형사님은 그 시간에 아내와 히라타에게 완벽한 알리바이가 있다면 딸을 살해할 수는 없다고 생각하셨겠지만, 실은 그 반대입니다.

　아내가 문제의 시각에 대학생과 한 침대에 있었다는 게 확실해진 이상, 나오코를 죽음으로 몰아넣은 게 그 두 사람이라는 것도 분명한 사실이 된 것입니다. 두 사람이 침대에서 서로의 몸을 탐하고 있었다는 것을 알리바이랍시고 당당히 주장한 것은 내게는 그 두 사람이 나오코를 죽음으로 몰아넣은 죄를 큰소리로 인정한 것과 마찬가지였습니다.

　법률적인 죄가 아닙니다. 두 사람이 직접 손을 대지 않았다고 해도 호텔 침대에서 두 사람이 범한 죄가 결국 나오코를 죽음으로 몰아넣었으니까요. 가장 큰 죄는 유키코의 배신이라고 나는 분명하게 단언합니다. 왜냐하면 나는 유키코의 죄가 주위 사람들에게 몰고 온 고통의 가장 큰 증인이니까요.

　예전에도 아내는 똑같은 죄를 범해 한 남자를 죽음으로 몰아넣을 뻔한 적이 있었던 것입니다.

　맨 처음에 2시 41분이라는 시간에 대해 말했었지만, 그건 육 년 전 어느 날, 한 남자가… 미타카 역 플랫폼을 통과하는 열차에… 신혼 초의 아내가 다른 남자와 함께 타고 있던 열차에, 바로 내가 몸을 던지려고 했던 시간입니다.

3

　나와 유키코가 결혼식을 올린 것은 육 년 전의 마침 이
맘때쯤입니다.

　이미 다 짐작하셨겠지만, 중매 결혼입니다. 척 보기에도
어딘가 짝이 맞지 않는 커플이지요. 서로 반려자로서 가장
어울리지 않는 상대를 골랐다는 느낌이 드는 부부인데 연애
끝에 결혼했다고 상상할 사람은 없겠지요. 사실 나도 유키
코가 왜 나처럼 따분하고 아무 매력도 없는 사람과 결혼했
는지 아직도 잘 모르겠습니다.

　정식으로 선을 본 것은 아닙니다. 유키코를 소개해준 사
람은 내 초등학교 시절의 은사, 바로 사토코 씨의 시어머니
되시는 분입니다. 그렇습니다, 재작년에 암으로 세상을 떠
나신…. 형사님도 사진을 통해 얼굴은 아실 겁니다. 이번 사
건의 현장이 된 집의 불단에 위패와 함께 사진이 있었지요?

　이건 나중에 중요한 얘기가 될 테니까 꼭 기억해주십시

오. 나는 아키요 선생님이 집안 사정으로 교단을 떠나시던 해의 마지막 제자입니다. 그런 사정도 있어서 선생님은 나를 무척 귀여워하셨고, 퇴직 후에도 동창 모임에서 만날 때마다 여러모로 신경을 써주셨습니다. 특히 내가 취직을 한 뒤에는 항상 "다케히코는 아직 결혼 안 했어? 여자라고는 통 모르는 아이라서 걱정이구나"라는 말을 입버릇처럼 하셨습니다. 육 년 전 정월에는 내게 전화를 해서 "원룸에서 혼자 설을 보내자면 얼마나 적적하겠니. 시간 나면 우리 집에 놀러오너라"라고 청해주셨습니다.

단순히 놀러오라는 게 아니라 내게 유키코를 소개해주려고 하신 것입니다. 하지만 그날은 유키코가 급한 볼일이 생겨 그 집에 나타나지 않았습니다. 유키코에게서 미안하다는 전화가 온 뒤에야 아키요 선생님이 털어놓으셨습니다.

"선을 본다고 하면 괜히 어색해질 것 같아서. 두 사람에게는 비밀로 하고 자연스럽게 만나는 자리를 만들어주려고 했는데 아쉽게 됐네."

그날 며느리 사토코 씨가 여동생과 함께 찍은 사진을 보여주면서 했던 말이 지금도 생각납니다.

"아이, 어머님이 서두르지 않으셔도 유키코는 자주 놀러 오니까 언제든지 또 기회가 있을 거예요."

나는 그때 본 사진에 마음이 흔들렸습니다.

아키요 선생님 집 정원에서 찍은 스냅사진으로, 유키코는 나무에 기대서서 카메라에서 눈을 돌리고 뭔가를 보고 있었습니다. 분명 이번 사건에서 문제가 된 그 능소화나무입니다…. 그 나무에서 딴 꽃을 머리에 꽂고 누군가 오기를 기다리는 듯한 모습이었다는 게 기억에 남아 있는 걸 보면 한창 여름날의 정원이었던 것 같기도 한데, 어쩌면 그건 유키코의 미소에서 그때 이미 진하다고 할 만큼 화려한 원색을 감지했기 때문인지도 모릅니다. 어쨌든 내 시선을 끈 것은 유키코가 아니라 그 옆에서 조심스럽게 눈을 숙이고 있는 여자였습니다.

여동생을 앞에 내세우고 자신은 그 뒤에 숨는 듯한 조심스러운 모습이었습니다. 그때 임신 중이어서 불룩한 배가 마음에 걸렸는지도 모르지만… 아니, 그건 역시 사토코 씨의 본디 성격이겠지요. 정월에 처음 만났을 때도 출산한 지 얼마 안 되었는데 엄마가 된 행복함 같은 건 별로 느껴지지 않았습니다. 자꾸만 아래로 숙이는 그 눈길은 여동생의 도전적인 눈빛과는 정반대로 색깔 없이 쓸쓸하게 뭔가를 바라보는 듯한 인상이었습니다.

내가 그 여자를 '처형'이라고 부르게 된 뒤에 그런 첫인상을 말했더니 역시 눈을 내리뜨면서 웃었습니다.

"그런 거라면 다케히코 씨도 마찬가지인 거 같은데? 유키코보다 내 얼굴에 먼저 눈길이 갔다는 건 다케히코 씨도 한사코 쓸쓸한 것만 바라보는 사람인 모양이지."

사토코 씨는 시어머니와의 관계도 좋아 보였습니다. 다만 남편 류스케 씨와 사이가 괜찮았는지 어떤지는 좀….

정월에 그 집에 갔을 때는 류스케 씨도 한자리에 있었지만 제약회사의 비즈니스맨이라는데도 친절함이랄까 다정한 표정이 별로 없이 딱딱하고 까다로운 느낌이었습니다. 나보다 세 살이 많을 뿐인데 책을 읽는 것처럼 메마른 음성에 은근히 사람을 얕잡아보는 말투여서 부부관계뿐만 아니라 부모와의 관계도 그리 좋지는 않은 것 같았습니다.

아키요 선생님과 꼭 닮은 이목구비만 아니었다면 혹시 친아들이 아닌 건가, 하는 의심이 들 만큼 모자간에 한두 마디씩 주고받는 말에서 냉랭한 거리감이 느껴졌습니다.

류스케 씨가 새해 인사를 돌러 나가봐야 한다면서 자리를 뜨자 아키요 선생님이 "쟤는 칠판에 분필로 그린 것 같은 얼굴이라니까"라고 하셨던 게 생각납니다.

"하지만 선생님, 제가 초등학생일 때는 항상 아드님하고 많이 닮았다고 하셨잖아요?"

나는 웃으면서 그렇게 물었습니다.

"얼굴은 이목구비가 아니라 표정이야. 그런 의미에서는 나하고 다케히코가 오히려 더 모자간 같아. 그렇지, 사토코?"

선생님의 그 말에 사토코 씨는 희미하게 미소를 지으며 고개를 끄덕였습니다.

"나는 사토코를 류스케가 아니라 다케히코와 결혼시켰으면 좋았겠다고 후회하고 있어. 사토코 같은 착한 여자를 류스케처럼 차가운 녀석과 맺어주다니…. 내 인생 두 번째 실수지 뭐야. 그 대신, 이라는 것도 좀 이상하지만, 사토코의 여동생이라도 다케히코와 맺어주고 싶어."

"두 번째 실수라니, 그럼 첫 번째 실수는 뭐예요?"

그러자 선생님은 옆방에서 고타쓰에 다리를 넣고 텔레비전을 보는 남편의 등에 밉살스럽다는 시선을 흘끗 던졌습니다. 그러고는 농담이라는 듯 눈 끝에 주름을 잡으며 소리 없이 웃었습니다.

사 년 뒤에 암으로 쓰러지신 게 믿어지지 않을 만큼 그날 아키요 선생님은 건강하셨습니다. 그리고 남편인 게이조 씨도 그 무렵에는 아직 정신이 말짱했었는데…. 하긴 그 무렵에도 말수가 부쩍 줄어서 한집에 살면서도 가족과는 떨어져 자기만의 세계에 갇혀 있는 것 같았습니다. 그 고독한 뒷모습을 보면 대체 무슨 생각을 하는지 알 수 없는 구석이 있었습니다.

이번 사건이 일어난 날 저녁에 형사님도 보셨던 그 뒷모습입니다. 그래서 사토코 씨도 게이조 씨가 그날 툭툭 내뱉은 말이 진실인지도 모른다고 의심했던 것입니다. 어디까지가 그분의 본디 성격인지 아니면 나이 들어 뇌가 망가진 결과인지, 그 경계선이 애매한 것이지요. 전에는 폭력을 휘두르는 일이 없었지만, 그래도 언젠가 한 번 이유도 없이 갑작스럽게 화를 내며 아키요 선생님에게 고함을 지르는 걸 사토코 씨가 본 적이 있다고 했었고…. 그해 정월에 아키요 선생님에게서 직접 "전처가 참 너무했다는 얘기는 들었지만, 나는 가끔 그런 여자가 될 수밖에 없었던 전처의 심정이 이해가 된다니까"라는 말도 들은 적이 있으니까요.

아니, 이번 사건 때문에 내가 그해 정월에 본 '가족 풍경'에 억지로 빗금을 그으려고 하는지도 모르겠습니다. 찾아온 손님에게 은근히 식구들의 험담을 하는 건 어떤 집에서나 흔한 일이고, 거꾸로 그 가족이 평범한 행복으로 서로 이어져 있다는 증거일 수도 있겠지요. 하지만 이번 사건이라기보다 그 반년쯤 뒤에 일어난 한 가지 사건 때문에 나는 평범한 행복이 그대로 드러난 그날의 '가족 풍경'에 흠집을 내보고 싶었는지도 모르겠습니다.

　반년쯤 뒤, 정확하게는 8개월 뒤의 일입니다. 사건이라
는 건 바로 나와 유키코의 결혼입니다. 유키코와의 결혼은
식을 올린.그날부터 적어도 내게는 '사건'이라고 표현할 수
밖에 없는 비극성을 적나라하게 보여줬으니까요.

　우리의 결혼은 이른바 그 집에서 본 '가족 풍경'에서 파
생된 것이었기 때문에 나중에 나오코가 태어나 셋이서 단란
한 시간을 보낼 때마다 나는 매번 이 풍경은 그해 정월 가족
풍경의 축소판이라고 느끼곤 했습니다. 단란한 가족이란 그
저 남에게 보여주기 위한 것일 뿐, 실제 나와 유키코 사이에
는 남남보다 더 멀고 깊은 틈이 벌어져 있었으니까요. 무심
코 바라보면 보이지 않을 그 빗금 같은 것이 우리 결혼의 모
체가 되었던 그해 정월의 노부부와 아들 부부, 그리고 이제
막 태어난 아기까지 포함한 하나의 가족 풍경에 감춰져 있
었다는 마음이 자꾸만 드는 것입니다.

　우리 가족과 그 집안을 직접 이어주는 끈은 사토코 씨와
유키코가 자매간이라는 것뿐이었지만, 나는 우리 집이 그
집안에서 파생된 새끼 가족처럼 느껴지곤 했습니다. 우리
결혼 생활의 불행의 이유가 원래 그 집안에 있었던 세균 같
은 유전자를 물려받은 탓이라고 생각했기 때문입니다. 하긴
그것도 철없는 반항기의 어린애가 저 혼자 책임지지 못할
잘못을 부모 탓으로 돌리는 듯한 얘기겠지만….

　물론 실제 책임은 유키코에게… 그리고 그보다 유키코
와 이혼하지 못한 나에게 있습니다.

　서두가 너무 길어졌군요. 분명 그 집안의 인간관계와 이

번 사건은 중요한 관련이 있지만, 이렇게 내 의지에 따라 경찰에 찾아왔으면서도… 나 말고는 아무도 알지 못하는 사실을 모조리 형사님께 털어놓자고 결심하고 찾아왔으면서도… 나는 여전히 나와 유키코의 결혼식 날 밤에 있었던 일을 입에 올리기가 망설여지는 모양입니다.

경찰에 출두해 이번 사건의 전모를… 내 딸이 그토록 참혹하게 죽어간 사건의 모든 것을 털어놓자고 마음먹었으면서도 지금까지 한 달 가까이나 망설인 것은 그 이야기를 하려면 반드시 육 년 전 결혼식 날 밤의 일을 언급해야 하고, 그건 어떤 의미에서는 이번 사건에 대해 말하는 것보다 훨씬 더 부끄러운 일이었으니까요.

하지만 이제 그 이야기를 하지 않으면 안 될 때가 온 것 같습니다.

그해 정월에 유키코가 급한 볼일이 생겨 서로 만나지 못했던 것은 그 뒤 우리 두 사람의 관계와 참으로 잘 어울리는 첫걸음이었습니다.

하지만 보름 뒤에 선생님 댁에서 다시 정식으로 소개를 받았고, 그다음부터는 뜻밖일 만큼 일이 척척 진행되어 반년 뒤에는 벌써 결혼 날짜가 정해졌습니다.

뜻밖일 만큼, 이라고 말한 것은 유키코처럼 화려한 성향의 여자가 나처럼 재미없는 사내를 결혼 상대로 선택할 리 없다고 생각했었기 때문입니다. 처음 만났을 때부터 유키코는 내게 상냥하고 애교 있게 적극적으로 다가드는 모습을 보였지만, 그건 언니의 시어머니가 중매를 섰기 때문에 나름대로 신경을 써주는 거라고 생각했을 뿐입니다.

유키코 스스로도 남자친구가 많다고 말했었고 두세 번 데이트 약속을 바로 직전에 취소한 일도 있었으니까요.

그런데 도쿄가 장마철에 접어든 무렵, 아키요 선생님에게서 전화가 왔습니다.

"다케히코, 네 생각은 어때? 유키코 쪽에서는 그만큼 착한 남자라면 결혼할 마음이 있지만, 다케히코 쪽에서 자기 같은 사람은 싫어하지 않겠느냐고 하던데?"

단순히 중매자 입장에서 인사치레로 해주신 말씀일 거라고 반신반의하면서도 나는 반지를 구입해 그다음에 유키코를 만났을 때 용기를 내어 내밀었습니다. 그랬더니 유키코는 그 자리에서 반지를 왼손 약지에 끼고 "어때, 어울려?"라고 미소를 지었습니다.

"다케히코 씨, 여자를 잘 모른다는 얘기는 거짓말이지? 내 손가락 사이즈를 이렇게 딱 알아맞히다니. 게다가 이 백금 디자인도 내 취향을 다 알고 산 것 같은데?"

"백화점에 반지 사러 갈 때, 처형을 모시고 갔거든."

나는 솔직히 대답했습니다.

"에이, 도우미가 있었구나?"

유키코는 약간 토라진 표정을 보였지만 그것도 그저 농담일 뿐 곧바로 다시 흐뭇한 얼굴로 말했습니다.

"신혼여행은 하코네로 가는 게 어떨까? 내가 전부터 도노사와 호텔에 가보고 싶었거든."

나로서는 회사 일이 한가해지는 가을에 결혼식을 올리고 신혼여행은 일주일쯤 넉넉히 날을 잡아 이탈리아에 다녀올 계획이었습니다. 하지만 유키코는 생각이 달랐습니다.

"되도록 빨리하는 게 좋겠어. 한여름에는 결혼식장 잡기도 쉽고, 신혼여행은 가까운 곳으로 가도 괜찮아. 내가 화려한 것 같아 보여도 의외로 검소한 사람이야."

그렇게 밀어붙여서 두 달 뒤에는 평범한 호텔에서 조촐하게 식을 올렸습니다.

지금 생각해보면 내가 원하던 일이 나를 앞서서 내달린 듯한 묘한 허전함과 초조함을 느꼈던 것 같습니다. 하지만 그때는 그저 행운이란 원래 이런 것인 모양이다, 여태까지 너무 여자 복이 없었기 때문에 내가 좀 당황한 것이겠지, 라고 생각했습니다.

그때 느꼈던 허전함과 초조함은 내가 그 행운의 이면에 숨어 있는 거짓을 감지했기 때문이었을 텐데 그런 것을 제대로 인식하지도 못할 만큼 다급하게 결혼식까지 일이 흘러가서 그날 저녁에는 벌써 하코네 호텔에 와 있었습니다.

호텔 다이닝룸에서 식사를 마치고 방이 있는 층에서 엘리베이터를 내리려고 했을 때, 갑작스럽게 유키코가 잠깐 정원 산책을 하고 오겠다고 했습니다. 내가 먼저 내렸는데 유키코 혼자 엘리베이터 안에 남아 퍼뜩 생각난 듯이 말한 것이었습니다.

"그래? 그럼 나도 함께 갈게."

내가 다시 엘리베이터에 타려고 하자 유키코는 웃으면서 고개를 저었습니다.

"잠시만 나 혼자 있게 해줘. 앞으로 평생 함께 있을 거니까. 괜찮지?"

의아한 얼굴로 바라보는 내 시선을 뿌리치고 유키코는

엘리베이터 문을 닫았습니다.

별수 없이 나 혼자 방으로 들어왔지만 한 시간이 지나도 유키코는 돌아오지 않았습니다. 웬일인가 하고 로비를 둘러보고 컴컴한 정원을 찾아다니고 프런트에도 물어봤지만 아무것도 알아내지 못한 채 결국 포기하고 다시 방으로 올라왔습니다. 또 한 시간을 기다리다 혹시 정원 너머 숲속에 갔다가 절벽에서 떨어지는 사고라도 당했는지 모른다고 걱정하기 시작한 참에 전화가 걸려왔습니다.

전화는 프런트에서 온 것이었습니다. 직원이 "부인께서는…"이라고 묻길래 아직 돌아오지 않았다고 했더니 "방금 택시 운전기사가 부인이 차 안에 잊어버리고 간 반지를 가져왔는데요"라는 것이었습니다. 뭔가 착오가 아닌지 의아해하면서도 프런트 직원의 목소리가 매우 난처해하는 느낌이어서 일단 1층으로 내려갔습니다. 그런데 직원이 내준 것은 분명 유키코의 결혼반지였습니다.

"아내가 택시 안에 이걸 놓고 내렸다고요? 그 운전기사는 지금 어디 있죠?"

"항상 호텔 앞에서 대기하는 택시니까 아직 있을 겁니다. 직접 가서 물어보시는 게 좋겠어요."

곧장 호텔 앞으로 나가 택시 기사에게 물어보니 두 시간 전쯤에 핑크색 정장 차림의 여자를 고라 관광호텔까지 태워다줬다는 겁니다. 그래서 나도 그 택시를 타고 고라의 호텔에 가보기로 했습니다. 차 안에서 운전기사에게 자세한 얘기를 들을 수 있었습니다.

택시 기사에 따르면, 유키코를 고라 관광호텔 현관 앞

에 내려주고 곧바로 오다와라까지 나가는 손님을 태웠는데 그 손님이 도착해서 내리는 참에 "좌석에 이런 게 떨어져 있다"라면서 반지를 건네줬다고 합니다. 가만 생각해보니 고라 관광호텔에서 내린 여자 손님이 차 안에서 반지를 빼는 모습을 룸미러로 본 것 같아서 그 여자가 틀림없다고 짐작하고 이쪽 호텔로 가져왔다는 것이었습니다.

"왜 반지를 고라 관광호텔로 가져가지 않고 이쪽으로?"

"그 여자 손님이 고라 관광호텔에서 두세 시간 안에 볼일을 끝내고 다시 이쪽 호텔로 돌아갈 텐데 그 시간에 택시를 잡을 수 있느냐고 물었거든요. 혹시 택시가 없으면 전화해달라고 내가 택시회사 명함을 건넸어요."

묵직한 어둠을 헤드라이트로 헤치며 차가 절벽을 타고 구불구불한 도로를 올라가는 동안 나는 마음이 바뀌어서 운전기사에게 다시 도노사와 호텔로 돌아가자고 말했습니다. 그 어둠을 뚫고 가봤자 훨씬 더 깊은 어둠뿐이라는 것을 어렴풋이 깨달았기 때문입니다. 나는 운전기사에게 "혹시 아내가 돌아올 때 이 차를 부르더라도 나를 만났다는 얘기는 하지 말아주세요"라고 당부하고 요금의 두 배가 넘는 돈을 쥐여주었습니다. 그리고 호텔 프런트에 반지를 다시 내주면서 "아내가 돌아오면 직접 건네줘요. 그리고 내가 이 반지에 대해 아무것도 모르는 걸로 해줬으면 합니다"라고 말하고 방으로 올라왔습니다.

프런트의 남자 직원은 무슨 일인지 대략 짐작했을 테지만 완벽한 무표정으로 "네, 알겠습니다"라고만 대답했습니다.

하긴 나는 그 프런트 직원의 거짓된 표정을 나무랄 자격이 없었습니다. 다시 두 시간 뒤 한밤중에야 돌아온 유키코를, 이제 막 내 아내가 된 여자를, 나는 무표정은커녕 크게 안도한 표정으로 맞아주면서 천연덕스럽게 말했으니까요.

"어떻게 된 거야? 산책하다 숲속에서 길을 잃은 건 아닌가 하고 걱정했어. 십 분만 더 기다려보고 그래도 오지 않으면 호텔에 부탁해서 주변 숲을 수색해달라고 하려던 참이야."

유키코가 방에 들어선 순간, 나는 가장 먼저 왼손을 슬쩍 살펴봤습니다. 그 왼손 약지에 아무 일도 없었던 듯이 반지가 끼워져 있었습니다. 그걸 보고 역시 유키코는 누군가 다른 남자를 만났구나, 고라의 호텔방에서 이 결혼반지가 방해가 되는 시간을 그 남자와 보냈구나, 라고 확신하면서도 그걸 털끝만큼도 얼굴에 드러내지 않았습니다.

그날 밤을 떠올릴 때마다 유키코와 나, 둘 중 누가 더 교묘하게 연기를 했는지 아직도 나는 잘 모르겠습니다.

"미안해. 호텔 정원을 산책했다는 건 거짓말이야. 당신, 아까 저녁 먹을 때 셰프가 골라준 와인이 마음에 안 들었는데도 그냥 마셨잖아. 고라 관광호텔에 최고급 와인이 많다는 얘기가 생각나서 당신에게 선물하려고 몰래 다녀온 거야. 오늘 밤을 우리의 완벽한 첫날밤으로 만들고 싶었거든. 근데 그쪽 호텔에서 우연히 고등학교 때 친구를 만났지 뭐야. 걔가 며칠 전에 이혼을 했다는데 그런 얘기를 듣고 내가 결혼했다는 말은 차마 할 수가 없었어. 구구절절 하소연을 들어주다 보니까 시간이 이렇게 되어버렸네…. 아무튼 한번 이야기를 시작하면 끝이 없는 친구야. 나는 오늘 신혼여행이라고 몇 번이나 말하려고 했는데…. 이미 거짓말을 해버려서 갑자기 아니라고 하기도 좀 그렇잖아. 그러다 호텔 매점이 문을 닫는 바람에 정작 와인은 사지도 못하고…. 정말 미안해. 완벽하게 하려다가 오히려 일을 엉망으로 만드는 거, 내 버릇인가봐. 앞으로도 이런 일이 많겠지만, 그거 전부 미리감치 사과할게.”

명배우는 아무도 믿지 못할 그런 거짓말을 너무도 태연히 줄줄 늘어놓은 유키코 쪽이었을까요. 아니면 그게 거짓말인 줄 뻔히 알면서도 나 스스로를 속이며 그걸 믿으려고 했던 나였을까요….

유키코의 말대로라면 택시 안에서 굳이 결혼반지를 뺀 이유가 전혀 설명되지 않는데도 일단 고라 관광호텔에 간 것은 인정했으니까 사실인지도 모른다고 나 자신을 속였던 것입니다.

하지만 진짜 거짓말쟁이는 그 뒤에 교태 넘치는 모습으로 내 몸에 손을 내민 유키코 쪽이었을까요, 아니면 순순히 그 손길을 받아들인 내 쪽이었을까요….

그 뒤 이틀 동안 우리는 행복한 신혼부부를 연기한 뒤에 신혼집에 돌아왔습니다. 그리고 바로 그다음 날 나는 은밀히 손을 써서 유키코가 그날 밤 고라 관광호텔에서 만난 남자의 이름과 함께, 가정을 가진 그자와 유키코가 이미 오래전부터 관계를 가져왔다는 사실을 알아냈습니다.

그런데도 유키코가 그 남자와의 관계에 마침표를 찍기 위해 나와 결혼한 것이다, 그날 밤에도 내 품에 안기기 전에, 새로운 인생을 출발하기 전에, 마지막 이별 의식을 치르러 그 호텔에 갔던 것뿐이라고 나 스스로에게 되뇌었습니다.

하지만 그건 아내를 놓치지 않기 위한 변명에 지나지 않았다는 것이 한 달 뒤, 유키코가 내뱉은 새로운 거짓말에 의해 여지없이 밝혀졌습니다.

"이번 주말에 당신 오사카 출장이지? 나 혼자 심심할 거 같아서 스미에한테 놀러오라고 했더니 걔가 시라보네 온천에 잘 아는 여관이 있으니까 함께 가자는 거야. 나, 가도 돼?"

거짓말이라고 직감하면서도 나는 웃으면서 "물론이지. 다녀와"라고 대답했습니다.

"그럼 당신 회사 근처에 여행사 있잖아, 거기서 기차표하고 숙박권 좀 사다 줄래? 스미에가 준비하겠다고 했는데 내가 당신 자랑하려고, 우리 남편이 정말 착해서 아마 준비해줄 거라고 말해버렸어. 아, 당신 곤란하면 내가 하고."

덧붙여 유키코는 그런 부탁까지 했습니다.

나에게 여관 예약이며 기차표를 준비하게 한 것도, 그리고 당일 오후 도쿄 역에 나가는 나와 신주쿠 역까지 같이 가겠다고 한 것도 모두 자신의 거짓말을 완벽하게 만들기 위한 것이었습니다. 어설피 감추는 것보다 당당하게 나가는게 상대방이 깜빡 속기 쉽다는 것을 유키코는 잘 알고 있었습니다.

하지만 그때는 유키코가 지나치게 완벽을 기한 것이 오히려 탈이었습니다.

나 모르게 은밀히 준비했다면 그나마 나를 남편으로, 한남자로 인정해줬다고 생각할 수도 있겠지요. 하지만 그런 뻔뻔한 거짓말을 태연히 내뱉었다는 건 나 따위는 어쨌든 상관없다. 남편은커녕 벌레보다 못한, 존재라는 이름값도 못하는 존재로 무시해버린 것이라고 할 수밖에 없어서 나는 무엇보다 그 점에 큰 상처를 입었습니다.

그날 오후, 유키코는 나와 함께 지하철을 타고 나가 먼저 신주쿠 역에서 내렸습니다. 마쓰모토행 신칸센으로 갈아타기 위해서였습니다. 나는 미소를 지으며 "조심해서 다녀와"라는 말로 지하철 안에서 아내를 배웅했고, 유키코도 여행 가방을 품에 안은 채 살짝 손을 흔들었습니다. 그리고 나는 그다음 요츠야 역에서 내려 급행으로 갈아타고 다시 신주쿠 역에 가보자고 마음먹었습니다.

네, 분명 그럴 생각이었습니다. 신주쿠 역에서 유키코가 다른 남자와 기차에 타는 모습을 확인한 뒤 나는 말없이 등을 돌려 그 길로 헤어질 생각이었습니다. 그러려고 신주쿠 역으로 돌아가는 급행으로 갈아탔던 것이지요.

하지만 나는 방향 감각도 시간 감각도 상실한 채 문득 깨닫고 보니 미타카 역 플랫폼 벤치에 앉아 있었습니다. 차에 탈 때부터 미로에 들어선 듯 정신없이 헤매다 보니 신기한 출구에 도착해버린 느낌이었습니다.

아니, 플랫폼 벤치에서도 아직 내가 왜 그곳에 와서 앉아 있는지 이해하지 못한 채 여전히 미로를 헤매는 상태였습니다.

"특급 열차가 통과하겠습니다"라는 안내 방송 소리에 퍼뜩 정신이 돌아왔던 모양입니다. 내가 바로 그 신주쿠 행 열차에 뛰어들기 위해 그곳에 왔다는 것을 깨달았고, 죽으려고 했던 것조차 잊어버리고 있었던 나 자신에 화들짝 놀랐습니다. 기차가 선로 저 너머에서 탁류가 밀려들듯 순식간에 달려와서 나는 부스스 벤치에서 몸을 일으켰습니다.

그리고 내가 아직 살아 있다는 증거를 찾으려는 듯 주위를 둘러보다가 플랫폼의 시계에서 눈길이 멈췄습니다. 죽기위해서는 아직 살아 있어야 하는데 모든 감각을 상실한 채 그곳에 우두커니 서 있는 나 자신은 이미 죽었다는 착각에 빠진 것입니다.

2시 41분….

그게 어떤 의미를 가진 시각인지도 모른 채 그저 단순한 숫자로, 두 개의 바늘이 그려낸 180도 직선에 가까운 기묘한 기하도형으로, 내 머릿속에 깊이 새겨졌습니다. 한쪽 다리가 제멋대로 흰 선을 넘어선 순간, 죽음 쪽으로 내디딘 발과 아직 삶 쪽에 머물러 있는 또 다른 다리가 방금 본 플랫폼 시계의 두 개의 바늘과 똑같다는 생각을 했습니다. 마지막으로 내 몸은 몇 시 몇 분을 새기려는 걸까, 라는 바보 같은 생각도 했습니다. 기차의 굉음이 귀를 망가뜨릴 만큼 요란했을 텐데도 나는 그 소리를 놓쳐버렸습니다. 하지만 그 순간….

"안 돼!"

그렇게 외치는 여자 목소리에 나도 모르게 뒤를 돌아봤습니다. 그리고 다음 순간, 옆으로 후려치는 바람과 함께 기차는 플랫폼을 통과했습니다.

기차가 가버린 것도 분명하게 의식 못한 채 나는 방금 안 된다고 부르짖은 목소리의 주인을 찾아봤습니다. 하지만 그럴싸한 인물은 눈에 띄지 않았습니다.

오후의 어중간한 시간인데도 플랫폼에는 사람들이 꽤 많았지만 어느 누구도 내가 기차에 뛰어들려고 했던 것은 알지 못하는 것 같았습니다.

하지만 환청이 아니었습니다.

그때서야 나는 내가 죽을 생각이었다는 것을 분명하게 인식했습니다. 그런데도 여전히 살아서 이곳에 우두커니 서 있는 나 자신이 너무도 우스워서 뱃속에서 솟구치는 웃음을 손으로 입을 가린 채 꾹꾹 억누르며 다시 한번 벤치에 앉아… 방금 그 목소리는 누구였나, 하고 생각했습니다.

환청이 아니라는 증거로, 나는 그게 여자 목소리였다는 것뿐만 아니라 음성의 미세한 특징까지 육 년이 지난 지금도 선명하게 떠올릴 수 있습니다. 하지만 누구 목소리였는지는 아직도 알지 못합니다.

유키코의 목소리 같은, 아니, 그보다 오히려 처형 사토코 씨의 목소리 같은…. 나는 여태껏 신의 존재를 믿은 적이 없었지만 그때는 나를 생명으로 다시 이끌어준 그 목소리가 사토코 씨의 음성을 빌린 신의 목소리인지도 모른다고 생각했습니다. 내가 믿건 믿지 않건 세상에 태어난 이후로 내 안에 깃들어 있던 신의 목소리인지도 모른다, 라고 그야말로 진지하게 실감했습니다.

4

7월의 마지막 날.

불단의 꽃을 갈아주려다가 사토코는 꽃병을 향해 내밀었던 손을 멈췄다.

불단에 뭔가 이변이 일어났다.

아니, 이변이라는 건 너무 과장일까. 좀 더 작고 희미해서 의식의 한 귀퉁이에 걸리는 정도의, 변화라고 말하기도 어려운 변화다.

어제는 도도록하니 예쁘게 피어 있던 흰 국화가 이제는 불에 탄 종이처럼 시들어가는 것은 어쩔 수 없는 변화였다. 어제 갈아치운 최고 기온이 오늘 다시 갱신되는 식의 한여름 날씨가 연일 이어지고 있으니까 시간이 지나면서 꽃이 시드는 건 자연스러운 일이다. 사토코의 눈이 감지해낸 것은 그런 자연스러운 변화가 아니라 좀 더 인위적인 것, 불단 안의 뭔가가 없어진 듯한 변화였다. 하지만 눈이 감지해낸 그런 변화를 의식이 미처 따라잡지 못해 사토코는 초조한 마음으로 꽃그늘 뒤에 숨어 있는 시어머니의 사진을 바라보았다. 그리고 다음 순간, 앗 하는 부르짖음과 함께 시선이 얼어붙고 말았다.

사진의 얼굴이 뭔가 말을 했다.

분명 그렇게 보였다. 분명 시어머니의 입술이 움직인 것처럼….

곧바로 사진 속 얼굴, 정확히 입술 근처에 무당벌레 한 마리가 붙었기 때문이라는 걸 알았지만 사토코는 여전한 충격의 여파 속에서 숨을 죽이고 멍하니 무당벌레를 바라보았다. 빨간 바탕에 바늘 끝으로 콕 찍어놓은 듯한 검은 점을 짊어진 무당벌레는 느릿느릿 사진의 코에서 눈으로 기어갔다. 보살처럼 온화한 웃음을 띤 시어머니의 얼굴을 그 무당벌레는 오점이 되어 입술을 삐죽거리며 불만을 토로하는 얼굴로 바꿔놓고 있었다.

'내가 벌레 싫어한다는 거 잘 알면서.'

그런 목소리가 들리는 것 같았다. 시어머니는 어떤 경우에도 냉정함을 잃지 않는 사람이었지만 여름철이면 벌레 때문에 한바탕씩 난리를 쳤다. 모기나 초파리가 한 마리라도 눈에 띄면 허둥지둥 살충제를 찾으러 뛰어다녔다. 언젠가는 다리미질을 하는데 어느새 등 뒤로 다가온 시어머니가 사토코의 발에 정통으로 살충제를 치이익 뿌린 적도 있었다.

화들짝 놀라서 돌아보자 시어머니는 자신이 오히려 더 깜짝 놀란 듯 눈을 둥그렇게 뜨고 미안해했다.

"아, 미안. 개미 한 마리를 정신없이 쫓아왔더니 네 발밑으로 달아나서…. 개미만 쳐다보느라 네가 있는 줄도 몰랐어."

눈은 놀라고 있었지만 얼굴은 기묘하게 무표정한 느낌
이었다.

그게 시집온 지 일 년쯤 되었을 때의 일이었다. 시어머
니의 말에 거짓은 없었을 것이고 사토코도 우스갯소리로 받
아넘겼지만, 느닷없이 맨살에 뿌려진 안개 같은 살충제의
감촉에 홱 돌아본 순간 시어머니가 내보인 무표정은 이후로
도 내내 기억에 찍혀 있었다. 시어머니 아키요는 온화한 성
품이라서 사토코는 다른 며느리들과는 달리 고부간의 문제
로 고민한 적이 없었다. 다만 교직을 떠난 뒤에도 선생님 분
위기가 그대로 남아서 학생들을 상대하며 애써 감정을 억누
르는 듯한 무표정을 가족에게도 내보이곤 했다. 그래서인지
재작년에 돌아가실 때까지 사토코는 마음 한구석에서는 시
어머니에 대한 경계심을 풀지 못했다.

아키요는 언제나 아들보다 오히려 며느리인 사토코 편
을 들어주면서 매번 항상 입버릇처럼 말하곤 했다.

"류스케처럼 따분한 녀석하고 어떻게 결혼할 생각을 했
는지, 너도 참 용하다."

때로는 이런 말도 했다.

"내 나이가 되면 타인은, 아니, 나 자신도 유리창 너머의
풍경처럼 보이는 법이야. 근데 아무리 생각해도 류스케는
함께 살기에는 살풍경한 남자라니까."

그러고는 똑같이 살풍경한 제 아버지 탓이라고 결론을
내리곤 했다. 하지만 사토코가 보기에는 류스케의 그런 결
점은 아버지보다 오히려 그렇게 말하는 어머니를 닮았다는

마음이 들었다.

분명 남편 류스케는 어떤 말을 해도 그저 형식적인 대꾸만 하는, 마치 석고상 같은 구석이 있었다. 그는 사토코가 대학을 졸업하고 근무하던 제약 회사의 사 년 선배였다. 동료들의 눈을 피해가며 연애하던 시절에는 석고상처럼 말 없는 그 모습이 뭔가 수수께끼를 품은 것처럼 매력적으로 보였지만 결혼해서 살다보니 그저 심심한 사람일 뿐이었다. 그런 남편과 똑같은 무표정을 사토코는 결혼 일 년 만에 시어머니의 얼굴에서 발견하고 지금까지처럼 시어머니의 그 조용한 웃음에 함부로 마음을 열어서는 안 되겠다고 내심 혼잣말처럼 자신에게 다짐했던 것이다.

류스케가 평소에 거의 말이 없는 것에서도, 그리고 시어머니가 이따금 내보이는 무표정에서도, 안개처럼 치이익 뿌려진 살충제와 비슷한, 뭔가 정체를 알 수 없는 위험한 독기가 감지되었다.

그런 의미에서는 시어머니보다 시아버지 게이조에게 사토코는 오히려 신뢰감이 느껴졌다. 말이 없고 무표정하다는 점에서는 아들 류스케와 막상막하여서 둘 다 똑같이 선뜻 친해지기 어렵지만, 아들의 석고 같은 생경함과는 달리 역시 연륜이라고나 할까, 이끼 낀 바위 같은 부드러움이 있어서 시아버지가 말을 걸어올 때마다 사토코는 친정아버지 비슷하게 의외로 다정한 데가 있다고 느끼곤 했다.

하긴 그것도 시어머니가 돌아가시면서 시아버지의 치매가 시작되고 기묘한 흉포성을 드러내기 전까지의 이야기다. 그때까지 시아버지가 화를 내는 모습은 딱 한 번밖에 본

적이 없지만, 이제는 그 딱 한 번의 얼굴이 그의 본디 모습이
었다는 생각이 들 정도였다. 더구나 이번 일이 터지고 보니
시어머니가 온화한 웃음 뒤에 강철 같은 심지를 감추고 이
집을 지탱해왔다는 것을 뒤늦게나마 짐작할 수 있었다. 시
어머니가 살아 있었다면 이런 사건은 일어나지 않았을 터였
다. 그보다 시어머니 눈치를 보느라 유키코도 제 마음대로
나오코를 맡기러 오지 못했을 것이다.

　설령 이런 사건이 터졌더라도 그 시어머니라면 단호하
게 뒷수습을 해주었으리라. 여태껏 이 집에 똬리를 틀고 있
던 뭔가가 시어머니 돌아가신 뒤에 조금씩 조금씩 겉으로
스며 나온 끝에 결국 한 소녀의 죽음이라는 형태로 터져 나
온 것이다. 아니, 이번 사건으로 모두 다 토해낸 게 아니다.
이 집이 검은 비닐 봉투에 폭 싸서 감춰둔 쓰레기는 그 사건
으로도 미처 다 토해내지 못한 채 그로부터 일주일이 지난
지금, 여름 늦더위에 썩어 문드러져 마침내 불쾌한 냄새를
풍기고 있다….

　줄기차게 후덥지근한 무더위가 일주일 전의 사건과 지
금 이 순간순간을 단단히 묶어놓고 있었다. 사토코는 답답
한 마음에, 살충제를 시어머니의 사진에 붙은 무당벌레에게
뿜어버릴까 하고 생각했다.

　그토록 답답한 이유는 불단 안의 무엇이 어떻게 바뀌었
는지, 정체를 제대로 파악하지 못했기 때문이다. 무당벌레
는 아무 상관 없다. 막연하게나마 그것이 무엇인지 짐작했
고 그 무당벌레는 그저 거치적거리는 이물일 뿐이었다.

　하지만 살충제를 가져올까 말까 망설이는 사이에 무당

벌레는 사진 액자 뒤쪽으로 자취를 감췄다가 이번에는 안쪽 위패 위에 나타났다. 벌레는 나무 위패의 퇴색한 검은 글씨를 더듬듯이 기어가고 사토코의 눈길도 그 검은 글씨의 계명을 따라 움직였다.

백광원석정화白光院釋靜華….

그건 시어머니의 위패가 아니다. 재작년에 돌아가신 시어머니의 위패는 똑같은 목패木牌라도 훨씬 더 새것이었다.

시어머니 생전에는 불단 안에 위패가 두 개였다. 시아버지 게이조의 전처와 그 딸아이의 위패. 두 사람은 게이조가 출정 중에 니가타 폭격으로 사망했다….

후처로 들어온 아키요는 아들 류스케가 성인이 되자 여생을 불교에 바치기로 했다면서 경전 공부를 시작했고, 그와 동시에 오랜 세월 인연이 끊겼던 남편의 전처와 아이의 위패를 만들어 자신의 손으로 공양을 시작했다. 사토코는 시집와서 얼마 안 되었을 무렵에 시어머니에게서 그런 이야기를 들었다.

재작년에 시어머니 돌아가신 뒤로 불단의 위패는 세 개가 되었지만 가장 새것인 시어머니의 위패가 당연히 맨 앞에 놓여 있었다. 그런데 지금 시어머니의 위패는 사라지고 전처의 위패가 앞에 나와 있었다. 그 불단이 자기들만의 거처라는 듯이 꽂으며 촛대를 독점하고 사진 액자 속 후처의 얼굴까지 지배하고 있다….

시어머니의 위패가 없어진 건 아니었다. 전처의 오래된 위패를 살짝 뒤로 밀자 그 안쪽에 마찬가지로 오래된 어린아이의 작은 위패가 있고, 시어머니의 위패는 다시 그 안쪽에 박혀 있었다.

방해가 되어 뒤로 밀쳐버린 듯한 느낌이었다. 아직 나뭇결이 생생한 새 위패는 오히려 경박해 보이고, 계명의 글씨마저 퇴색한 전처의 것이 풍기는 오래된 느낌이 한층 더 가치 있는 것처럼 보였다.

언제부터 이렇게 자리가 바뀌었을까…. 누가 어떤 이유로….

하지만 사토코는 이 의문에 그리 오래 매달리지 않았다. 무슨 특별한 이유가 있을 만한 일이 아니라고 무심히 넘어갔다. 오히려 사토코는 무당벌레의 움직임을 멍하니 눈으로 따라잡으며 또 다른 생각에 빠져들었다.

지난 일주일 동안 사토코는 형사가 묻는 대로 자신이 알고 있는 것, 사건 당일에 보고 들은 것을 거의 다 얘기했지만 단 두 가지, 말하지 않고 감춰둔 것이 있었다.

한 가지는 이달 초에 다케히코가 찾아와 직접 유키코의 불륜에 대해 상당히 자세하게 털어놓았다는 것….

그리고 또 한 가지는 시어머니에게서 들은 시아버지의 전처와 딸아이의 얘기였다. 시아버지 게이조는 전쟁이 한창이던 시절에 병사로 징집되어 남태평양의 섬으로 보내졌는데 고향 나가오카를 출발하는 날 밤, 역에 배웅을 나온 아내의 입을 통해 자기 자식이라고 믿고 있던 딸아이가 다른 남자의 아이라는 말을 들었다…. 벌써 몇 년 전에 생전의 시어머니에게서 들은 그 이야기를 사건이 일어나던 날 아침에도 사토코는 바로 전날 들은 것처럼 생생하게 떠올렸다. 나가오카 역에서의 그 슬픈 이별 이야기 끝에 시어머니가 이런 말을 했던 것도.

"그때 출정했던 부대는 남태평양 섬에서 거의 전멸하다시피 했어. 저이는 기적처럼 살아남아 한참 동안 여기저기 포로수용소를 전전하다가 종전 다음다음 해에 고향으로 돌아왔다는구나. 전처와 딸은 니가타 공습 때 죽었지만 만일 살아 있었다면 귀국한 저이가 찾아가 둘 다 살해해버렸을지도 몰라. 아니, 공습을 당해 죽은 것도 어쩌면 그 먼 남태평양 섬에서 저이가 저주를 퍼부었기 때문인지도 모르지."

"하지만 전쟁터로 떠나는 남편에게 자신의 부정을 고백하다니, 그분은 왜 그런 잔인한 짓을 했을까요?"

"글쎄, 나도 그 속마음까지는 모르겠지만, 그 당시만 해도 전쟁터에 나간다는 건 곧 죽음을 의미했어. 이제부터 죽으러 가는 사람을 배웅할 때 그런 얘기를 한다는 건 너무도 잔인한 일 같지만 어쩌면 그 여자는 남편이 죽기 전에 자신의 죄를 고백하고 싶었던 게 아닐까? 저이 말로는 그 여자가 실실 웃으면서 자기한테 그런 얘기를 했다는 거야. 자기가 전쟁터에서 고통받는 것을 그 여자는 후방에서 다른 남자와 새새거리면서 우스갯소리처럼 얘기했을 게 틀림없다나? 하지만 그건 저 사람의 증오심에서 나온 말이고, 그 여자는 어떻게도 할 수 없는 죄의식에 시달리다가 헤어지는 참에 필사적인 심정으로 참회를 했겠지. 분명 그런 거 같아서 내가 그 두 사람의 위패를 만들어 공양을 해주는 거야."

시어머니는 그렇게 대답했다.

육 년 전에 들은 그 이야기는 그날 아침뿐만 아니라 나오코의 사체가 정원의 흙 속에서 발견된 뒤부터 지금까지 수없이 귓속에서 쟁쟁거렸다. 현재 경찰에서는 시아버지가 이따금 발작적으로 드러내는 흉포성에 의심을 품으면서도, 범행 시각 무렵에 이 집에 들어왔다가 나간 것이 목격된 흰 셔츠의 남자가 범인일 가능성이 큰 것으로 보고 그 정체와 행방을 쫓고 있었다.

하지만 시아버지가 전처의 부정으로 큰 상처를 입었던 것을 알게 된다면 경찰의 의혹은 부쩍 시아버지 쪽으로 기울 터였다.

시어머니에게서 들은 이야기와 이번 사건에는 한 가지 공통점이 있었다.

소녀….

소녀라고 하기에는 아직 어린 네 살 난 여자아이.

시아버지의 뒤엉킨 머릿속에서 전처의 딸과 나오코가 겹쳐지면서 전쟁 때부터 지금까지 가슴속에 똬리를 틀고 있던 전처와 그 딸아이에의 증오감을 아무 관계도 없는 나오코에게 토해낸 게 아닐까…. 게이조의 과거를 알게 되면 경찰은 그렇게 생각할 게 틀림없다. 어차피 언젠가는 경찰에도 알려지겠지만 사토코는 자기 입으로 그 이야기를 꺼내는 건 아무래도 꺼려져서 애써 침묵을 지키고 있었다.

다만 의도적으로 경찰에 입을 다문 그 두 가지 말고도 사토코는 자신이 아직도 뭔가 중요한 것을 경찰에 감추고 있다는 마음이 자꾸 들었다. 그것이 무엇인지 생각나지 않아 지난 일주일 동안 사토코는 내내 애를 태웠지만 방금 불단의 이번의 정체가 시어머니의 위패였다는 것을 알고는 마침내 그것이 무엇인지 짐작이 갔던 것이다.

그렇다, 무당벌레 얘기였다, 경찰에 미처 말하지 못한 것은.

그날 사토코는 가요와 함께 치과에 가려다가 거실에서 종이접기를 하는 시아버지에게 "그럼 부탁드릴게요"라고 인사를 건넸고, 시아버지 옆의 나오코에게는 "얼른 갔다 올 테니까 나중에 그림 그린 거 보여줘"라고 말했다.

그때 나오코는 방바닥에 엎드려 저희 집에서 가져온 스케치북과 크레용으로 그림을 그리고 있었다. 치맛자락 밑으로 빠져나온 두 다리의… 오른쪽 발목쯤에 분명 무당벌레 한 마리가 앉아 있었다.

바늘로 콕 찍은 점에서 피가 솟구쳐 작은 동그라미로 굳어버린 것처럼 보였다. 그걸 바라보는 자신의 발목까지 근질거렸다. 말을 해줄까 하다가 문득 귀에 되살아난 시어머니의 예전 이야기에 정신을 빼앗겼다….

그저 그것뿐이라서 금세 잊어버렸고 더구나 경찰에는 굳이 말할 필요도 없는 사소한 일이었다. 그런데도 사토코는 왠지 스스로도 의식하지 못했을 만큼 마음 한구석에 그 무당벌레가 걸려 있었고 경찰에게 내내 그걸 감추고 있었던 듯한 꺼림칙함을 느꼈다.

그날, 치과에서 돌아와 가요가 "나오코가 없어졌어"라고 말했을 때도 나오코보다 오히려 그 무당벌레가 어디로 갔는지가 더 궁금했는지도 모른다. 방에 아무도 없는데 선풍기가 윙윙 돌아서 스케치북 귀퉁이가 펄럭거렸다…. 스케치북에는 갈색 크레용으로 낙서 같은 그림이 그려져 있었다. 그림이라기보다 사람 얼굴 모양의 흔적 같아서 어딘가로 없어진 나오코가 거기에 자신의 작은 얼굴 그림자만 남기고 떠난 것 같았다. 단지 투명한 바람만 불었다…. 바람은 그 방뿐만 아니라 집 전체에서 나오코의 기척을 모두 휩쓸어가서 사토코는 그곳에 나오코가 없다는 게 전혀 불안할 것 없는 지극히 자연스러운 일처럼 느껴졌다. 그저 멍하니 그 무당벌레는 어떻게 되었을까, 라는 것만 생각했다….

새삼 그날의 일을 떠올리며 사토코는 위패에서 아미타 불상 족자로 슬금슬금 기어가는 무당벌레가 그날 나오코의 발목에 앉았던 그 무당벌레라는 생각이 들었다.

"왜 그러고 있어?"

그 순간, 한낮의 정적을 깨고 들려온 목소리가 불단 안에서 울린 것 같아서 사토코의 심장이 작은 비명을 올렸다. 나오코와 비슷한 목소리였기 때문에 그 무당벌레가 말을 했다는 착각까지 들었다. 나오코의 목숨은 어쩌면 발목에 기생하듯이 달라붙었던 작은 무당벌레 속으로 흘러들어가 아직 살아 있는지도 모른다….

사토코는 고개를 돌려 문턱에 서 있는 유키코의 얼굴을 멀거니 바라보았다.

"왜, 내가 갑자기 찾아와서 방해가 됐어?"

"아냐, 그냥… 네가 나오코와 너무 닮아서 놀랐어."

"엄마와 딸인데 닮는 게 당연하지."

"그야 그렇지만 그 아이는 너도 다케히코 씨도 닮지 않고 혼자 뚝 떨어진 것 같은… 뭔가 섭섭한 느낌이 있었어. 하지만 역시 모녀간이라 깜짝 놀랄 만큼 닮았네. 신기하다. 나오코가 살아 있을 때는 한 번도 그런 느낌을 못 받았는데…."

사토코는 생각난 대로 입 밖에 냈을 뿐이지만 유키코의 귀에는 의미심장한 말로 들린 모양이었다. 잠시 말의 이면을 탐색하는 눈빛이었다. 하지만 곧바로 그 눈빛을 변명하듯이 팔에 걸린 명품 핸드백에서 손수건을 꺼내 이마의 땀을 찍어내며 말했다.

"나오코는 죽어서 다시 내 몸속에 들어왔어. 어떤 책에서 읽었는데 죽는다는 건 태어나지 않은 거래. 그 아이는 앞으로 내 핏속에서 계속 살아가고 나는 점점 더 그 애를 닮아갈 거야."

유키코는 거실 소파에 자리를 잡고 앉더니 활짝 열린 유리문 밖 정원으로 눈길을 돌렸다.

"웬일이야, 오늘은? 무슨 볼일이 있었어?"

"아니, 경찰서에 갔었어. 거기 다녀오는 길에 잠깐 들른 거야."

"경찰서라니, 왜?"

"아침에 전화가 왔어. 조사할 게 있어서 우리 집으로 오겠다고. 근데 이웃사람들 눈도 있고 형사가 집 근처에서 어슬렁거리는 거, 좀 그렇잖아. 그래서 내가 가겠다고 했어."

"경찰이 뭘 물어봤는데?"

"이것저것 캐묻더라고. 요즘 나오코에게 뭔가 이상한 점은 없었느냐, 언니 집에 드나들 때 수상한 사람을 본 적은 없느냐…. 아 참, 나오코가 이 집 할아버지에 대해 어떻게 얘기했었느냐는 것도 물어봤어."

형사들의 질문의 초점이 애매해서 단순히 심심풀이 대화나 나누려고 일부러 이 무더위에 사람을 오라 가라 한 것 같다고 유키코는 투덜거렸다. 경찰도 아직 수사 방침을 정하지 못해 머리를 싸매고 있는 것일까.

"그러게 말이야. 형사들이 어제도 집에 와서 아버님한테 이런저런 질문을 했었는데 계속 중언부언하시니까 난감해하는 눈치였어. 어쨌든 중요한 증인이니까 가까운 시일 내에 전문의 입회하에 얘기하게 해달라던데….."

"그냥 증인으로? 경찰은 역시 할아버지를 가장 의심하는 거 아닌가? 내가 보기에는 그렇던데, 아까 경찰서에서도."

혹시 게이조가 나와 있는지 주방 쪽을 흘끔거리면서 유키코가 목소리를 낮춘 채 말했다. 사토코는 어질러진 테이블 위를 치워놓고 유키코 맞은편 소파에 가서 앉았다.

"괜찮아. 아버님은 2층에서 가요하고 낮잠 자고 있어."

"괜찮다니, 가요가 할아버지하고 둘이서만 있어도 정말 아무렇지도 않아?"

유키코의 걱정스러운 듯한 목소리를 듣고 사토코는 2층의 기척을 살피듯이 흘끔 천장을 올려다봤지만 이내 고개를 가로저었다.

"괜찮아. 네가 걱정하는 그런 일은 없을 거야."

"하지만 경찰에서는 지금도 할아버지를 유력한 용의자로 생각하고 있어. 아니, 경찰뿐만이 아니야. 다들 차마 말을 못할 뿐이지 마음속으로는 나오코를 죽인 건 할아버지라고 의심하고 있을걸?"

"다들이라니, 누가?"

"다케히코도 그렇고 류스케 형부도 그렇고…. 그리고 언니도 사실은 의심하고 있잖아. 의심스러운데 믿고 싶지 않은 것뿐이지. 물론 시아버지를 범인으로 몰고 싶지 않은 언니 심정도 이해가 되지만."

"뭘? 내 어떤 심정을 안다고?"

유키코의 말에서 가시가 느껴졌기 때문에 사토코는 냉랭한 목소리로 대꾸했다.

"할아버지가 저지른 일이라면 언니 책임도 커지잖아. 그런 위험한 노인네에게 나오코를 맡기고 집을 비웠으니까."

사토코는 그 말에는 대답하지 않고 자리에서 일어섰다.

"오늘도 날이 푹푹 찌네. 뭐 좀 마실래?"

주방에 가서 시원한 보리차를 컵에 따라 왔다. 토라진 듯한 옆얼굴로 정원의 나무를 내다보는 유키코 앞에 내려놓았다.

"저 꽃, 벌써 다 져버렸네. 나중에 내가 돈 줄 테니까 나오코 묻혔던 자리에 꽃다발 좀 사서 올려줘."

유키코는 그렇게 말하고, 보리차 잘 마시겠다는 인사를 덧붙였다.

"응, 그러자. 돈은 됐고."

사토코는 대답하면서 뜨거운 것이라도 마시듯 입을 오므리고 보리차를 마시는 유키코의 얼굴을 지켜보았다. 언니의 시선을 느꼈는지 컵을 입에 댄 채 눈꺼풀을 젖히듯이 사토코를 슬쩍 올려다보며 부루퉁한 목소리로 말했다.

"아까 그 얘기, 언니도 뭔가 할 말이 있는 거지? 그렇게 쳐다보지 말고 할 말 있으면 해봐."

"무슨 소리야, 나는 그저 모녀간이라 물 마시는 것도 닮았다고 생각했을 뿐이야. 나오코도 그렇게 입을 오므리고 마셨으니까. 우리 집에 오면 아무래도 어려워해서 물도 조금씩 마시는 건가 했었어."

"어물쩍 넘어갈 거 없어. 나도 다 아니까."

분노가 담긴 유키코의 시선을 사토코는 미소로 받아들였다.

"뭘 안다는 건지 모르겠네. 나는 정말 나오코가 주스 마시던 모습이 생각나서 그렇게 착한 아이가 이런 가엾은 결말을 맞이하다니, 라고 생각했을 뿐이라니까? 결말이라고 하기에는 아직 아무것도 없는 작은 인생이었지만…. 실은 주스 때문에 언젠가 재미있는 일이 있어서…."

그렇게 얘기를 꺼내려다가 문득 웃음을 지우고 사토코는 말했다.

"그래, 아까 네가 한 얘기, 그거라면 나도 하고 싶은 말이 있어."

"거봐, 언니는 화가 나도 그 자리에서는 아무 말 안 하다가 한참 지나서 내가 다 잊어버릴 때쯤에야 빙빙 돌려서 새삼스럽게 얘기를 꺼내잖아. 언니의 그런 성격, 도대체 마음을 놓을 수가 없어서 옛날부터 진짜 싫었어."

유키코가 내뱉는 듯이 쏘아붙였지만 사토코는 무시하고 말을 이어갔다.

"너는 내가 이번 사건을 아버님이 저지른 게 아니라고 생각하고 싶어 할 뿐이라고 말했지만, 경찰도 그렇고 류스케도 그렇고 아버님이라기에는 이상한 점이 많다고 생각하고 있어. 나오코를 죽인 게 아버님이라면 정원에 묻은 것도 아버님이어야 하잖아. 하지만 그날 아버님의 옷이나 몸에는 전혀 그런 흔적이 없었어. 정원에 내려가 흙덩이를 만졌다면 어딘가에 흔적이 남아 있어야지. 근데 나도 그런 건 못 봤고, 네가 여기 도착하기 전에 형사들도 신체검사하듯이 살펴봤는데 그런 흔적이 없었어.

그 사이에 아버님이 몸을 씻었을 리도 없고. 경찰에서 아버님이 아닌 다른 용의자를 염두에 둔 것에는 분명한 이유가 있는 거야. 게다가 나는 책임을 회피할 생각이 없어. 범인이 아버님이든 아니든 그런 사건이 일어난 건 내가 나오코를 집에 두고 나갔기 때문이니까… 후회는 평생 하게 될 거야."

사토코는 다시 한번 "나는 책임을 회피할 생각이 전혀 없어"라고 되풀이했다. 그것은 '책임을 회피하는 사람은 유키코, 바로 너'라는 의미가 감춰진 말인지도 모른다. 적어도 유키코의 귀에는 그렇게 들린 모양이었다. 벌레가 기어가듯이 가늘게 그린 눈썹 끝을 파르르 떨면서 금세 목소리를 높였다.

"언니의 그런 점이 진짜 싫다니까."

"그런 점이라니, 어떤 점이?"

"내가 어떤 말을 하든 진지하게 받아주면 손해라는 듯이 그렇게 여유만만한 얼굴로 싹 무시하는 거. 그리고 속으로는 화가 났으면서 지금처럼 냉정한 목소리로 조곤조곤 따지는 거…. 게다가 말로는 자기 책임이라면서 결국은 나한테 책임을 떠넘기는 거. 이번 일뿐만이 아니야, 언니는 옛날부터 그랬어."

"애가 정말."

사토코는 역시 여동생의 공격을 웃음으로 넘겨버리고 말았다.

"무슨 말을 해도 싫다고 할 거 같아서 말을 못하겠지만, 그래도 미움받은 김에 할 말은 할게. 너는 내가 책임 회피를 위해 아버님이 저지른 게 아니라고 생각한다고 했지만, 거꾸로 어떻게든 아버님이 저지른 일로 밀어붙여서 책임을 피하려는 사람은 유키코 너잖아. 너하고 히라타라는 그 대학생. 너희 두 사람의 책임을 아버님에게 일방적으로 떠넘기려는 거 아니야?"

"나와 히라타가 나오코를 죽였다는 거야? 내가 그날 히라타를 이 집에 보내서?"

목소리뿐만 아니라 몸까지 파르르 떨면서 유키코가 말했다.

"아니, 그런 말은 안 했어. 류스케는 젊은 남자가 이 집에서 나오는 것을 봤다는 목격자 얘기를 듣고 경찰에서 그런 가능성도 생각할 거라고 했어. 물론 경찰이 조사해서 그젊은 남자가 히라타라는 대학생이 아니라는 건 증명이 됐겠지?"

"경찰이 어떻게 생각하는지는 아까도 말했듯이 나도 잘몰라. 하지만 다른 누구보다 내가 증인이야. 무엇 때문에 내가 히라타를 이용해 나오코를 죽이겠어? 게다가 나는 그날 나오코가 치과에 못 가고 이 집에 혼자 남겨졌다는 건 알지도 못했어. 그리고 히라타는 그 시간에 나와 함께 신주쿠 호텔에 있었다니까?"

유키코는 정면으로 언니를 노려보며 또렷한 목소리로

말했다.

하지만 사토코는 그녀가 거짓말을 할 때일수록 당당하게 군다는 것을 잘 알고 있었다. 오히려 그 말에 틀림없이 거짓이 숨겨져 있다는 확신이 들었다. 그녀도 언니의 습성을 뻔히 다 안다고 생각하겠지만 자신 역시 여동생에 대해 낱낱이 파악하고 있는 것이다.

"그래, 너한테 책임이 있다고 한 건 네가 그 대학생과 호텔방에 함께 있었다는 바로 그것 때문이야. 나오코를 살해한 게 너희 두 사람이라니, 아무도 그런 말을 한 적은 없어. 하지만 나오코가 이 집에서 그런 참혹한 일을 당할 때, 엄마인 너는 남편 아닌 딴 남자와 호텔방 침대에 있었어. 그런데도 너는 아무 책임도 없다고 할 수 있니? 분명 나오코를 치과에 데려가지 않은 건 내 책임이야. 하지만 애초의 책임은 나한테 거짓말을 하고 나오코를 맡긴 너한테 있는 거 아니야?"

사토코는 마지막까지 침착한 목소리를 잃지 않았다. 조금 전까지 당당히 따지고 들던 유키코가 우묵한 눈으로 침묵하고 있다가 이윽고 입을 열었다.

"언니는 일단 말을 시작하면 그렇게 막다른 데까지 몰아붙여야 속이 시원하지? 그런 언니가 옛날부터 진짜 진짜 싫었어."

그러고는 눈을 내리뜨면서 갑작스레 약해진 목소리로 말을 이었다.

"내가 왜 책임감을 느끼지 않겠어? 나오코는 내 딸이야. 누구보다 내가 가장 괴롭고 그만큼 책임감도 느끼고 있어.

하지만 나 혼자 짊어지기에는 너무 무거운 짐이라서, 그래서 언니한테 잠깐 화를 낸 것뿐인데….”

사토코는 그 말을 순수하게 받아들일 수 없었다.

상황이 불리해지면 갑작스레 약한 척하면서 동정을 받으려고 하는 그 수법, 나도 옛날부터 정말 싫었어….

하지만 그건 마음속에서만 중얼거렸을 뿐, 사토코는 여동생을 향해 조용히 말했다.

“관두자, 이제 겨우 초칠일 지난 참인데 엄마와 이모가 싸움이나 하고 있으면 나오코가 너무 가엾잖아.”

“나도 알아….”

유키코는 정원의 능소화나무로 시선을 돌렸다. 사토코는 그 틈을 노리듯이 새삼스럽게 여동생의 차림새를 훑어보았다.

그래도 상복이라고 갖춰 입은 것인지 검은 원피스에 역시 검은 재킷을 입고 있었다. 하지만 원피스는 민소매인데다 위에 걸친 재킷으로 팔을 가리긴 했지만 그것도 요즘 유행하는 시스루였다. 가린다기보다 오히려 검은 망사 너머로 살빛을 강조해서 보는 사람을 자극하려는 것 같았다.

내세울 것이라고는 제 몸뚱이밖에 없는 여자….

사토코는 가슴속에서 경멸의 말을 내뱉었다. 유키코의 그 몸에는 이 집도 고쿠분지의 저희 집도 어울리지 않는다. 어울리는 곳은 호텔처럼 오로지 침대에만 의미가 있는 방뿐이다.

“한 가지, 나도 걱정스러워서 하는 말인데, 히라타라는 대학생과의 일이 이번 사건으로 다 드러나서 다케히코 씨가 뭐라고 할지…. 역시 화가 많이 났지?"

여동생을 감싸주는 언니의 목소리와 눈빛을 지으며 물었다.

나오코의 장례식은 고쿠분지의 집 근처 절에서 치러졌고 당연히 사토코는 다케히코와 몇 번 얼굴을 마주했지만 따로 이야기할 기회는 갖지 못했다. 유키코의 불륜에 대해서는 이번 사건이 일어나기 전부터 둘 다 알고 있었다. 하지만 유키코 앞에서는 자신은 전혀 몰랐던 일로 해두는 게 좋겠다고 사토코는 생각했다. 그러기로 다케히코와 말을 맞추고 싶었는데 그걸 미처 하지 못했다.

"그 사람은 별로 놀라지도 않았고 화가 나지도 않는가봐. 히라타와 사귀는 거, 진즉부터 눈치챘던 모양이지."

"눈치챘던 모양이라니, 어떻게 남의 일처럼 말을 해?"

"아직 서로 얘기할 시간도 없었어. 그 사람, 나오코의 죽음에 너무 충격을 받아서 내가 바람피운 일 따위는 돌아볼 여유도 없는 거야."

"그 대학생과는 물론 두 번 다시 안 만날 거지?"

"걔하고는 그냥 한두 번 장난처럼 만난 것뿐이야. 그건 걔도 마찬가지고."

사토코가 살짝 얼굴을 찌푸린 것을 '걔'라는 호칭 때문이라고 생각했는지 유키코는 "그 대학생…"이라고 말을 바꾸었다.

하지만 사토코의 비위를 거스른 건 전혀 다른 것이었다.

"방금 '걔하고는'이라고 했지? 그럼 그 대학생 말고도 또 다른 남자가 있었어?"

사토코는 아무것도 모르는 척하면서 그렇게 물어보았다.

유키코는 피식 웃더니 고개를 가로저었다. 하지만 문득 진지한 얼굴로 언니를 빤히 바라보며 은근히 목소리를 낮췄다.

"다케히코한테 비밀로 할 거라고 약속하면 사실대로 말해줄게."

진지한 표정이었지만 사토코를 빤히 바라보는 그 눈빛에는 뭔가 재미있는 일을 털어놓으려는 듯한 웃음이 담겨 있었다.

사토코는 조용히 고개를 끄덕였다.

"히라타 말고도 몇 명 더 있어. 다들 잠깐 놀았던 거였지만."

"그렇게 딴 남자들과 놀고 싶으면서 대체 왜 결혼을 하고 아이를 낳았어?"

분노라기보다 어이없어하는 사토코의 물음에 유키코는 한숨을 흘렸다.

"그냥 노는 게 아닌 사람도 있었어, 결혼 전에는⋯."

"근데 왜 그 사람하고 결혼을 안 했어?"

"안 한 게 아니라 못했어. 처자식이 있는 사람이라서. 자기 가정을 버리겠다는 말까지 해줬지만 내가 차마 그렇게까지는 못하겠어서. 그 사람을 잊으려고 결혼했던 거야. 하지만 다케히코로 그게 메워질 리가 없지. 그래서 차례차례 남자들을 바꿔봤는데⋯."

"아직도 잊지 못했다고? 설마 지금도 그 사람과 관계가 지속되는 건 아니지?"

연하의 젊은 남자들과 어울려 키들거리는 유키코는 충분히 상상이 되지만, 이런 순정을 품고 있을 줄은 생각도 못했다. 거짓말인지도 모른다는 생각이 들었지만 굳이 제 입으로 그런 거짓말을 할 필요는 없을 것이다. 사토코는 지금까지와는 다른 동정의 눈빛으로 여동생을 바라보았다. 하지만 그 순간 유키코는 뭔가 대꾸하려던 입이 그대로 굳어버렸다.

사토코의 어깨 너머 주방으로 향한 그녀의 시선이 잔뜩 겁에 질린 경계의 빛을 띠었다. 주방을 등지고 앉았던 사토코는 그 시선을 따라 등 뒤를 돌아보았다.

언제 잠이 깨어 아래층으로 내려왔을까. 시아버지 게이조가 주방 앞에 서서 혼탁한 눈빛으로 멍하니 이쪽을 쳐다보고 있었다.

발소리나 인기척이 전혀 없었기 때문에 시아버지가 뜻밖에 가까이에 서 있는 것에 놀랐지만, 그래도 유키코가 왜 그렇게까지 질겁을 하는지 사토코는 어리둥절했다. 알고 보니 시아버지가 손에 든 포도주 병 때문이었다.

병째로 들고 마셨는지 게이조의 헤벌어진 입가에 침처럼 액체가 주르륵 흘렀다.

"아버님, 목마르셨어요? 근데 다른 사람도 마실 거니까 컵에 따라 드셔야죠."

사토코는 자리에서 일어나 노인을 주방으로 데려갔다. 식탁 의자에 앉히고 새로 컵에 따라주었다.

"술을 마시게 하면 어떻게 해?"

유키코가 목을 빼고 들여다보며 말했다. 사토코는 피식

웃음이 터졌다.

　"그래서 깜짝 놀랐구나? 이건 그냥 와인 병이야. 병이 예뻐서 버리지 않고 보리차를 담아둔 거야."

　하지만 사토코의 웃음은 다음 순간에 씻은 듯이 사라져 버렸다.

　"이 집에서 살해된 여자애가 있었어. 그 아이가 살해된 이유를 알아?"

　시아버지의 헤벌어진 입에서 주르륵 흐른 보리차와 함께 그런 말이 새어 나온 것이다. 사토코는 수건으로 시아버지의 입가를 닦아줬지만 대답은 하지 않았다. 노인이 한 말이 질문이 아니라 혼잣말, 그것도 망상에 가까운 혼잣말이라는 건 잘 알고 있었다.

　"나는 그 이유를 알아. 그 아이가 애비라고 부르던 놈이 진짜 애비가 아니라 다른 놈의 애였기 때문이야. 그래서 그 애는 죽어야 했어. 딱하지만 그런 운명을 안고 태어났으니 어느 누구도 나무랄 수 없지. 내가 그 현장에 있었으니까 다 알아. 그 아이에게 손을 댄 게 누군지 나는 다 안다고. 하지만 그자에게는 아무 책임도 없어…. 그래서 그냥 도망치게 내버려뒀어."

　말투만 들으면 아주 침착해서 처음 본 사람이라면 노인의 머리가 이상한 게 아니라 오히려 진실을 말하는 것처럼 느껴졌을 것이다. 하지만 노인의 망언에 시달려온 사토코는 더 이상 속지 않았다. 오히려 이런 일에 익숙하지 않은 유키코가 노인의 말을 곧이곧대로 받아들일까봐 아직도 주방 앞에 서 있는 그녀에게 "신경 쓰지 마, 잠꼬대처럼 하는 말이니까"라고 알려주려고 했다. 그런데 그전에 노인이 먼저 사토코를 향해 말했다.

"애, 사토코, 이번에 살해된 여자애는 저기 서 있는 저 여자와 나 사이에 생긴 아이야. 그런데 실은 저 여자가 딴 남자하고 만든 아이야. 나도 그렇고 다들 저 여자의 속임수에 감쪽같이 넘어갔어."

참으로 엉뚱한 말이었다. 사토코는 분명하게 알아보면서 유키코는 자신의 전처로 혼동하고 있었다. 전처의 배신이 이 노인에게는 그토록 충격적인 사건이었던 것이리라. 일주일 전의 사건과 전처의 부정이 노인의 뒤엉킨 머릿속에서 군데군데 끊긴 채 하나로 이어지면서 전기 합선처럼 불꽃이 튄 결과가 방금 내뱉은 말로 나타난 게 아닐까.

쓴웃음을 지을 수밖에 없었지만, 생각해보니 웃을 일이 아니었다. 시아버지가 나오코를 전처가 딴 남자에게서 낳아온 아이라고 착각했고, 그 바람에 살해했을 가능성이 여전히 강하게 남아 있었기 때문이다.

이 노인에게는 무슨 말을 해도 소용없다….

그렇게 생각하면서도 사토코는 짐짓 나무랐다.

"무슨 말씀이세요, 아버님. 나오코는 유키코와 다케히코의 아이예요."

분명 그렇게 말했다고 생각했다. 그리고는 유키코를 향해 "나를 보면서도 이따금 세상 떠난 시어머니로 착각을 하시니까 네가 너그럽게 용서해"라고 말했다. 딱히 이상한 말을 한 것도 아닌데 유키코는 얼굴이 하얗게 질린 채 입술을 파르르 떨면서 아무 말도 못 했다. 노인네의 말을 곧이곧대로 받아들이고 상처를 입은 건가….

"어린애 농담 같은 거라니까. 그렇게 정색을 하고 받아들일 것도 없는…."

하지만 유키코는 그 말을 가로막으며 비명 같은 소리를 올렸다.

"언니…!"

그 목소리도 눈빛도 언니를 비난하고 있었다. 시아버지가 아니라 사토코에게 화가 난 모양이었다.

"왜 그래, 내가 무슨 이상한 말이라도 했어?"

웃으면서 되물은 순간, 사토코의 얼굴에서도 미소가 사라졌다. 자신의 실수를 그제야 깨달았던 것이다. 유키코는 여전히 겁에 질린 눈빛으로 언니를 빤히 바라보고 있었다. 얼어붙은 듯 새파래진 관자놀이에서 밀랍 같은 땀이 툭 떨어지는 것을 사토코는 여동생보다 훨씬 더 차가운 눈빛으로 가만히 지켜보았다.

네, 나와 아내 유키코가 처음으로 부딪힌 것은 사건이 나고 일주일이 지난 7월 31일 저녁이었습니다. 회사 일을 끝내고 집에 돌아갔는데 유키코가 이런 말을 하더군요.

"오늘 경찰서에 갔었어. 오는 길에 언니네 집에 들렀는데…."

어떤 일로 경찰서에 갔는지, 그리고 처형과 무슨 말을 나눴는지, 나는 묻지 않았습니다. 그 전에 유키코가 먼저 말했기 때문입니다.

"그 할아버지, 머리가 완전히 돌아버린 거 같아. 누가 누군지 사람도 분간을 못하더라니까. 그게 전염이 됐는지 언니까지 어이없는 착각을 하고, 진짜 생각만 해도 웃긴다."

실제로 웃음을 터뜨리기도 했습니다. 신경질적이라고 할까, 얼굴을 푸들거리는 비통한 웃음소리였습니다. 유키코가 자신의 슬픔을 좀 더 교묘하게 위장하지 못하고 어설프게 못된 척한다고 할까, 자신의 감정이 스스로도 창피해서 웃음으로 얼버무리려 한다는 건 나도 뻔히 알고 있었습니다. 나 자신에게 그렇게 되뇌면서 다른 때처럼 꾹꾹 참으려고 했는데…. 억지로 꾹꾹 눌렀던 그만큼 갑작스럽게 분노가 솟구쳐서 문득 깨닫고 보니 내 손이 유키코의 뺨을 후려치고 있었습니다. 온몸의 피가 단숨에 몰린 것처럼 뜨거운 손으로….

유키코는 아픔으로 일그러진 얼굴을 손으로 감쌌지만, 곧바로 그 손으로 제 뺨을 쓸어내더군요. 먼지나 때가 묻은 것을 쓸어내는 것처럼 굴욕적인 손놀림으로. 거기에 내 더러운 손의 흔적이 남아 있을까봐 두렵다는 듯이….

"나, 왜 맞은 거야?"

냉랭한 목소리로 유키코는 이상한 말투의 질문을 던졌습니다.

"이런 때 깔깔거리는 웃음이 나와? 나오코가 그렇게 죽었는데?"

"그래, 웃을 때가 아니지. 귀한 딸이 죽었으니까 나는 평생 죄인처럼 절대로 웃어서는 안 되겠네."

유키코는 얼굴을 홱 돌려 제단 대신 책상에 차려놓은 나오코의 사진과 작은 유골 항아리를 바라봤지만 이윽고 다시

아픔이 생각났는지 제 뺨을 감쌌습니다.

　"아무튼 뺨을 맞은 덕분에 당신이 이런 폭력성을 감추고 있었다는 거, 잘 알았어. 이번 사건에서 당신만은 결코 나오코를 죽일 사람이 아니라고 믿었어. 어린애의 목을 조르는 폭력성과는 전혀 관계없는 사람이라고 생각했으니까. 하지만 당신은 그걸 감추고 있었을 뿐이야."

　"내가 왜 나오코를? 아니, 나한테 그 아이를 죽일 뭔가 특별한 동기라도 있었다는 건가? 너희처럼, 너와 그 대학생처럼 분명한 동기가?"

　"나와 히라타에게 무슨 동기가 있다는 거야?"

　"너희에게 나오코는 방해물이었잖아. 그래서 그날도 나오코를 처형 집에 쓰레기 버리듯이 내던지고 갔잖아."

　"그냥 몇 시간 동안만 맡겼을 뿐이야. 그런 식으로 험하게 말하지 마."

　"아니, 매주 목요일마다 너는 나오코를 쓰레기처럼 처형 집에 내버렸어. 아직도 그걸 깨닫지 못했어? 그게 죽이는 것과 전혀 다름없는 지독한 짓이라는 것도?"

　"…."

　"그날 나오코의 사체가 발견된 뒤에 너한테 그 소식을 전하려고 나는 수없이 너희가 갔던 호텔에 전화를 걸까말까 망설이고 또 망설였어. 수없이."

　"…."

　"히라타와 놀아나는 것도 알고 있었고, 너희가 어디서 어떻게 만나는지도 다 알았어. 하지만 나는 결국 경찰에도 그런 말을 못했고 호텔에도 전화를 걸지 못했어."

"왜? 알고 있으면서 왜···."

"그날 너는 끝내 나오코를 데리러 오지 않았어. 늦는다는 전화 한 통도 없었지. 처형도 이상하다고 했지만, 나는 더 이상한 예감이 들었어. 분명 뭔가 큰일이 터졌을 거라고 짐작했단 말이야. 그리고 나오코가 살해된 걸 알았을 때, 바로 이것 때문이라고 깨달았어. 너는 나오코의 죽음을 미리 알았기 때문에 데리러 올 필요도 없었고 늦는다는 전화를 할 필요도 없었던 거야."

"데리러 가지 않은 것도 늦는다는 전화를 안 한 것도 일부러 그런 게 아니야. 그날은 날씨가 너무 더웠잖아. 그래서 그냥 저녁때까지 언니 집에 맡겨두기로 한 것뿐이야. 전화해서 미리 그런 말을 했으면 좋았겠지만, 전화하면 언니가 또 잔소리를 할 거 같아서 귀찮았어. 경찰한테도 말했고 당신한테도 이미 몇 번이나 말했잖아. 그리고 당신도 경찰에게 아내는 원래 그런 느슨한 면이 있어서 딱히 거짓말을 한다고는 생각하지 않는다고 말했다면서? 게다가 내가 뭔가 양심에 찔릴 일이 있었다면 오히려 약속 시간에 정확히 데리러 갔겠지. 데리러 가지 않으면 당장 의심을 받을 게 뻔하잖아. 그 정도 머리는 돌아가, 나도."

"그럴까? 너는 의외로 소심한 데가 있어. 나오코가 처참하게 변한 모습으로 발견될 사건 현장만은 어떻게든 피하고 싶었겠지. 어떤 얼굴로 그 자리에 서 있어야 할지 몰라서, 저녁때쯤이면 아이의 사체도 경찰에 실려 갔을 것이다 하고···."

"지금 진심으로 하는 말이야? 우리는 1시 반에 룸서비스로 주스와 아이스티를 주문했어. 그걸 가져다준 직원이 우리가 분명히 방에 있었다고 증언해줬다고."

"주문한 음료수는 네가 호텔방 문 앞에서 받았을 뿐이야. 룸서비스 직원은 방 안에 들어가지도 않았고, 그래서 히라타가 있었는지 없었는지는 알지 못한다고 했어. 경찰서에서 나는 그렇게 들었는데?"

"나 혼자라면 왜 주스에 아이스티까지 2인분을 주문하겠어?"

"히라타의 알리바이 때문에 그랬을 수도 있고. 너는 원래 커피숍이든 레스토랑이든 먹고 싶은 게 두 가지일 때는 둘 다 주문하지 않으면 성에 차지 않는 성격이야. 기어코 아이스크림에 셔벗까지 함께 시키잖아. 나뿐만 아니라 나오코도 매번 그 꼴을 보고 어이가 없어서 멍하니 쳐다봤었어."

남자도 마찬가지야…. 몇 남자씩 제 손에 넣지 않으면 성에 차지 않는 성격이지, 너는.

하지만 그 말은 마음속에서만 중얼거렸습니다. 그리고 조용히 표정을 누그러뜨렸습니다.

"물론 진심으로 하는 말이 아니야. 네가 깔깔 웃는 게 거슬려서 그랬어. 이런 험한 말이라도 하지 않으면 속이 풀리지 않아서…."

유키코는 아직 나에 대한 경계심을 풀지 않고 의심스러운 눈빛으로 바라봤지만, "알았어"라고 의외로 고분고분한 목소리로 대답했습니다. 우리는 어떤 말다툼도 없었던 것처럼 평소의 얼굴로 돌아왔고, 그리고 오늘까지 자식을 잃은 슬픔을 공유한 부부로서 조용히 하루하루를 보냈습니다.

그날 밤 아내의 뺨을 때린 그 순간에 나는 이미 후회하고 있었습니다.

참지 못하고 폭력을 휘두른 것을 후회한 게 아니라 이런 식으로 분명하게 아내에게 분노를 드러낼 수 있는데 왜 육 년 전 그때는 그렇게 하지 못했을까. 아내를 때린 내 손에도 덮쳐든 아픔과 함께 그런 후회가 엄습했던 것입니다.

왜 그렇게 하지 못했을까. 신혼여행 날 밤이나 아내가 딴 남자와 여행을 떠난 날 오후에. 그랬다면 나오코가 살해되는 최악의 결과만은 피할 수 있었을 텐데…. 그런 후회였습니다. 아니, 차라리 그때 유키코를 죽였더라면 좋았을까요. 그때 이미 유키코는 임신 중이었지만, 이런 최후를 맞이하느니 나오코는 아예 이 세상에 태어나지 않는 게 더 행복했을 테니까요.

하지만 육 년 전 그날 오후 2시 41분에 나는 아내를 죽이기는커녕 오히려 나 자신을 매장하려고 했습니다. 마치 내가 무슨 큰 죄를 저지른 것처럼.

죄송합니다.

그날 내가 미타카 역에서 무엇을 했는지 이야기하던 중에 엉뚱한 소리를 했군요. 하지만 나로서는 육 년의 세월을 건너뛰어 그 두 가지 사건이 하나의 사건처럼 겹쳐집니다. 계절은 조금 다르지만 자살 미수 사건과 육 년 후의 살인 사건은 내 안에서는 여름 태양에 달궈져 똑같이 하나의 불꽃으로 타오르는 것입니다. 하얀 불꽃, 쓸쓸할 만큼 하얗게 여위어버린 불꽃으로. 그나저나 나는 그때… 육 년 전 그날 오후 2시 41분에, 왜 자살하려고 했던 것일까요.

　질투의 고통을 더 이상 견딜 수 없었던 것일까요. 남자로서의 모든 것을 무시당한 채 목숨을 던져 기차를 멈춰 세우는 것으로 내 존재를 유키코와 그 남자에게 호소하려고 했던 걸까요. 그게 아니면 단순히 나를 배신한 유키코에게 복수를 하고 싶었던 걸까요.

　육 년이 지난 지금도 나는 뭐가 뭔지 잘 모르겠습니다.

　내가 벌인 자살 미수 사건조차 제대로 설명하지 못하는 내가 이번 사건에서 아직 해결되지 않은 부분, 이를테면 누가 어떤 동기로 내 소중한… 소중한 딸을 살해했는가…. 그해 정월의 '가족 풍경'이 이번 사건과 어떻게 이어져서 죄 없는 어린아이를 죽음으로 몰아넣었는가…. 그것을 설명하기 위해 경찰서까지 찾아왔다고 해도 믿어주시지 않을지도 모르겠습니다.

　하지만 나는 오늘 마침내 용기를 내서 진실을 말하러 온 것입니다.

　다만 그 전에 또 한 가지, 이번 사건과 깊은 관련이 있는데도 아직 경찰에서 알지 못하는 한 가지 사건을 고백해야겠습니다.

　그 사건이라는 건 다름 아닌 내가 오늘 여기 경찰서에 오기 전에 저지른 짓입니다.

　어젯밤에 나는 히라타 나오키에게 전화를 걸어 오늘 신주쿠 호텔에서 만나기로 약속을 했고 오늘, 바로 네 시간쯤 전에 만나고 왔습니다.

　유키코가 만났던 그 대학생을 나오코가 살해된 시각에 두 사람이 함께 있었다고 증언한 호텔의 커피점에서 만난 겁니다.

어젯밤에 내가 갑작스럽게 연락을 했는데도 히라타는 순순히 알겠다고 대답하더군요. 그래서 나름대로 호감이 갔지만, 직접 만나보니 전화 목소리로 상상했던 것보다 더 괜찮은 젊은이였습니다.

문화센터의 《겐지 이야기》 강좌에서 유키코를 알게 되었다는데, 문학청년이라기보다 스포츠를 즐기는 젊은이라는 인상이었습니다. 여자들에게 인기가 있을 만한 훤칠한 체격에 현대적인 마스크를 가진 젊은이가 어쩌다 유키코 같은 여자의 불륜 상대가 되었는지 나는 신기한 마음까지 들었습니다.

이 젊은이도 나와 마찬가지로 유키코 때문에 피해를 본 사람이라고 생각하니 친밀감과 동정심도 들었습니다. 하지만 나도 경찰에 찾아가 모든 것을 털어놓기로 결심한 이상, 할 말은 하지 않으면 안 되었지요.

잠시 그저 그런 인사말을 나눈 뒤, 단도직입적으로 물었습니다.

"그건 그렇고, 너는 정말 나오코를 죽이지 않았어?"

그때까지 고분고분 대답하던 히라타가 무표정으로 얼굴을 무장한 채 차갑게 말했습니다.

"나는 그런 짓은 안 했습니다. 내 말을 믿을 수 없다면 경찰서에 가서 물어보세요. 알리바이 같은 거, 경찰에 모두 다 말했으니까요."

그런 표정을 짓는 걸 보니 평범한 요즘 애들과 전혀 다를 게 없어서 나는 적잖이 실망스러웠습니다.

"오해는 하지 마. 나는 너의 무죄를 믿고 있고 네 편이 되어주려는 거야. 하지만 경찰에서는 사건 전후에 '젊은 남자'가 그 집에서 목격되었기 때문에 네가 유키코의 부탁으로 살해했을 가능성도 염두에 두고 있어. 현재까지는 너와 유키코가 이 호텔방에 있었다는 알리바이에 확실한 증거가 없으니까. 근데 내가 그 증인이 되어줄 수도 있어."

"무슨… 말입니까?"

"나오코가 살해된 시간에 너와 유키코가 침대에서 어떻게 서로를 끌어안았는지, 너의 손과 몸이 어떤 식으로 움직였는지, 유키코가 어떤 표정을 지었고 어떤 소리를 냈는지, 나한테 자세히 말해봐. 그게 거짓말인지 아닌지 남편인 나는 충분히 판단할 수 있을 테니까."

히라타의 눈이 끔찍한 것을 목격한 듯 일그러졌고 나는 그 순간에도 조용히 미소를 짓고 있었습니다.

5

하지만 히라타는 금세 흰 종이 같은 무표정으로 얼굴을
무장하고 띠동갑 정도나 나이 차가 나는 나를 지독히 경멸
하는 시선으로 바라보며 말했습니다.

"그런 건 나한테 물어보는 것보다 유키코 씨에게 물어
보면 되잖아요."

지독히 경멸하는 시선이라는 건 너 따위는 완전히 무시
하겠다, 전혀 눈에 들어오지 않는다, 아무 감정도 없다, 라는
눈빛입니다.

"유키코에게는 이미 물어봤어. 그 여자는 다 털어놓았
어. 그날 이 호텔 침대에서 둘이 무슨 짓을 했는지, 아주 상
세하게."

그런 내 말에도 히라타의 감정 없는 눈은 아무 반응도
보여주지 않았습니다.

"그렇다면 그걸로 된 거 아닙니까?"

"아니, 유키코는 그런 일로 거짓말을 밥 먹듯이 해왔어. 네 증언까지 함께 듣지 않고서는 이번에도 그 여자가 거짓말을 한 것이라고 생각할 수밖에 없어."

"아무튼 나한테는 아무 책임도 없어요. 애초에 나를 원한 건 유키코 씨였으니까요. 그런 나이 많은 여자, 별로 관심도 없어서 내가 몇 번이나 거절했는데 끈질기게 만나자고 조르는 바람에 결국…. 그냥 그것뿐이에요. 그러니까 나를 비난해봐야 별 볼일도 없을 거 같은데요."

말투는 난폭해졌지만 그의 음성은 메마른 백지인 채였습니다.

"끈질기게 만나자고 졸랐다고? 정확히 몇 번이나 그런 말을 했지?"

"일고여덟 번 정도? 하지만 그런 숫자가 무슨 의미가 있죠?"

"일곱 번? 아니면 여덟 번? 정확하게 대답해. 의미가 없는 게 아니야. 아주 중요한 일이야."

"여덟 번…."

히라타는 지겹다는 눈빛으로 나를 지켜보며 마지못한 듯 대답했습니다.

"여덟 번이라…. 유키코가 꽤 오래 기다려줬네. 너는 정말로 유키코에게 별다른 애정도 없었어?"

"그렇다니까요. 하지만 유키코 씨 쪽도 딱히 애정은 없었을…."

나는 그 말을 가로막았습니다.

"전혀 애정이 느껴지지 않는 여자여도 너는 그쪽에서

원하면 침대로 가는 모양이지?"

"그야 뭐…."

"그렇다면 지금이라도 호텔방을 잡고 나하고 자줄래?"

"…."

"너하고 하고 싶어. 실은 그러려고 너를 불러냈어. 어젯밤에 너한테 전화했을 때부터 이미 유혹이 시작된 거였는데, 눈치 못 챘어?"

그때도 나는 안경 안쪽에 숨은 눈으로 조용히 미소를 지었습니다.

"대체 뭐라는 거야, 이 사람?"

어처구니없다는 중얼거림을 숨을 내뱉듯이 툭 던지고 히라타는 자리에서 일어서려고 했습니다. 나는 테이블을 가르듯이 오른손을 내밀어 그의 손목을 잡았습니다. 히라타의 커피 잔이 넘어지고 스푼이 바닥에 떨어졌습니다. 오후의 호텔 라운지를 가득 채운 투명한 공기와는 어울리지 않는 기품 없는 소음이었습니다. 저쪽에 서 있던 웨이터가 다가오려고 해서 나는 고개를 저으며 웃는 얼굴로 괜찮다고 말하고, 그 웃는 얼굴을 다시 히라타에게로 돌렸습니다.

그는 갑작스럽게 손목을 움켜잡은 한 남자의 손을 말없이 바라보고 있었습니다.

"나도 여덟 번까지 말할게. 대답은 그다음에 해줘. 어때, 나하고 잘 생각 없어?"

나는 히라타의 무표정한 눈빛에도 익숙해져서 그 눈이 무엇을 말하는지 금세 알 수 있었습니다.

'지금 진심으로 하는 말인가? 아니면 이번 사건 때문에

머리가 돌아버린 건가?'

그 눈은 그런 의문에 빠져 있었습니다.

"지금 바로 위층으로 올라가 침대에 들면 안 될까? 자, 이걸로 세 번째야…. 어때, 나는 너를 안고 싶은데 허락해주지 않을래? 이게 네 번째…."

히라타는 그만 졌다는 듯이 고개를 저으며 말했습니다.

"미안하지만 나는 그런 취향은 전혀…."

"아니, 너는 고개를 끄덕이는 게 좋아. 그러지 않으면 너도 그렇고 유키코도 그렇고 아주 불리해질 테니까. 알리바이라는 점에서 말이야."

그 눈빛이 다시 의문에 빠졌습니다.

'이건 대체 무슨 말이지?'

"아까 너한테 말했잖아. 유키코는 그날 이 호텔에서 너와 무슨 짓을 했는지 다 털어놓았어. 그 여자가 뭐라고 했는지 알아? 너와 아무 짓도 안 했다고 말했어. 보통 남자와 여자 사이에서 일어나는 일은 전혀 없었다고. 아니, 아무것도 할 수 없었다고. 네가 그런 의미에서는 일반적인 남자가 아니기 때문이라고 했어."

"…."

"경찰에 그런 얘기까지 하면 자칫 너를 상처 입히게 될 거고, 도리어 의심을 살 것 같아서 보통 평범한 불륜 남녀와 다를 것 없는 짓을 했다고 말했지만 사실은 다르다…. 유키코는 그렇게 말했어. 네가 자신의 성 정체성 때문에 괴로워하는 게 딱해서 만나준 것뿐이다. 자기라면 함께 잘 수 있을 것 같다고 해서 그냥 동정심에 항상 다니던 호텔에 데려갔

을 뿐이다…. 그날도 어떻게든 제 몸으로 네게서 반응을 이
끌어내려고 노력했는데 소용없었다. 그래서 너와 몸을 섞은
적은 한 번도 없다…. 유키코는 내게 그렇게 말했어. 물론 나
는 그건 거짓말이라고 생각해. 유키코가 나를 얕잡아본 거
야. 경찰에서는 귓등으로도 들어주지 않을 그런 거짓말도
나한테는 통할 거라고 생각했겠지. 하지만….”

　　“….”

　　“하지만 한 가지, 그 뻔한 거짓말을 믿어줄 만한 이유가
있었어. 유키코는 그런 식으로 완전히 제 것이 되지 않는 것
일수록 더 원하는 성격이라는 거야. 지금까지 항상 그랬거
든. ‘남편’을 고른 이유도 마찬가지야. 남편이 실은 ‘여자’인
자신에게 전혀 관심이 없는 남자였기 때문에 어떻게든 따보
고 싶어서 결혼했던 것뿐이야. 그 남편 쪽에서는 이번 사건
이 처음 일어났을 때부터 아내의 불륜보다 오히려 그 젊은
상대방 남자에게 더 관심이 있었지. 그래서 전화한 거야. 직
접 만나보니 그 젊은 남자는 역시 상상했던 대로 욕망을 자
극할 만큼 매력적이네…. 자, 나는 지금 너를 껴안고 싶어.”

　　“….”

　　“방금 이게 다섯 번째 유혹이야. 물론 그냥 생각나는 대
로 지어낸 얘기야…. 아, 뭔가 다른 얘기로 해볼까? 너는 나
를 상처 입혔어. 그 복수를 위해 너에게도 상처를 입히고 싶
어. 네가 내 아내의 몸에서 맛본 쾌락은 내게서 훔쳐 간 것이
니까 짐승에게 폭행을 당하는 혐오스러운 방식으로 그 대가
를 치러줬으면 하는데, 어때? 아, 조금 전에 했던 유혹은 거
짓말이고, 나는 여자에게만 관심이 있는 남자야. 내 아내를

사랑하고, 내 아내가 다른 남자의 품에 안겼다는 사실에 깊이 상처 입고 분노로 정신이 나가버리는 평범한 남자라고. 그러니까 물론 너와 잔다는 건 내게도 혐오감을 부르는 짓일 뿐이야. 하지만 네 몸에 상처를 남길 수만 있다면 나는 언제라도 짐승이 될 생각이야. 그러니까 너는 나하고 함께 자야 해. 자, 이게… 여섯 번째 유혹이지?"

"…."

"어때, 그래도 안 되겠어? 그렇다면 이젠 협박을 하는 수밖에 없겠네. 네가 내 유혹에 응하지 않으면 아주 난처한 입장이 된다는 걸 깜빡 잊은 모양이지? 네가 응해주지 않으면 나는 이 길로 경찰서에 가서 아내가 내게 얘기해준 대로 다 말해버릴 거야."

"네, 그러세요. 가서 다 말해버리면 되잖아요."

그제야 히라타의 말문이 열렸습니다. 화가 나지만 화를 내는 것조차 귀찮다는 식의 자포자기적인 목소리였습니다.

"뭐, 경찰에서는 유키코 씨가 남편인 당신에게 거짓말을 했다고 생각하겠죠."

"진심이 아니어도 좋아, 나하고 위층에 함께 가줘. 이 협박은 일곱 번째 유혹이야…. 아무튼 너와 헤어진 뒤에 내가 경찰서에 간다는 것만은 사실이야. 너와 어떤 형태로 헤어질지는 모르겠지만 그다음에 경찰서에 가서 내가 알고 있는 것을 낱낱이 밝힐 거라고."

나를 무시하고 창밖을 바라보던 히라타는 이윽고 혀를 끌끌 차더니 다시 자리에서 일어섰습니다. 이번에는 정말로 돌아갈 생각인 모양이었지만 나는 더 이상 제지하지 않았습니다. 그저 한마디를 던졌습니다.

"미안하지만 테이블 밑에 떨어진 스푼 좀 집어줄래? 너는 유키코와 함께 나를 배신했어. 돌아가기 전에 그 정도는 해줘도 되겠지?"

히라타는 의외로 순순히 테이블 밑으로 몸을 웅크렸고, 그리고 천천히 상반신을 일으키고… 고개를 들어 내 얼굴을 신기한 물건을 보듯 빤히 바라보았습니다.

"왜 그래?"

내가 물었지만, 히라타는 무표정한 얼굴로 딱 굳어버린 채 계속 나만 쳐다봤습니다. 왜 그러냐, 어떻게 된 거냐, 라고 묻고 싶은 사람은 바로 히라타 쪽이었겠지요.

침묵에 빠진 히라타의 눈동자 속에 내가 테이블 밑에서 움켜쥐고 있던 나이프의 날카로운 빛이 음울한 잔상으로 번득이는 것 같았습니다. 오히려 그가 나를 죽이려는 거라고 순간적으로 착각했을 정도입니다.

히라타가 처음 자리에 앉았을 때부터 나는 호주머니에서 나이프를 꺼내 칼끝을 그의 몸으로 향한 채 내내 움켜쥐고 있었던 것입니다. 그런데도 마침내 찾아온 마지막 기회에 나는 조용히 미소를 지으며 망설였습니다.

이 나이프가 마지막 유혹이야…. 자, 어떻게 할래?

그렇게 말하며 웃음을 터뜨릴 수도 있었습니다.

너를 죽이려고 왔어….

그렇게 말하며 실제로 그 나이프로 놈을 덮칠 수도 있었습니다. 정말로 어떤 짓이든 다 할 수 있다는 심정이었습니다. 망설임이 균열이 되어 내 온몸을 두 쪽으로 쩍 갈라버릴 것 같아서… 혹시 내가 미소를 짓고 있는 게 아니라 고뇌로 얼굴이 일그러진 것인지도 모른다는 걱정 때문에… 일부러 소리 내어 웃어봤습니다.

어떻든 히라타의 눈에 내 얼굴은 금세라도 깨질 듯 금이 간 것처럼 보였겠지요. 그의 얼굴도 똑같이 공포로 금이 간 얼음조각처럼 차갑게 굳어버려서 금세라도 깨질 것 같았습니다.

내가 정말로 마음먹고 나섰다는 것을, 그 나이프로 아내의 불륜 상대를 죽이려 한다는 것을 장본인인 나보다 더 잘 알고 있었습니다. 공포로 일그러진 그 얼굴은 내내 무표정했던 그 젊은이에게서 빼앗은 유일한 전리품이었습니다. 나는 조금쯤 안도했고 동시에 묘한 친밀감마저 들었습니다.

이해하시겠습니까? 나는 정말로 그 젊은이를 유혹하려고 했던 것이 아니에요. 동성애를 느꼈던 적은 지금까지도 없었고 앞으로도 없을 겁니다. 그런데도 그 순간, 고통 이상으로 더 강하게 나를 덮친 친밀감은 사랑 비슷한 것이었습니다.

어떤 변명을 하건 내 아내와 함께 나를 배신한 그 젊은이를 증오했고 또한 살해하기 위해 그 자리에 불러냈지만, 내 몸속에서 풍선처럼 커져버린 증오감이 나이프의 칼끝에 닿아 자폭이라도 한 것 같았습니다…. 나는 예전에도 한 차례, 그것과 똑같은 친밀함을 느꼈던 적이 있습니다.

삼 년 전쯤이었을까요, 집에서 아내와 나오코와 셋이서 놀고 있을 때였습니다.

나는 먼저 목욕을 하겠다고 말하고 자리에서 일어나 욕

실로 향하려다가 무심코 유키코와 나오코를 돌아봤는데 그 순간 문득 휴일 저녁의 평화로운 광경에서 거짓을 감지했던 것입니다. 그때까지 함께 노는 동안에는 까맣게 잊고 있었는데 조금 거리를 두고 돌아본 내 시선은 그 방에 넘치는 행복이 그저 겉보기에 지나지 않는다는 것을 간파했습니다. 그 행복이 오로지 나의 인내로만 버텨가고 있다는 것을, 나의 인내가 절벽을 떠도는 것처럼 위태로운 상태라는 것을.

나는 문을 반쯤 연 채 갑작스러운 증오를 무거운 짐처럼 가슴에 안고 우두커니 서버렸습니다. 그러자 유키코가 돌아보았고, 거짓이라는 느낌이 전혀 없는 그야말로 행복한 웃음을 지으며 "왜?"라고 물었을 때, 결혼식을 올린 그날 밤부터 꾹꾹 억누르며 참아온 모든 것을 청산해버릴 생각으로 나는 주방에 들어가 눈에 띈 식칼을 집어 들었습니다. 하지만 그때도 칼날은 의외의 방향으로 튀면서 나는 묘한 친밀감에 휩싸이고 말았습니다.

"다음 일요일에는 유원지에나 갈까?"

나는 다시 거실로 돌아가 아내와 딸아이를 내 웃음으로 감싸 안았습니다. 의아한 표정으로 나를 쳐다보는 아내의 얼굴과 그 곁에서 인형을 갖고 놀고 있는 어리고 천진한 나오코의 얼굴을….

나는 그때와 똑같이 뭔가 엉뚱한 실수를 저지른 듯 기묘한 친밀함에 휩싸여 히라타에게 이런 말까지 하려고 했습니다.

우리…, 다음에 또 만날까? 나이 차는 꽤 나지만 너와 친구가 될 수 있을 것 같은데.

하지만 그 말을 하기도 전에 잔뜩 겁에 질린 히라타는 내게 등을 돌리고 도망치듯이 뛰쳐나갔습니다. 혼자 남겨진 나는 나이프를 호주머니에 넣고 그 대신 휴대전화를 꺼냈습니다. 원래는 히라타를 살해하고 그 길로 경찰서에 가서 자수하고 모든 것을 고백할 생각이었지만, 그전에 다시 한번 사건 현장이 된 그 집에 찾아가 처형 사토코 씨에게도 모든 것을 털어놓자고 마음을 바꿨던 것입니다.

호텔을 나와 정신없이 지하철 계단을 뛰어내려온 나는 어떻게 차표를 샀는지도 모른 채, 마침 플랫폼에 미끄러져 들어온 차에 탔다. 문 유리에 머리를 기대고 대체 무슨 일이 일어났는지 생각을 정리해보았다. 자칫하면 그 남자가 움켜쥔 나이프가 한순간에 내 몸을 갈랐을 것이다. 살인 사건이라는 게 이런 식으로 일어나는 것이다. 어느 날, 어느 순간에 갑작스럽게….

정말로 죽이려고 했다. 그 남자의 눈빛은 완전히 망가져 이성을 잃은 상태였다. 나이프보다 그 눈이 오히려 더 무서운 흉기였다. 내 피가 아직도 그 눈을 두려워하며 이리저리 미로를 도망치듯이 온몸을 휘돌고 있다.

심장 고동 소리가 점점 더 거칠어져 간다.

경찰에 신고하는 게 좋을지도 모른다. 협박을 받고 하마터면 살해될 뻔했으니까. 가까스로 미수에 그쳤지만 이건 명백한 사건이다. 그 남자의 딸이 한 달 전에 살해되었던 것과 마찬가지로 '살인 사건'인 것이다.

하지만 왜 내가 살해되지 않으면 안 된다는 것인가. 이 세상에는 젊은 남자와 바람을 피우는 유부녀도, 연상의 여자와 놀아나는 젊은이도, 그야말로 빗자루로 쓸어 담을 만큼 많다. 지금 저 앞자리에서 끄덕끄덕 졸고 있는 젊은 남자도 어느 주부와 정사를 즐기고 오는 길일 수 있고, 쇼핑 봉투를 무릎에 얹고 멍하니 앉아 있는 저 중년 여자는 어제 함께 잤던 젊은 남자를 떠올리고 있는지도 모른다.

젊은 남자와 바람을 피우는 유부녀가 많다면 그 숫자만큼 배신당한 남편도 많을 것이다. 멍한 눈빛으로 잡지를 읽고 있는 저쪽의 회사원인 듯한 중년 남자 역시 부인이 바람을 피우고 있는지도 모른다. 하지만 그중에서 아내의 불륜 상대를 죽이겠다고 나이프를 움켜쥐고 덤빌 남자가 과연 몇 명이나 될까. 유부녀와 노닥거렸다고 그 남편에게 살해될 뻔한 젊은이는 과연 몇 명이나 될까.

거의 제로에 가까운 확률이다. 그런 근소한 확률에 왜 하필 내가 뽑혔단 말인가. 어떤 인생이든 행운과 불운은 똑같은 확률로 돌아온다고 어떤 책에선가 읽은 적이 있다. 이런 기적 같은 확률로 나에게 불운이 찾아왔다면 그것과 똑같은 확률로 어이없을 만큼 큰 행운도 내게 굴러들어야 할 텐데 행운에는 번번이 외면만 당해왔다…. 아니, 딱 한 번, 믿을 수 없는 행운이 내게 굴러들기는 했다.

그 여자의 몸이었다.

여덟 번째 유혹을 받고 나는 어지간히 귀찮기도 해서 마지못해 그 여자와 잤다. 안 된다고 하면 다시 끈질기게 졸라댈 것 같아서 아예 한 번 받아주는 게 일이 더 간단하겠다고 생각했다.

"딱 한 번만, 응?"

그 여자가 그렇게 조르기도 했고, 더구나 내 쪽에서 살살 기분을 맞춰줘야 하는 어린 여자들과의 섹스에도 약간 지쳐 있던 참이었기 때문이다. 하지만 호텔 침대에서 나는 기막힌 행운을 잡은 나 자신에게 놀라고 있었다. 그 여자의 몸은 남자를 빨아들이는 감미로운 소용돌이였다. 휘감듯이 덮쳐오는 다정하고 거친 태풍. 남자를 허우적거리게 하는 꿀의 늪.

두 번째는 내가 먼저 졸랐다. 하지만 '딱 한 번'이라는 게 정말이었는지 이번에는 그 여자 쪽에서 귀찮다는 듯 고개를 저었다.

"딱 한 번이라고 했잖아? 젊은 애들은 따분해. 몸의 깊숙한 곳에 감춰진 게 아무것도 없어서 금세 바닥이 훤히 보인다니까."

그래도 내가 끈질기게 조르자 마지못한 듯 응해주었다. 그때마다 잠자리에서 내가 도달한 순간, 귀찮다는 듯한 손짓으로 내 몸을 슬쩍 밀쳐내면서 "아이, 시시하긴"이라고 말했다. 매번 그렇게 말하곤 했다. 그 냉담한 한 마디가 나에게는 무엇보다 큰 유혹이었다. 처음에 그 여자가 내게 매달리며 조르던 어떤 유혹의 말보다 더 달콤하고 자극적인 한 마디였다.

나는 정신없이 빠져들었다. 그 쌀쌀한 한 마디는 거의 띠동갑만큼 나이 많은 여자의 능숙한 연기인지 모른다고 생각하면서도 나는 빠져들었다. 그리고 한 달 전의 그날, 항상 만나던 호텔방에 들어가자마자 당장 껴안으려고 하는 내 손을 밀치면서 그 여자가 말했다.

"우리, 이제 그만 헤어지자. 너의 그 어설픈 젊음, 너무 시시해. 사실 오늘도 별로 내키지 않았어. 아, 근데 부탁 한 가지만 들어주면 앞으로도 계속 만나줄게. 약간 힘든 부탁 이지만, 어때, 들어줄래?"

뭔가 지독히 귀찮은 부탁일 것이라는 예감을 품으면서 도 나는 즉석에서 대답했다.

"응, 좋아."

그 여자의 몸은 분명 내가 지금까지 뽑은 것 중에 가장 큰 행운의 복권이었다. 하지만 그 행운은 이를테면 누군가 깜빡 잊어버리고 간 허름한 가방을 주웠고 그 안을 봤더니 돈다발이 가득 들어 있었다는 식의 행운이었다. 그 돈을 모 두 내 것으로 만들 수도 있지만, 동시에 경찰에 신고하지 않 았기 때문에 마치 범죄를 저지른 것처럼 양심의 가책이라는 리스크도 짊어져야 하는 것이다. 나는 한 번도 만난 적이 없 는 그 여자의 남편에 대해 그런 양심의 가책이며 위험성을 떠안고 있었다. 들키지 않으면 문제는 없다. 하지만 혹시라 도 들켰다가는 그 즉시 그 여자의 몸은 행운이 아니라 내가 지금까지 뽑은 것 중에 가장 큰 불행의 복권이 된다…. 막연 하게나마 그런 부담감을 안고 있었기 때문에 그 여자가 '약 간 힘든 부탁'이라고 말했을 때도 분명 남편이나 딸에 관한 일일 것이라고 예감했다.

"오늘도 나오코를 언니 집에 맡기고 왔어. 근데 언니가 딸을 치과에 데려가야 해서 안 된다는 거야. 나오코도 치과 에 함께 데려가라고 해서 결국 맡아주기는 했는데…. 조금 전에 언니 집에 전화했더니 나오코가 전화를 받더라니까. 글쎄 그 애만 집에 두고 치과에 가버린 모양이야. 시아버지가 있긴 한데 치매 증세가 있는 할아버지라서…. 나오코 혼자 심심해하는 거 같았어. 그러니까 자기가 지금 언니 집에 가서 나오코 좀 데려오면 안 될까? 엄마가 잘 아는 오빠가 데리러 갈 거라고 내가 말은 해뒀어."

나는 그 말에도 즉시 고개를 끄덕였다.

"좋아, 여기로 데려오면 되지?"

"응, 여기로."

"그럼 오늘은 나하고 못 자겠네?"

내 말에 그 여자는 왜 못 자느냐는 듯 의아한 표정을 보이며 말했다.

"아냐, 약속했잖아. 너하고 잘 거야."

"그래도 딸을 데려오면…."

"아, 나오코 때문에? 그 애라면, 괜찮아. 여기 도착할 때쯤 텔레비전에서 그 애가 좋아하는 만화영화를 할 테니까 그거 보고 있으라고 하면 돼."

나는 그 말을 얼핏 이해할 수 없어서 슬며시 얼굴을 찌푸렸다…. 분명 그랬었다. 그런 내 얼굴을 다시금 의아하다는 듯 빤히 바라보며 그 여자가 말했다.

"걱정할 거 없다니까 그러네. 나오코는 제 아빠한테 아무 말도 안 해. 작년에 아직 너 알기 전에 사귀던 남자하고도 이런 일이 있었는데 나오코는 열심히 텔레비전만 봤어."

그때 틀림없이 내 얼굴이 일그러졌을 것이다. 그런 내 얼굴이 재미있다는 듯 그 여자는 깔깔거리며 웃었다.

"그럼 당신이 데리러 가면 되잖아. 내가 여기서 기다리는 게 낫지."

"그건 안 돼. 실은 언니를 좀 놀라게 해주려고 그래. 언니가 나오코를 싫어하거든. 왠지 알아? 나를 닮았다고 싫어하는 거야. 오늘도 나오코만 남겨두고 치과에 가버렸잖아. 언니는 나오코가 어떻게 되건 상관없는 거야. 그래서 언니를 좀 혼내줄 계획이야. 치과에서 돌아와 나오코가 없어진 걸 알면 아마 혼비백산할걸."

"그래도 그 집에 지금 아무도 없으니까 유키코 씨가 가서 데려와도 상관없잖아."

"그 할아버지가 가끔 온전한 정신으로 돌아오셔. 내가 데리러 갔을 때 정신이 멀쩡하면 언니한테 나오코는 제 엄마가 데려갔다고 말할 거 아냐. 그러면 언니가 놀랄 일도 없어지잖아."

"하지만 내가 가서 데려오면 일이 너무 커져버릴 텐데…."

"왜?"

"낯선 남자가 아이를 데려갔다고 하면 유괴당한 줄 알겠지. 경찰에 신고라도 하면 어떡할 거야? 일이 그렇게 되면 우리는…."

"글쎄 괜찮다니까. 그런 건 그때 가서 생각하면 돼. 경찰이 물어보면 나하고 사귀는 남자가 데려간 거라고 말하면 되지 뭘."

"그래도…."

"남편에게 너하고 바람피운 걸 들키겠지만, 그러면 나도 이혼을 결심할 수 있으니까 나쁠 것도 없어. 난 그 남자와 헤어져도 전혀 힘들 거 없어. 결혼하기 전부터 이혼할 생각만 했으니까."

"그럴 거면서 결혼은 왜 했는데?"

"글쎄 왜 그랬는지 모르겠네."

마치 남의 일처럼 대답하더니 유키코 씨가 나를 바라보며 말했다.

"아무튼 그건 네가 고민할 일이 아니야. 네가 고민할 건 지금 내 부탁대로 나오코를 데려오느냐 아니면 귀찮아서 관두느냐, 둘 중의 하나야. 물론 내 부탁을 들어주지 않겠다면 이 길로 헤어지게 될 거야."

나는 잠시 망설이던 끝에 고개를 끄덕였고… 이 분 뒤에는 그 여자가 그려준 약도를 들고 호텔방을 나섰다.

그때도 지금과 똑같은 지하철을 탔다. 그 여자의 언니 집으로 가면서 나는 내가 무슨 일을 하려는 것인지도 잘 알지 못했다. 그 여자는 뭔가 거짓말을 하고 있다…. 단순히 네 살 난 딸아이를 데려오는 것만이 아니라 뭔가 다른 목적이 있어서 나를 그 집에 보내는 것이다…. 그런 감이 들었다. 하지만 그런 건 상관없었다. 내가 이 심부름을 승낙한 것은 단순히 그 여자와 자고 싶었기 때문이다. 매주 목요일에 그 여자와 할 때마다 그다음 목요일까지의 하루하루가 점점 길게만 느껴졌다. 그날 나는 오로지 여자의 몸에 굶주려 있었다. 어서 빨리 그 먹이를 얻기 위해 개처럼 조교의 명령에 따르는 수밖에 없었다.

지금도 나는 벌써 한 달이 다 되도록 만나지 못한 그 몸에 굶주려 있다. 그리고 지하철을 타고 어디로, 무엇을 향해

가는지도 모른다. 관할 경찰서에 찾아가 몇 번 만난 적이 있는 형사에게 조금 전 피해자의 아버지에게 살해될 뻔했다고 호소하려는 건가.

하지만 그건 내 손으로 내 목을 조르는 일이다. 그날 유키코 씨의 지시에 따라 사건 현장인 그 집에 갔었다는 말도 해야만 하는 것이다. 그렇게 되면 세 명의 목격자가 봤다는 '젊은 남자'가 역시 나였다고 경찰에 인정하는 꼴이 된다.

경찰에 가기 전에 우선 유키코 씨와 이야기를 해보는 게 좋겠다. 다음 역에 내려서 휴대전화로 연락해보자…. 하지만 다음 역에 도착해서도 나는 내리지 않았다. 다시 그다음 역에서 내리자고 생각하면서 벌써 세 개 역을 지나쳐버렸다. 어디로 가야 할지 모르는 채, 나는 미로를 헤매는 듯한 마음으로 어디론가 실려 갔다. 미로….

한 달 전, 사건이 일어난 그날부터 나는 이미 미로에 들어섰다. 그 집은 흔해 빠진 단독주택이지만 눈에 보이지 않는 신비한 미로를 감추고 있었다. 나는 유키코 씨가 가르쳐준 그 집에 도착해 현관 유리문을 열고… 집 안으로… 한 소녀가 잔인하게 살해된 사건 현장으로… 두 번 다시 빠져나올 수 없는 미로로 들어서고 말았다.

또다시 전화벨이 울리고 있다.

그리고 다시 두세 번 울린 참에 끊겼다.

누군가 내게 전화하려다가 자꾸만 망설이며 끊고 있는 것이다.

다케히코일까.

　오늘 아침에도 평소와 똑같은 시간에 나갔는데 아까 회사 상사에게서 전화가 왔었다.

　"무단결근을 했는데, 무슨 일 있습니까?"

　다케히코에게 무슨 일인가 일어난 것이다. 한 달 전의 사건과 관련된 뭔가가…. 그러지 않고서는 무단결근 따위를 할 사람이 아니다.

　혹시 회사에는 이제 두 번 다시 가지 않을 작정인지도 모른다. 이 집에서도 나가려는 걸까. 아니, 이미 나가버렸는지도 모른다. 오늘 아침 평소와 다름없는 얼굴로 "자, 그럼 다녀올게"라는 인사말만 던지고…. 그가 머지않아 내게서 떠나리라는 것은, 게다가 내게는 아무 말도 없이 이런 식으로 자연스럽게 떠나리라는 것은 지난 달 말에 내 뺨을 때렸을 때부터 알고 있었다. 그때 이미 헤어지는 건 결정된 것이나 마찬가지다. 다케히코는 나를 용서하는 척하고 나도 반성하는 척했지만, 그건 사건이 나고 겨우 일주일 만에 아이의 부모가 헤어지면 아무래도 사람들에게, 이를테면 경찰이나 이웃 사람들이나 세상 사람들에게 지나치게 자극적인 일이라는 걸 알고 있었기 때문이다. 최소한 사건이 해결될 때까지는 기다리자는 암묵의 약속이 우리 두 사람 사이에 있었다. 하지만 그는 결국 한 달도 기다리지 못하고 이 집을 나갔다. 아마 나오코가 없는 이 집에 더 이상 머물러야 할 의미가 없어진 것이리라. 나오코가 태어난 뒤로 아빠 엄마 둘 다 있는 게 좋다는 이유만으로 가까스로 유지되던 부부 사이였다. 적어도 나는 내내 그랬고, 다케히코도 이번에 히라타 일로 겨우 그걸 깨닫고 나간 것이다.

　지금 어디 있는 걸까. 무슨 생각을 하는 걸까. 정말로 두 번 다시 이 집에 돌아오지 않을 작정일까. 옷도 그렇고, 침실 벽을 반이나 채우고 있는 책도 자기 물건도 모두 다 남겨둔 채?

　휴대전화는 갖고 있을 테니 내 쪽에서 걸어보면 알 수 있을지도 모른다.

　그렇게 생각하면서도 유키코는 자신이 먼저 다케히코에게 전화할 마음은 나지 않았다. 다케히코가 떠난다면 그게 더 좋을지도 모른다는 생각이 유키코에게는 있었다. 히라타 말고도 내게 따로 사랑하는 사람이 있다는 것을… 내가 이미 훨씬 더 큰 배신을 해왔다는 것을 아직 모르는 상태에서 떠나는 게 더 좋을지도 모른다.

　게다가 아까부터 몇 번이나 울렸던 전화는 다케히코가 아니라 아마도 다른 남자… 분명 히라타가 걸어온 것이다. 다케히코는 한번 어떤 결정을 내리면 곧장 나아갈 뿐 결코 뒤돌아보지 않는 사람이다. 그래서 일단 결혼한 이상, 나처럼 제멋대로 사는 아내라도 오늘까지 헤어지자는 말을 한 번도 꺼내지 않았던 것이다. 그러다가 이번 사건과 히라타 일로 그 인내심도 뚝 부러져 내게서 떠나는 길을 선택했다…. 그리고 정말로 오늘 아침에 평소와 똑같은 얼굴 그대로 내게서 떠난 것이라면 두 번 다시 나를 향해 뭔가 말을 건네주는 일은 없을 것이다. 어디로 갔는지는 모르겠다. 하지만 그건 옷도 책도 필요 없는 장소…. 설마 그럴 리가, 라고는 생각하지만 혹시 죽을 작정인 걸까…. 그게 아니면….

　'경찰'이라는 말이 뇌리를 스쳤지만 더 이상 생각하고 싶지 않아서 유키코는 고개를 젓고 다시 다리미질을 시작했다.

한 달 동안 아이 방 서랍장에 그대로 들어 있던 나오코의 여름옷과 속옷들을 오늘 아침에 마음먹고 모두 세탁기에 돌렸다. 습기 때문인지 속옷들은 나오코의 땀이 묻은 것처럼 눅눅했다. 지난 한 달 동안, 나오코가 살아 있을 때와 똑같이 하루 세 끼 밥을 챙겨 위패와 유골 항아리 앞에 공양을 해왔지만 오늘부터는 옷가지도 세탁하기로 결심했다.

정말 아직도 살아 있는 것만 같다. 살아 있을 때 나오코의 얼굴이나 몸은 이상하게 써늘해서 한여름에도 땀을 거의 흘리지 않았다. 그런데도 속옷은 눈에 보이지 않는 땀을 빨아들여 어느새 눅눅해졌다…. 그렇다, 정말로 아직 살아 있는 것만 같다. 하지만 그건 살아 있을 때는 오히려 죽은 것처럼 느껴졌다는 뜻이 아닐까…. 실제로 나오코는 이런 결말을 맞이할 운명인 것처럼 항상 존재감이 희박하고 어딘지 불행해 보이는 구석이 있는 아이였다.

하지만 다른 사람이 뭐라고 하건 나만은 그런 말을 할 자격이 없다.

왜냐하면 그 아이에게 불행의 그림자를 달아준 것은 바로 나였으니까…. 그 아이를 죽인 건 바로 나니까. 나는 나오코가 살해된 시간에 호텔방에 있었다. 그래서 직접 손을 댄건 내가 아니다. 하지만 전화로 다케히코에게서 나오코가 죽었다는 소식을 들었을 때, 나는 말도 안 되는 농담이라고 웃으면서도 순간적으로 그 아이를 죽인 건 나라고 생각했다. 범인은 바로 나야, 라고….

다시 전화벨이 울린다.

이번에는 한 차례 울렸을 뿐, 금세 뚝 끊겨버렸다.

분명 히라타일 것이다. 히라타에게 뭔가 곤란한 일이 일어난 것이다.

그 사건 이후로 히라타와는 만나지 않았다. 하지만 전화로는 몇 번 이야기를 나누었다. 전화도 피하고 싶었지만 히라타가 경찰의 질문에 어떻게 답하고 어떤 반응을 보였는지 알고 싶었다. 아직 대학생인 히라타가 알리바이에 대해 경찰에 제대로 거짓말을 해냈을지 내심 걱정스러웠다…. 나는 괜찮다. 원래부터 거짓말에는 선수다. 오늘까지 그런 교묘한 거짓말로 다케히코와 주위 사람들뿐만 아니라 나 자신까지 속이며 살아왔으니까. 하지만 아직 애송이 같은 히라타가 경찰의 끈질긴 추궁을 견뎌내며 계속 거짓말을 할 수 있을지, 그게 내내 걱정스러웠다.

그날, 1시에 호텔에 체크인을 했고 십 분 뒤에 히라타는 나오코를 데리러 언니 집으로 출발했다. 삼십 분쯤 지났을 때, 히라타에게서 전화가 왔다. 내가 대충 그려준 지도를 잃어버려 집을 못 찾겠다는 것이었다. 나는 그만 됐으니까 호텔로 돌아오라고 말했다. 낮게 가라앉은 목소리였지만 그때는 무더위 속에 길을 헤매서 그런 모양이라고만 생각했다. 2시 조금 전에 히라타가 호텔방으로 돌아왔고, 더위에 완전히 녹초가 되어버린 것 말고는 별로 달라진 점이 없어서 나는 집을 찾지 못했다는 히라타의 말을 그대로 믿었다. 오히려 이상하게 초조한 기색을 보인 쪽은 나였을 것이다. 나중에 생각해보니 그 집에서 뭔가 일이 터질지 모른다는 예감 때문에 나는 몹시 불안했었다. 아니, 이미 무슨 일이 일어났

는지도 모른다…. 그렇게 생각하니 견딜 수 없이 불안해져
서 나는 그 불안감을 잊으려고 평소보다 더 히라타의 몸을
원했다.

그랬다. 내가 너무 거칠게 나오는 것을 눈치채고 히라타
가 오히려 의아한 얼굴이었다.

"무슨 일 있었어? 어째 이상하게 구는데."

"아무것도 아냐. 올여름은 너무 더워서 짜증이 나. 오늘
은 저녁때까지 함께 있어줄래? 햇볕 쨍쨍한 대낮에 바깥에
나가기 싫어."

"나야 좋지. 근데 아이는 어쩌려고?"

"괜찮아, 내버려둬. 언니도 치과 갔다가 벌써 집에 왔겠
지. 저녁때까지 데리러 가지 못한 이유나 생각해봐야겠어."

무책임한 엄마인 척하며 그런 말을 했지만, 언니에게 전
화하기도 귀찮았던 것이다. 전화를 하면 뭔가 큰일이 터졌
다는 언니의 말을 듣게 되고, 지금 당장 이 침대를 내려가
햇볕 쨍쨍한 바깥으로 나가야 할지도 모른다. 왠지 그런 마
음이 들었다. 이대로 내버려두면 아무 일도 일어나지 않는
다…. 그런 내게 히라타가 한 마디 툭 던지듯이 말했다.

"전화라도 해주는 게 좋을 거 같은데."

평소와 다름없는 목소리였기 때문에 나는 별다른 의심
도 하지 않았다. 히라타가 벗어놓은 폴로셔츠에 가늘고 긴
머리카락 한 올이 붙어 있었지만 지하철의 다른 승객에게서
묻어온 모양이라고 생각했을 뿐이다.

그 머리카락이 특별한 의미를 가진 것은 7시에 언니 집
에 전화했다가 다케히코에게서 나오코가 죽었다는 소식을

들었을 때였다. 불길한 예감이 맞아떨어졌는데도 나는 별로 동요하지 않았다. 오히려 여느 때보다 침착해져 있었다.

"알았어. 아무튼 지금 바로 갈게."

전화를 끊고 히라타를 돌아보며 내가 물었다.

"너, 사실은 언니네 집에 갔었던 거야?"

지금도 똑똑히 기억이 난다. 그때 히라타는 가면이라도 쓴 것처럼 스르륵 무표정한 얼굴이 되어 어중간하게 고개를 저었다.

"아니야."

나오코가 살해되었다는 소식을 들은 순간, 나는 히라타의 폴로셔츠에 붙은 게 나오코의 머리카락이고 나오코를 죽인 사람은 히라타라고 느꼈던 것이다.

하지만 히라타의 "아니야"라는 한 마디를 믿어주기로 했다. 히라타는 나오코를 살해할 이유가 없다. 시간적으로도 무리한 일이었다. 히라타는 기껏해야 오십여 분 동안 호텔방을 벗어났을 뿐이다. 아무리 서둘러 다녀와도 언니 집을 왕복하는 데 사십 분쯤 걸린다. 그렇다면 그 집에서 히라타에게 허용된 시간은 길어야 십여 분이다. 작은 동물처럼 연약한 나오코를 살해하는 데는 채 일 분도 걸리지 않겠지만, 난생처음 가보는 집에서 지금까지 딱 두 번밖에 본 적이 없는 어린애에게 살의를 느낄 만한 일이 일어나기에는 십 분은 너무도 짧다. 그때는 아직 나오코가 살해되어 집 안 정원에 파묻혔다는 것까지는 알지 못했다. 그래도 나는 히라타가 범인일 가능성은 일단 없다고 생각했다.

"그래? 그럼 이건 우리와는 아무 관계도 없는 사건이야.

어떻든 네가 오늘 이 방에서 나갔었다는 건 경찰에 말하지 않는 게 좋겠어. 오후 1시에 이 방에 들어와서 지금까지 한 번도 나가지 않은 것으로 하자. 이건 우연이지만 네가 밖에 나간 사이에 내가 룸서비스로 아이스티와 주스를 주문했었어. 2인분이니까 경찰은 방에 두 사람이 있었다고 생각할 거야. 그리고 네가 신코엔지 역 근처에서 나한테 전화했던 거, 그것도 누군가 다른 사람에게서 온 전화라고 하면 돼. 휴대전화가 아니라 공중전화였잖아. 호텔 교환대에서 네 목소리까지 기억할 리는 없어. 그러니까 혹시 경찰이 그 전화를 조사한다고 해도 얼마든지 둘러댈 수 있어."

그렇게 말한 뒤에야 히라타의 의아해하는 얼굴을 보고 나는 퍼뜩 생각난 것처럼 알려주었다.

"나오코가 살해되었대."

그렇다, 히라타는 그때 '경찰'이라는 말을 듣고도 의아한 표정을 보였을 뿐이다. 나오코가 살해되었다는 말에 믿을 수 없다는 듯 고개를 저었던 것이다.

히라타는 이 사건과는 아무 관계도 없다.

나는 그때 그렇게 확신했고 그 확신은 한 달이 지난 오늘까지도 흔들린 적이 없다. 경찰에서 사건이 일어난 시간 전후에 젊은 남자가 목격되었다는 말을 듣고서도 의심하지 않았다. 그 일로 히라타에게 전화를 했을 때는 그가 어떤 대답을 했었던가.

"나도 경찰에서 그 얘기 들었는데 물론 그건 나 아니야."

분명 그렇게 대답했지만 그 목소리에 나만 알 수 있는 약간의 부자연스러운 여운이 있었기 때문에 어쩌면 그가 언니 집에 갔었는지도 모른다고 생각했다. 곰곰 생각해보니, 지도를 잃어버렸다는 것도 대충 둘러댄 소리 같았고, 그렇다면 히라타가 거짓말을 하고 있는지도 모른다…. 혹시 그 셔츠의 머리카락이 나오코 것이었다면 그가 나오코와 접촉했다는 얘기가 된다…. 아니, 그래도 히라타는 나오코를 죽이지 않았다. 그에게는 나오코의 사체를 묻고 나올 만큼의 시간이 없었다. 경찰에서는 그 집에서 연못을 만들려고 미리 파둔 구덩이가 있었기 때문에 십 분이나 십오 분이면 끝났을 것이라고 했지만, 그런 정도의 시간도 히라타에게는 없었다. 무엇보다 내가 알고 있는 히라타는 절대로 사람을 죽이는 번거로운 짓을 할 만한 사내가 아니다. 매사에 무기력하고 무심해서 진심으로 분노하는 일도 슬퍼하는 일도 없고, 범죄를 저지를 만한 집중력도 없는, 빗자루로 쓸어낼 만큼 흔해 빠진 요즘 젊은이일 뿐이다. 그 이상의 것이라고 해봐야 그저 몸뚱이뿐이다. 그때 히라타는 나와 자고 싶어 했다. 머릿속에 든 것이라고는 단 일 초라도 빨리 호텔에 돌아가 나와 자는 것뿐이었다. 그런 히라타가 사람을 죽이는 번거로운 짓을 할 리 없다.

"그래, 네가 그랬을 리가 없지. 미안해. 네가 호텔방에서 한 발짝도 나가지 않았다는 건 누구보다 내가 가장 잘 알고 있는데 깜빡 바보 같은 질문을 했네."

그렇게 말하고 웃음소리와 함께 전화를 끊었다.

내가 히라타를 조금이라도 의심한다는 건 생각해보면 이상한 얘기다. 오히려 히라타 쪽에서 나를 의심했었다.

그날 호텔방에서 나오코가 살해되었다는 말을 전해주었

을 때, 히라타는 한층 더 의아한 얼굴로 내게 물었던 것이다.

"당신은 아이가 살해된 것을 미리 알았어?"

"아냐, 방금 들었지. 왜?"

"그런 소식을 들었는데도 아무렇지도 않아?"

"아무렇지도 않을 리가 있어? 내 속은 지금 태풍을 맞은 것처럼 엉망진창이야. 그냥 남의 일처럼 실감이 안 나고…. 어머, 왜 그런 눈으로 봐? 설마 너, 나를 의심하는 거야? 내가 내 딸을 죽였다고? 하지만 내가 어떻게 그 아이를 죽일 수 있지? 네가 나간 뒤에 나도 이 호텔을 나가 그 집에 가기라도 했다는 거야? 뭐, 하긴 그렇지, 네가 신코엔지와 이 호텔 사이를 왕복했으니까 그 시간이면 나도 다녀올 수 있었겠네. 이 호텔이라면 단골 고객이니까 룸서비스 알리바이 따위는 간단히 위장할 수 있을 거고…. 하지만 내가 그 집에 갈 거라면 왜 너를 먼저 보냈겠어? 아, 그렇구나, 무슨 드라마처럼 너한테 엉터리 지도를 그려줘서 일부러 길바닥을 헤매게 만들고 그걸로 내 알리바이를 만드는 것도 가능하겠네…. 근데 아냐. 그 지도는 정확히 그려줬으니까 네가 잃어버리지만 않았으면 길에서 헤매는 일 없이 그 집에 도착했을 거야. 지도를 잃어버린 건 너라는 거, 알고 있지? 게다가 나는 그 아이를 죽일 동기 따위는 없어. 물론 그 아이가 내 자유를 빼앗으니까 방해물이라고 말한 적은 있지만, 그건 그냥 입에서 나오는 대로 해본 소리였을 뿐이야."

"아니, 나는 당신이 죽였다고 의심하는 게 아니라…."

히라타는 그렇게 얼버무리면서도, 딸이 살해되었다는 소식을 듣고도 냉정한 얼굴로 그런 말을 하는 내게 한층 더 의혹이 깊어졌는지 차갑게 고개를 돌렸다. 지금 생각해보니 나를 의심한다기보다 자기 쪽에서 뭔가 거짓말을 했거나 뒤가 켕기는 일이 있었는지도 모른다. 하지만 그때는 거기까지는 미처 생각하지 못했다. 나는 어린애를 달래듯이 달콤한 미끼 같은 목소리로 그에게 말했었다.

"아이, 바보, 넌 신코엔지 같은 데는 가지도 않았어. 그렇지? 나와 함께 내내 이 방에 있었고, 한 발짝도 밖에 나가지 않았어. 맞지?"

그리고 히라타의 몸에 손을 내밀었다. 분명 나 스스로도 놀랄 만큼 냉정했지만, 그건 태풍의 눈 속에 돌연 내던져진 듯한 불안한 공허감 같은 것이었다. 나는 물에 빠진 자가 지푸라기라도 붙잡듯이 히라타의 젊은 몸뚱이에 매달리려고 했을 뿐이다. 이 몸을 마지막으로 한 번만 더 맛보자. 그러면 앞으로 어떤 태풍이 휘몰아쳐도, 여름이 아무리 맹위를 떨치더라도, 나는 견딜 수 있다….

하지만 내 손보다 히라타의 몸이 먼저 움직였다. 나를 침대에 쓰러뜨리고 한순간 지독히 차가운 눈빛으로 나를 내려다보았다. 그 눈은 명백하게 이런 말을 하고 있었다.

죽인 건 너야. 내가 다 알아….

지난 한 달 동안, 나를 가장 괴롭힌 것은 그 눈빛이었다. 다케히코의 눈도 언니의 눈도 아니고, 히라타의 그 눈이었다. 왜냐하면 나오코를 죽인 건 바로 나였기 때문이다. 그날 호텔방에 들어가기 전부터 나는 뭔가 큰일이 터질 것 같은 예감 때문에 지독히 불안했지만 그건 당연한 일이었다. 왜냐하면 그 사건을 일으킨 건 바로 나였으니까.

다시 전화가 울린다.

히라타가 말하고 있는 것이다.

죽인 건 너야. 내가 다 알아….

그렇다. 그날 나는 분명 내 딸을 죽이려고 했다. 내가 히라타를 그 집에 보낸 것은 내가 짜놓은 계획을 가로막기 위해서였다…. 나는 그 아이의 엄마이기 때문에 죽이려고 했던 것도 나였고 구해주려고 했던 것도 나였다. 하지만 히라타는 집을 찾지 못했고 그 아이를 구해주지 못했다. 아니, 정말 그런 것이었을까. 나는 나오코를 구하기 위해 히라타를 보냈던 것일까.

뭔가 타는 냄새가 코끝을 스쳐서 유키코는 퍼뜩 정신을 차리고 급히 다리미를 번쩍 들었다. 나오코의 흰색 메리야스 가슴 부분에 갈색의 다리미 흔적이 찍혔다. 속옷 속에 숨겨져 있던 심장이 불에 그슬려 드러난 것처럼.

유키코는 한숨을 내쉬고 다림질 판 옆을 떠나 아이 방으로 갔다. 방은 나오코가 살아 있던 때 그대로였다. 다만 작은 침대를 차지한 곰 인형은 그 사건 뒤에 다케히코가 사 온 것이었다. 근처 장난감 가게의 윈도를 장식했던 그 봉제 인형을 나오코가 '곰 아저씨'라면서 갖고 싶어 했는데 방에 들여놓기에는 너무 크다는 이유로 사주지 않았던 것이다. 곰 아저씨는 슬픈 듯 눈을 내리뜨고 그곳에 앉아 있었다. 베갯머리에는 그림책 책장이 있다. 유키코는 책장으로 다가가《빨간 모자》라는 그림책을 꺼내 숲에서 꽃을 따는 빨간 모자를 나무 뒤편에서 늑대가 노리듯이 바라보는 페이지를 펼쳤다. 그리고 그 페이지에서 한 올의 머리카락을 조심스럽게 집어

올렸다.

그날 히라타의 폴로셔츠에 붙었던 그것을 유키코는 티슈페이퍼에 싸서 가지고 나와 오늘까지 이 그림책 책장 틈에 감춰두었던 것이다.

이 머리카락이 나오코의 것이라면 그날 히라타는 언니 집에 갔고 나오코와 접촉했다는 증거가 될지도 모른다⋯. 그렇게 되면 모든 것을 히라타의 책임으로 돌릴 수 있다. 내가 그날 히라타를 언니 집에 보냈던 것은 내가 짠 계획을 멈추게 하고 나오코를 구해내기 위해서가 아니라 혹시라도 내가 짠 계획으로 나오코가 죽었을 경우, 그 죄를 히라타에게 뒤집어씌우기 위해서였는지도 모른다⋯.

"언니가 나오코를 집에 두고 갔기 때문에 아무래도 위험하다 싶어서 히라타에게 나오코를 데려오라고 그 집에 보냈다. 그런데 히라타가 돌아와 나오코를 죽이고 말았다고 털어놓았고, 자칫 나까지 의심을 받을까 봐 거짓 알리바이를 주장하기로 했다."

여차하면 '나는' 그렇게 둘러댈 생각이었던 것이다. 그리고 그 거짓말을 뒷받침하기 위해 이 머리카락을 소중히 감춰두었다⋯.

유키코는 창가로 다가가 머리카락을 햇볕에 비춰보았다.

나오코의 머리카락이 틀림없다. 유키코 자신의 머리카락을 꼭 닮았기 때문이다. 역시 히라타는 그날 나오코와 어떤 식으로든 만났었다⋯. 하지만 그래도 히라타는 범인이 아니다. 진짜 범인은 바로 나다. 나는 그날 호텔방에서 한 발짝도 밖에 나가지는 않았다. 하지만 나는 그 시간에 그 집 정원에서 일어난 일들을 모조리 보고 있었다. 능소화나무 뒤편에서 이 그림책의 늑대와 똑같은 표정으로.

지난 한 달 동안 모든 것을 잊어버리려고 애를 썼지만 이 머리카락 한 올로 가늘고 질기게 그 사건과 단단히 이어져 있었다. 그리고 이 머리카락이 다시 나오코와 나를 엄마와 딸의 인연으로 맺어주고 있다…. 유키코는 새삼 그렇게 생각했다. 나오코를 방해물로 여기기 시작한 뒤부터 되도록 자신이 엄마라는 것을 잊으려고 했지만 그래도 이 가느다란 머리카락 한 올로 자신과 나오코는 부모와 자식으로 이어져 있었던 것이라고….

다케히코는 경찰서에 출두하기 두 시간 전쯤에 한 달 전 딸아이가 살해된 현장인 그 집에 찾아가 처형 사토코에게 신혼여행 날 밤의 아내의 배신에서부터 히라타와 방금 호텔 라운지에서 만난 일까지 모든 것을 고백했다.

사토코는 딱히 동요하는 기색도 없이 평소의 조용한 표정을 유지한 채 듣고 있었다.

"정말 힘들었겠네…."

다케히코가 이야기를 마치자 사토코는 한숨을 내쉬듯이 말했다. 정원의 능소화나무로 눈길을 돌리고 잎사귀가 가려질 만큼 흐드러지게 피어난 꽃을 조용히 바라보았다. 여름 하늘의 열기를 뚫고 쏟아지는 하얀 태양 빛을 걷어차듯이 요란하게 피어난 꽃과 그것을 지켜보는 사토코의 가을 시든 나뭇가지처럼 쓸쓸한 시선이 어딘지 어울리지 않는다고 다케히코는 생각했다.

"아직도 피어 있군요. 그날 그 꽃이."

다케히코의 말에 사토코는 조용히 고개를 저었다.

"그날 피었던 꽃은 이미 져버렸어. 지금 저 꽃은 이번 여름 들어 두 번째로 핀 거야. 능소화나무는 여름 한창때 전후로 두 번을 피거든. 올해는 두 번째 꽃이 다른 해보다 일찍 피었어. 게다가 다른 해보다 훨씬 많이…."

그리고 얼굴을 옆으로 돌린 채 사토코가 물었다.

"다케히코 씨는 어느 쪽이라고 생각해?"

"어느 쪽이냐니, 뭐가요?"

"류스케는 저 꽃을 보고 공양 꽃이라고 했어. 나무가 나오코의 죽음을 애도하며 꽃 공양을 해준 거라고. 근데 나는 그 반대라고 생각해. 나무가 나오코의 목숨을 빨아들여 양분으로 삼은 거야."

"…."

"내가 저 꽃을 싫어해서 그런 생각이 드는 걸까?"

"싫어하다니, 왜요?"

"여름 한 철에 두 번씩이나 꽃을 누리다니, 너무 욕심이 많잖아. 저 혼자만 유난히 화려하게 피어 있는 것도 염치없어 보이고…."

"…."

"유키코를 꼭 닮았지? 그래서 싫어."

사토코는 그제야 다케히코를 마주 보며 가만히 웃었다. 항상 그렇듯이 그 미소는 얼굴에 진한 그늘을 드리울 뿐이었다.

"내 말이 너무 심한가? 하지만 지금부터 하려는 말은 더

심한 얘기야…. 다케히코 씨가 경찰서에 가서 모두 털어놓겠다고 하니까 나도 다 얘기하고 싶어. 내가 실은 나오코를 미워했었는지도 모르겠어. 아니, 그게 아니라… 그렇게 가없게 죽은 건 가슴 아프지만, 실은 아주 미워했었어."

미소가 사라진 사토코의 얼굴을 다케히코는 말없이 바라보았다.

"그렇게 천진하고 예쁜 아이를 왜 미워했는지, 이유가 궁금하지 않아?"

다케히코는 그제야 조용히 물었다.

"왜죠?"

그 목소리가 가늘게 떨렸다.

"다케히코 씨가 나오코를 내심 미워해온 것과 똑같은 이유…."

사토코는 자신에게 쏟아지는 다케히코의 눈빛을 똑바로 마주 보았다.

"알고 있었습니까?"

한숨 같은 그 목소리에 사토코도 희미한 숨결만으로 대답했다.

"응…."

"언제부터요?"

"그 사건이 일어난 다음에…. 하지만 내가 미처 깨닫지 못했을 뿐이지 마음속으로는 그 아이를 꽤 오래전부터 미워했던 것 같아. 나오코, 귀엽기는 하지만 어른들에게 경계심을 품고 있다고 할까, 어쩐지 덥석 안겨들지 않고 써늘하게 제 안에 틀어박히는 데가 있었어. 그런 점이 내가 너무 싫어하는 남자를 꼭 닮았어…. 그건 유키코 잘못이야. 항상 아이에게 불신감을 심어주는 짓을 했으니까."

"…."

"다케히코 씨는 언제부터 알고 있었어?"

하지만 다케히코가 입을 열기 전에 다른 목소리가 튀어나왔다.

"애, 사토코."

시아버지가 부르는 소리였다. 2층에서 자는 줄 알았는데 어느새 계단 아래로 내려와 파자마 차림으로 서 있었다.

"식물도감 좀 찾아와. 그 꽃이 어떤 꽃이었는지 아무리 생각해봐도 이름이 생각이 안 나…."

사토코에게 말을 건네고 시아버지는 방 안에 들어가 두 다리를 꺾듯이 바닥에 털썩 주저앉았다.

"꽃이라니 무슨 꽃인데요, 아버님?"

"지난번 전쟁 때 내가 남태평양 섬에 갔었던 건 너도 알지? 그 섬의 밀림 속에 사람을 덮치는 무서운 꽃이 있었어. 덩굴이 길게 자라서 섬에 사는 아이의 목을 졸라 죽이는 걸 본 적이 있어. 그게 무슨 꽃이었는지, 당최 생각이 안 나. 그래서 아까부터 머리가 지끈지끈 아프구나."

사토코가 다케히코를 바라보며 의아한 표정으로 말했다.

"오늘은 평소보다 정신이 또렷하신 것 같아. 그나저나 왜 갑자기 그런 꽃을 궁금해 하시는지…."

사토코는 소파에서 일어나 2층으로 올라가 곧바로 두툼한 식물도감을 들고 돌아왔다. 시아버지에게 책을 건네주고는 다시 소파에 다가와 앉았다.

노인이 멍한 눈으로 책장을 넘기는 것을 잠시 지켜보던 다케히코는 이윽고 그 시선을 사토코에게로 돌리며 물었다.

"내가 언제부터 알고 있었느냐는 조금 전의 질문은 어떤 걸 말하는 건가요? 유키코와 류스케 형님의 관계? 아니면 나오코가 류스케 형님의 아이라는 거?"

6

"그 두 가지를 따로따로 알았던 모양이지? 어느 쪽이 먼 저였어? 어떤 것에 더 큰 상처를 입었을까, 다케히코 씨는? 두 사람의 관계를 알았을 때? 아니면 나오코가 자기 아이가 아니라는 것을 알았을 때?"

다케히코가 내심 깜짝 놀랐을 만큼 사토코는 냉정한 목소리로 면접관처럼 차례차례 질문을 던졌다.

"결혼식 날 밤에 신혼여행으로 하코네에 갔을 때, 아내에게 딴 남자가 있다는 것을 알았고… 그리고 곧바로 상대가 류스케 형님인지도 모른다고 짐작했어요."

"그렇게 짐작할 만한 이유라도 있었어?"

"결혼 첫날밤부터 유키코는 내게 거짓말을 둘러대고 서너 시간을 하코네의 다른 호텔에 가 있었어요. 그때부터 생각했죠, 이건 위장 결혼이라고. 유키코는 진심으로 좋아하는 남자가 따로 있었던 거예요. 그 남자와의 관계를 주위 사람들에게 들키지 않으려고 대충 무던한 나와 결혼했던 것이죠. 위장 결혼까지 해가면서 감춰야 할 상대라면 분명 나도 아는 사람일 것이고, 단순히 아는 사람일 뿐만 아니라 우리와 지극히 가까운 사람이겠지요. 그렇게 추리를 하다 보니 곧바로 류스케 형님의 얼굴이 떠오르더군요. 결혼하기 전에 어쩌다 처형과 형님 얘기가 나와서 내가 그런 조용한 부부가 되었으면 좋겠다고 말했더니 유키코가 갑자기 얼굴이 부루퉁해져서, 형부는 전혀 행복하지 않다, 언니는 착하기는 한데 형부와는 어울리지 않는다고 말한 적도 있고….”

“….”

“그 말을 들었을 때, 뭔가 이상하다는 생각이 들었어요. 유키코가 친언니가 아니라 형부 편을 드는 것도 그렇고…. 내 얼굴 표정에 그런 게 드러났는지 유키코가 금세 웃으면서, 다른 부부가 어떻게 살건 상관없다, 우리는 우리끼리 행복하게 살면 된다는 식으로 얼버무리더군요. 그야말로 깜빡 잘못 튀어나온 말을 재빨리 수습하려는 투였어요. 그리고 결혼 피로연 때, 류스케 형님은 중요한 출장이 있다면서 중간에 먼저 갔었어요…. 그런 일들이 아무래도 미심쩍어서 신혼여행에서 돌아온 다음 날, 유키코가 신혼 첫날밤에 딴 남자를 만나러 갔던 고라 관광호텔로 전화를 해봤어요. 류스케 형님 이름을 대면서 어젯밤에 호텔방에 물건을 잊어버리고 온 것 같다고 적당히 물어봤죠. 그랬더니… 틀림없이 그 호텔에 투숙했더군요.”

“….”

“사토코 씨는 우리 결혼식 날 밤에 형님이 출장 간 걸 전혀 의심하지 않았습니까?"

사토코는 고개를 저으며 한숨과 함께 후훗 웃음을 토해 냈다.

"아니, 나는 전혀 짐작도 못했어. 하지만 그랬다면 다케히코 씨에게 위장 결혼이라는 말을 들어도 당연할 만큼 두 사람이 계획적으로 움직였던 거네. 두 사람의 결혼식 날짜가 정해지고 내가 류스케에게 그걸 알려줬을 때 출장 얘기를 했었어. 그날은 출장이라서 곤란하다고. 어떻게든 틈을 내서 한 시간쯤 피로연에 참석하도록 하겠다고…. 하지만 그 훨씬 전부터 둘이 미리 약속을 해뒀겠지? 류스케도 그렇고 유키코도 그렇고, 둘 다 참 대단하다. 재미로 즐기는 게임에도 세심하게 준비해서 최대한 효과적으로 즐기지 않으면 큰 손해라도 나는 것처럼…."

마치 남의 얘기를 하는 듯한 사토코의 메마른 목소리가 다케히코는 못내 마음에 걸렸다.

"게임이라…. 그럼 사토코 씨는 그 두 사람이 그저 재미 삼아 만났던 거라고 생각해요?"

"그렇지. 두 사람이 정말로 서로 사랑했다기보다 나와 다케히코 씨를 어디까지 배신할 수 있을지, 그런 게임을 즐겼다고 생각할 수밖에 없잖아. 누군가 희생양이 될 만한 사람이 없으면 그 두 사람은 어떤 행복도 쾌락도 느끼지 못해. 옛날에 잔인한 왕들이 연회를 완벽하게 즐기기 위해 노예들을 의미도 없이 죽였던 것과 똑같아. 그렇잖아, 결혼식 날 밤에 일부러 밀회를 즐기다니…. 그게 아니면 다케히코 씨는 뭔가 다른 이유가 있는 것 같아?"

"아뇨. 나도 처음에는 이 결혼을 계기로 두 사람이 그간의 관계를 청산하려고, 마지막이라는 마음으로 한 번 더 만났던 거라고 생각했어요. 하지만 아니었습니다. 오히려 결혼 후에도 관계를 지속하자는 약속을 하려고 만났던 거예요. 겨우 한 달 뒤에 또 다시 두 사람이 여행을 다녀왔으니까요. 그것뿐만이 아니에요. 류스케 형님의 존재를 어떻게든 감추려는 연막 작전이었는지 아니면 형님만으로는 부족했는지 유키코는 계속해서 바람을 피웠어요. 이번에 만난 그 대학생까지 포함해 세 명이었습니다. 처형 말대로 나를 배신하는 걸 즐기고 있었다고 생각할 수밖에 없는 조잡한 방식으로…."

"나오코 사건이 터지기 보름 전쯤에 나를 만났을 때, 유키코의 불륜 상대는 네 명이라고 말했었는데, 그럼 그중 한 사람이 류스케였던 거네?"

"네, 가장 중요한 한 사람이었죠."

"그럼 그때 다케히코 씨는 내가 류스케와 유키코의 일을 어디까지 알고 있는지, 그걸 탐색하러 왔었구나…."

"아니, 그보다 전혀 아무것도 모르시는 것 같아서 어떻게든 넌지시 알려주려고 했어요. 내 입으로 직접 말할 용기는 없었으니까요…. 하지만 누구와 바람을 피우는지 짐작되는 사람이 있다고 하셨지요? 같은 회사의 젊은 여직원이라고…."

"그때는 아직 그런 줄만 알았어. 틀림없이 그 부하 여직원과도 관계를 가졌으니까. 류스케가 바람을 피운다는 것을 알고 일 년쯤 지나서 그 여직원이 회사를 그만뒀는데 그 참에 나한테 편지를 보냈어…. 이 얘기, 지난번에 내가 말하지 않았던가?"

"예, 지난번에는 그런 얘긴 안 했어요. 어떤 편지였는데요?"

"정말 뻔뻔스러운 편지였어. 지금까지 잠자리를 함께 한 건 단 두 번뿐이다, 라는 것까지 써 보냈어. 잠자리는 단 두 번뿐이었지만 부인과 아이를 위해 자기가 먼저 부장님께 이별하자는 말을 꺼냈다고, 어처구니없는 변명으로밖에는 보이지 않는 말들을 주절주절 늘어놓은 긴 편지…. 귀찮아서 끝까지 읽지도 않고 그날 저녁에 집에 돌아온 류스케에게 아무 말 않고 건네줬어."

"그랬더니 류스케 형님은?"

"이미 끝난 일이라고 한 마디만 하던데?"

"처형은 류스케 형님에게 정말 아무 말도 안 했어요?"

"응."

"왜…."

"그 여직원은 나보다 류스케가 읽어주기를 바라고 그 편지를 보낸 거였어. 그 여자는 류스케에게 그토록 하고픈 말이 많은데 나는 류스케에게 하고 싶은 말이라고는 한 마디도 없었어…. 그 뒤에도 류스케의 와이셔츠에서 여자의 립스틱 흔적 같은 거무스레한 얼룩이 이따금 보여서 류스케의 바람기가 아직도 가라앉지 않았다고 짐작은 했었어. 하지만 나는 그 여직원하고 계속 만나는 줄만 알았어. 처음부터 끝까지 변명과 거짓으로 일관한 편지였기 때문에 부인과 아이를 위해 이별하겠다는 말도 당연히 거짓일 거라고 생각했으니까."

"…."

"하지만 그 여직원과는 정말로 헤어진 모양이지? 지금 생각해보니 그 여직원, 참 딱하다. 처음부터 유키코의 대용품으로 사귄 거였잖아."

"유키코가 데리고 놀던 히라타처럼?"

사토코는 고개를 끄덕이려다가 중간에 천천히 고개를 가로저었다.

"그건 약간 의미가 다른 것 같아. 지금 돌이켜 생각해보니 유키코가 결혼을 하니까 류스케는 아무래도 새신랑인 다케히코 씨에게 양심이 찔렸던 것 같아. 그래서 유키코와의 관계를 정리하려고 했던 모양이지. 그 무렵에 갑작스레 식구들에게 관심도 갖고 나한테도 다정하게 굴었어. 여직원과 바람피운 것이 켕겨서 그런가 보다 했는데 사실은 유키코와 헤어질 결심을 해서 함께 잘 수가 없으니까 그 허전함을 메우려고 여직원과 바람을 피웠던 거였어. 그러고는 결국 아내로도 여직원으로도 만족할 수 없어서 다시 유키코에게로 돌아갔나 봐."

사토코는 한숨을 내쉬었다.

그때, 방 안에서 신음하는 듯한 소리가 들려서 다케히코와 사토코는 동시에 그쪽을 바라보았다.

노인은 무릎 위에 펼쳐놓은 식물도감에 머리를 처박고 그대로 굳어버린 듯한 자세로 앉아 있었다. 식물도감 책장을 넘기다가 얼어붙은 사람처럼 보였다. 방 안까지 여름 햇볕이 가득했지만 그 열기의 어딘가에 노인의 몸을 꽁꽁 얼려버릴 듯한 흉기와도 같은 차가움이 숨어 있다…. 다케히코는 그렇게 느꼈다.

"아버님, 왜 그러세요?"

사토코가 던진 말이 머릿속에 들어가지 않는지 노인은 아무 반응도 없었다. 끙끙거리는 신음만 길게 꼬리를 끌었다.

그건 신음이라기보다 으르렁거리는 소리에 가까웠다. 노인의 몸 뒤편에 떠돌이 개 한 마리가 있어서 누군가를 향해 경계와 위협의 표시로 으르렁거리는 것 같았다. 누군가 있는 것이다…. 지금 이 집 안에 저 개를 으르렁거리게 하는 눈에 보이지 않는 침입자가 있다. 어쩌면 그것은 한 달 전에 나오코를 살해한 범인이 남기고 간 그림자인지도 모른다….

선풍기가 소리도 없이 돌아가고 있었다.

다케히코는 정원으로 시선을 돌렸다. 무성하게 자란 나무 잎사귀와 잡초가 수북한 정원은 바라보는 것만으로도 숨이 턱 막혔다. 오후 들어서도 한낮의 열기가 그대로인 무더위 속에서 정원의 초록빛 그늘은 불에 데어 짓물러버린 것처럼 보였다. 그 이면에 그날의 범인의 그림자가 숨어 있는 것만 같았다.

다케히코가 손수건으로 이마의 땀을 닦는 것을 보고 사토코가 말했다.

"미안해. 지난주부터 에어컨이 망가졌는데 수리하는 사람을 부르지 못했어. 온 동네 사람들이 호기심 어린 눈으로 쳐다보는 것 같아서…. 그나저나 다른 곳으로 자리를 바꿀까? 나오코의 영혼이 아직 남아 있는지도 모르는 곳에서 이런 이야기를 계속하는 것도 좀 그렇고."

다케히코는 고개를 저었다.

"아니, 여기가 좋아요. 나오코는 누가 이 집에서 자신을 죽였는지 알고 있겠죠. 하지만 자신이 왜 그런 처참한 일을 당해야 했는지는 모를 거예요. 사토코 씨와 나는 지금 그 동기에 대해 말하고 있잖아요. 나오코에게도 들려주는 게 좋겠지요."

"동기?"

그렇게 되물으며 사토코는 잠시 망사 너머로 바라보듯이 골똘한 눈빛으로 다케히코를 바라보다가 이윽고 고개를 끄덕였다.

"그 말을 듣고 보니까 지금까지 우리가 이야기했던 게 범행 동기와도 관련되는 거였네. 나는 그것도 몰랐지 뭐야."

다시 남의 일처럼 말하고 다케히코에게 물었다.

"그래서 다케히코 씨는 나오코가 자기 아이가 아니라는 건 언제 알았어?"

하지만 곧바로 사토코는 자신의 질문이 우습다는 듯이 혼잣말처럼 중얼거렸다.

"아직 나이도 어린 나오코가 어른들끼리 나누는 이런 얘기를 알아들을까? 당장 우리조차도 얼른 이해하기 힘든 얘기인데…."

"아뇨, 나오코라면 다 알아들을 거예요. 특히 지난 일 년 동안에는 내가 뭔가 즐거워서 웃을 때마다 나오코가 이상하다는 눈빛으로 나를 바라보곤 했으니까요. 그럴 때마다 내가 지금 이렇게 웃는 얼굴 뒤에 숨겨둔, 나조차도 들여다보고 싶지 않은 내 속마음을 나오코가 다 알고 있다는 느낌이 들었던 게 한두 번이 아니에요. 어른인 유키코는 나한테 속고 있는데도 이 아이는 그걸 다 안다는 그런 느낌이…."

"그랬구나…. 나도 가요에게서 그 비슷한 걸 느낀 적이 많았어. 나 자신도 제대로 설명할 수 없는 내 속마음을 그 아이가 딱 알아맞히는 일이…. 언젠가 내가 반쯤 농담으로 네 아빠가 너무 싫다고 말했더니 가요가 싫은 게 아니라 따분한 거라고, 엄마는 아빠가 따분한 거라고 대꾸하는 바람에 내가 입이 떡 벌어진 적도 있었어."

그렇게 말하고 다시 이어서 혼잣말처럼 중얼거렸다.

"이번 사건의 범인도 자신이 떠안고 있는 문제의 해결책을 나오코에게 물어봤더라면 좋았을 텐데. 나오코를 죽이는 것 말고는 다른 해결책이 없겠느냐고…. 그랬으면 나오코가 좀 더 간단한 방법을 가르쳐줬을지도 모르는데. 그런 어린 아이를 죽이는 짐승같이 잔인한 방법이 아니라 좀 더 다정하고 인간다운 해결책을 그 아이만은 알고 있었을 텐데…."

여전히 아무 감정도 담기지 않은 사무적인 목소리였지만, 능소화 꽃망울을 향한 그 눈가에 눈물이 고여 있었다. 다케히코는 그 옆얼굴이 아름답다고 생각했다. 지난 한 달 동안 한순간도 가슴을 떠나지 않았던 나오코의 죽음을 잠시 잊은 채, 다케히코는 넋이 나간 듯 그 옆얼굴을 바라보았다. 하지만 그것도 기껏해야 이삼 초의 일이었다. 눈물이 방울지기도 전에 여름 햇볕이 수분을 빨아들이고 그 뒤에 남은 것은 하얀 그늘이 진, 차가울 만큼 쓸쓸한 사토코 씨의 눈이었다.

자신을 빤히 바라보는 다케히코의 시선을 깨닫고 사토

코가 다시 물었다.

"그래서 그게 언제였어? 나오코가 태어나기 전부터 류스케의 아이라는 걸 알았어?"

"임신했다는 얘기를 할 때, 유키코는 그 전전날 병원에 갔던 길에 알았다고 하더군요. 벌써 십 주째에 접어들었다고 했어요. 그때는 이미 유키코의 어떤 말도 믿을 수 없었기 때문에 나 혼자 의사를 찾아가 멀리 에둘러 물어봤습니다. 그랬더니 유키코가 내게 말한 날짜와 보름 넘게 차이가 났어요. 게다가 병원을 찾아온 게 그 전전날이 아니라 두 달 전이었다는 것도 알았어요. 요즘에는 혼자서도 간단히 임신 여부를 알아볼 수 있는 방법이 있다더군요. 그걸로 임신한 것을 알고 그 보름 뒤에야 병원을 찾은 거예요. 의사에게서 거의 틀림없다는 말을 듣고는 그날 밤에 유키코는 임신 사실을 감춘 채 자기가 먼저 잠자리를 청했습니다. 그때 둘이 잠자리를 한 것은 거의 한 달 만이었어요."

다케히코도 한껏 감정을 억누르며 사무적인 보고라도 하듯이 그렇게 말하고 마지막에 이렇게 덧붙였다.

"유키코는 그 보름 남짓한 오차를 출산이 약간 빨랐고 그건 흔히 있는 일이라면서 대충 때워 넘겼죠."

"그러고 보니 유키코가 나한테도 그런 말을 했었어. 나오코가 태어나고 얼마 안 되었을 때야. 하지만 어떻게 그것만으로 류스케의 아이라는 걸 알 수 있었지? 유키코는 류스케 말고 다른 남자들과도 관계를 맺었잖아."

"임신한 것으로 추정되는 날에 만난 사람은 류스케 형님이었으니까요. 그날 밤에 여고 동창의 인생 상담을 해줘야 한다면서 나갔고, 물론 뻔한 거짓말이라는 것을 알고 내가 두 사람이 만나는 호텔 프런트에 전화해서 확인을 했어요."

사토코는 한숨을 내쉬었다.

"다케히코 씨에 비하면 나는 정말 무심했었네. 류스케에 대해서도, 유키코에 대해서도 아무것도 알아보려 하지 않았어…."

"하지만 사토코 씨도 이번 사건이 일어난 뒤에는 모든 사실을 알았잖아요."

"응, 근데 그건 내가 일부러 알아내려고 해서 알았던 게 아니야."

"설마 경찰이?"

"아니, 경찰에서는 별다른 말이 없어서 수사가 어떻게 진척되는지도 모르지만, 아마 그런 내막까지는 모를 거야. 다케히코 씨도 그런 쪽으로 질문을 받은 적은 없었지?"

더구나 혈액형도 류스케와 똑같기 때문에 그런 점에서는 경찰에서 눈치챌 걱정도 없다고 말하고 나서 사토코는 슬그머니 웃었다.

"나와 다케히코 씨는 공범인 셈이네."

"왜요?"

"사건의 중요한 동기가 될 일을 감추고 있으니까 말이야."

거기에 반론을 하려고 다케히코가 입을 열었지만 그에 앞서서 사토코가 말을 이어갔다.

"어쩌면 우린 이미 오래전부터 공범자였는지도 모르겠다. 돌아가신 시어머님 말대로 나한테는 류스케보다 다케히코 씨가 더 잘 어울린다고 생각했고… 아마 다케히코 씨도 그런 생각을 갖고 있지 않았을까? 나는 다케히코 씨가 유키코와 그런 흉한 결혼 생활을 하는 줄은 몰랐어. 오히려 유키코의 온갖 어리광을 참을성 있게 받아주면서 나름대로 행복하게 산다고 생각했는데…. 그래도 다케히코 씨는 유키코보다는 나를 더 좋아한다고 항상 나 혼자 흐뭇해하곤 했어…. 내가 잘못 생각한 건가?"

사토코는 그렇게 물었다. 그리고 다케히코와 눈이 마주치자 극히 자연스럽게 시선을 돌려 다시 정원을 내다보았다.

다케히코는 한참이나 말없이 처형의 옆얼굴을 바라보다가 이윽고 입을 열었다.

"설령 공범자였다고 해도 이제는 아무 의미도 없는 일이죠. 여기서 나가는 길로 경찰서에 가서 나오코가 누구 아이인지 털어놓기로 했으니까. 그 밖에도 알고 있는 것은 모두 다…. 여기 오기 전에 히라타라는 대학생을 만났고, 사실은 히라타와 헤어지자마자 곧장 경찰서로 갈 생각이었어요."

"왜?"

"어차피 유키코와 형님의 관계가 경찰에 알려지는 건 시간문제예요. 경찰이 그날 히라타라는 대학생과 유키코가 들어갔던 호텔을 조사하고 있는데 그 호텔은 유키코가 작년까지 형님과 드나들었던 곳이에요. 게다가 체크인은 형님 본명으로 했기 때문에 분명 숙박 카드나 기록이 남아 있을 거예요."

사토코는 고개를 저었다.

"아니, 내가 묻고 싶은 건 왜 경찰에 가기 전에 나를 만나러 왔느냐는 거야."

"확인하고 싶었거든요. 처형이 형님과 유키코의 관계를 아는지 모르는지…. 아직 모른다면 경찰의 입을 통해 듣기 전에 내가 직접 알려주고 싶었습니다. 하지만 다행이군요…. 처형도 이미 알고 있고, 게다가 그걸 알게 된 게 사건이 난 다음이었다니."

"무슨 말이야?"

"사건이 나기 전에 그걸 알고 있었다면 경찰에서는 처형이 나오코에게 나쁜 감정을 품었다고 생각할 수 있으니까요."

"나한테도 동기가 있었다는 얘기네."

"그렇죠. 나와 마찬가지로 동기라는 점에서 처형도 의심을 받았겠지요."

"나와 다케히코 씨만?"

다케히코는 눈빛으로 그 질문의 의미를 되물었다.

"경찰은 우리보다 유키코와 류스케에게 더 큰 의심을 품을 거야. 나오코는 그 두 사람의 부정의 증거잖아. 엄청난 배신의 증거지. 옛날식으로 말하면 부정한 죄의 씨앗이고, 그 두 사람에게는 거치적거리는 아이였어. 죽은 나오코에게는 너무 딱한 말이지만…."

아닌 게 아니라 아직 천진무구한 목숨을 잃은 나오코에게는 참으로 딱한 말이었다. 그나마 사토코의 담담한 목소리에 담긴 독경 같은 조용한 여운이 그 비참함에 구원이 되어주고 있었다.

"특히나 유키코는 그 대학생과 바람을 피운 것만으로도 이미 모성을 의심받고 있어. 게다가…."

사토코의 시선이 문득 방에 있는 시아버지에게로 향했고, 그 시아버지에 대해 다케히코에게 뭔가 얘기하려다가 노인이 조금 전까지 손에 들고 있던 식물도감을 방바닥에 내던지고 앉은 채로 끄덕끄덕 졸고 있는 것을 보고 소파에서 일어섰다.

"아버님, 2층에 올라가서 주무세요. 오늘은 아직 낮잠을 안 주무셨죠?"

그렇게 말을 건네자 노인은 고분고분 고개를 끄덕였다. 하지만 고개만 끄덕일 뿐, 바닥에 뿌리라도 박힌 듯 꿈쩍도 하지 않았다. 그의 나이를 생각하면 계단을 오르내리는 건 위험해서 아래층에 방을 마련해드리는 게 좋을 것이다. 하지만 그렇게 하면 온종일 시아버지와 함께 있어야 하는 사토코는 잠시도 쉴 틈이 없게 된다. 어떻게든 아직 몸을 움직일 수 있는 동안만이라도 1층과 2층으로 떨어져 지내고 싶은지도 모른다.

사토코는 시아버지의 양 옆구리에 팔을 끼워 안아 올리려고 했다. 가느다란 며느리의 팔에 게이조는 온몸의 무게를 내맡기고 있었다.

다케히코가 거들어주려고 자리에서 일어섰을 때, 게이조는 그제야 눈을 뜨고 사토코를 지팡이 삼아 가까스로 자기 힘으로 몸을 일으켰다.

사토코의 부축을 받으며 복도로 나와 계단을 올라갔다. 그 중간에 게이조가 웅얼거리는 소리가 들렸다.

"애, 사토코, 류스케는 경찰서에 갔나?"

"아뇨, 아직 집에 있어요."

　다케히코는 깜짝 놀라 계단 밑으로 다가가 사토코의 얼굴을 올려다보았다. 형님이 이 집에 있을 가능성은 생각도 해보지 않았던 것이다. 노인은 다케히코의 반응 따위는 무시하고 자기 말만 중얼거렸다.

　"왜 꾸물거리고 있어? 어서 경찰에 가서 자수하라고 그렇게 타일렀건만. 어려서부터 그 녀석은 별것도 아닌 일을 미적미적 뒤로 미뤄서 제 엄마를 힘들게 하더니⋯. 제 엄마도 그래, 아들은 꾸짖기 싫어서 번번이 아버지를 닮아 그렇다고 나만 타박을 했어. 그러니 류스케 그 녀석은 아무리 나이가 들어도 꾸물거리는 버릇이 고쳐지지 않아⋯. 어서 경찰서에 가서 그 아이를 죽인 건 자기라고 실토를 하면 일이 간단히 해결될 게 아니냐. 네가 그렇게 말해줘. 류스케는 제가 죽였다고 딱 믿고 있지만 사실 그 아이를 죽인 건 저 꽃이란 말이야⋯. 경찰에서도 그건 다 알고 있으니까 류스케가 무슨 말을 하건 나처럼 금세 집에 돌려보내줄 게야."

　하소연인지 넋두리인지 알 수 없는 기묘한 말을 중얼거리는 노인을 사토코는 가만 가만 달래며 2층으로 올라가고 있었다.

　"아 참, 얘, 사토코, 네 시어미가 항상 말하던 그 꽃은 이름이 뭐였냐⋯. 거 있잖아, 네 시어미가 항상 입버릇처럼 말하던 하얀 꽃⋯. 부처님이 출현하실 때 하늘에서 타고 내려온다는 그 꽃⋯."

　아무래도 노인이 계단 중간에 주저앉아버린 모양이다.

　"만다라화曼陀羅華 말씀이세요?"

　사토코는 답답해하면서도 그렇게 일일이 대답해주고

159

있었다.

"이름이 그런 거였어? 아니야. 네 시어미가 잘못 안 거야. 그 아이가 살해되었을 때 내려온 건 다른 꽃이야…. 옛날에 그 섬에 사는 여자애를 삼켜버린 그 꽃이야…. 아니 삼켜버린 게 아니지. 하늘에서 한가득 내려와 그 아이의 몸을 온통 파묻어버렸어…. 이제야 생각이 나는구나. 그게 내 눈에는 마치 꽃에 먹혀버린 것처럼 보였어. 이번에 아이를 죽인 것도 그 꽃이야…. 내가 경찰한테 그걸 분명하게 알려줬으니까 류스케는 금세 돌려보내줄 게야. 아차차, 식물도감을 아래층에 잊어버리고 왔다. 얘, 사토코, 그 책 좀 가져오너라. 경찰서에 갔을 때, 그 꽃 이름이 생각나지 않아서 형사가 다음에 집에 올 때까지 내가 꼭 알아두기로 약속을 했어. 그런데 아직도 그 꽃을 못 찾겠어, 그 꽃을…."

"제가 금방 가져다드릴 테니까 우선 방에 가서 누워 계세요."

그렇게 달래자 게이조는 겨우 몸을 움직여 다시 계단을 오르기 시작했다.

다케히코는 방으로 들어가 바닥에 내던져진 식물도감을 집어 들었다. 펼쳐진 페이지에는 남양의 꽃인 듯한 원색의 사진이 가득했다.

빨강, 파랑, 노랑꽃에 섞여 큼직한 하얀 꽃의 사진이 있었지만 그 흰색까지 눈부신 빛을 내는 원색처럼 보였다.

'만다라화'라는 말이 은연중에 귀에 붙었는지 다케히코는 저절로 불단을 돌아보았다. 게이조의 아내이자 사토코의 시어머니였던 아키요 선생님의 사진이 있었다. 초등학교 은

사였던 아키요를 다케히코는 유키코와 결혼해 한 집안사람
이 된 뒤에도 계속 선생님이라고 불렀다. 그 선생님이 불단
안에서 온화한 미소를 짓고 있었다.

만다라화…. 만다라….

아키요 선생님은 교직에서 물러난 뒤 불교 공부를 시작
했다. 거기에 심취하게 된 이유가 무엇인지는 모르겠지만,
선생님이 노안경을 쓰고 두툼한 불교 서적이며 경전을 읽는
모습을 다케히코는 유키코와 결혼한 뒤로 수없이 목격했다.
그런데도 불교 공부는 단지 자신의 수양을 위한 것인지 다
케히코가 뭔가 말씀을 청하면 매번 손사래를 치곤 했다.

육 년 전, 다케히코가 자살에 실패한 그다음 날, 출장을
다녀오는 길에 잠깐 이 집에 들렀을 때도 그랬다.

"왠지 옛날에 선생님께 이것저것 배우던 시절이 그리워
서요. 좋은 경전 말씀 하나만 들려주세요."

유키코가 여행을 떠나고 집에 없어서 잠깐 들렀노라고
둘러댄 뒤에 그렇게 청했을 때, 아키요 선생님은 항상 하던
그 말을 했다.

"내가 알려줄 수 있는 건 아무것도 없어. 너는 네 인생을
살아가면 돼. 불교를 공부하면서 내가 남에게 가르쳐줄 수
있는 건 그것뿐이야."

내 인생을 살아가면 된다고 하시면…, 그럼 죽음에 대해
서는 어떻게 생각해야 할까요. 죽음도 내 인생의 하나로 생
각해서 나 스스로 죽음을 선택해도 괜찮은 건가요?

하지만 그 질문은 결국 입 밖에 내지 못하고 혼자 마음속
에 묻어버렸다. 게다가 아키요 선생님을 만나는 것보다 오히

려 사토코 씨를 만나려고 이 집에 찾아왔던 것이다. 자살에 실패하고 미타카 역 벤치에 멍하니 앉아 있을 때부터 사토코 씨가 보고 싶었다. 그래서 간단한 저녁 준비를 해준 사토코 씨가 "신혼인데 친구하고 여행을 가다니, 걔가 여전히 처녀 때 생각만 한다니까"라고 유키코를 나무랐을 때, 다케히코 는 경전 말씀을 들은 것과 다름없는 큰 위안을 받았다.

"우연의 일치랄까, 류스케도 지금 출장을 갔는데."

유키코의 여행과 남편의 출장에 대해 전혀 연결점을 생 각해보지 못하는 사토코의 그 의심할 줄 모르는 순수한 웃 음에도 다케히코는 자애심 같은 무언의 다정함을 느꼈다….

분명 그날 밤이었다. 아키요 선생님이 불단 밑의 서랍에 서 꼭꼭 접어둔 천을 꺼내서 보여준 것은.

"이게 밀교에서 말하는 만다라야. 어깨너머로 배우면서 내가 틈틈이 그린 거라서 별 가치는 없지만."

보물을 다루듯이 공손한 손놀림으로 선생님이 펼친 만 다라는 가로 50, 세로 100센티미터 정도 크기의 천에 다양한 보살과 부처의 모습이 울긋불긋 그려져 있었다.

"사토코에게 내가 죽으면 함께 태워달라고 미리 부탁했 어."

아키요 선생님은 그렇게 말했다. 그리고 그 말대로 선생 님의 장례식 때, 사토코가 직접 그 만다라를 관에 넣어드렸 다….

육 년 전에 단 한 번 봤던 온갖 보살의 모습이 지금 식물 도감에 나온 원색의 꽃과 함께 다케히코의 눈 속에 되살아 났다….

식물도감을 계단 밑으로 들고 나가자 마침 사토코가 내려오는 중이었다.

"고마워. 아버님 주무시는 거 보고 내려올게."

사토코는 건네준 식물도감을 들고 다시 2층으로 올라갔다가 잠시 뒤에 돌아와 소파에 앉았다. 주방에 들러 챙겨온 시원한 보리차를 컵에 따라주다가 다케히코가 2층에 신경이 쓰여 무심코 천장을 올려다보자 사토코는 웃으며 말했다

"괜찮아. 류스케는 회사에 있어."

"그래도 아까 할아버님한테…."

"아버님이 류스케와 다케히코 씨를 착각한 거야. 자주 사람을 혼동하셔…. 가끔은 나도 딴사람인 줄 아신다니까. 아까 하던 얘기, 아직 대답을 못 했는데 실은 내가 유키코와 류스케의 일을 알게 된 것도 그 착각 때문이었어."

사토코는 사건 일주일 뒤 게이조가 혼란에 빠져 다시 이상한 말을 하기 시작했을 때, 자신까지 덩달아 착각해서 "나오코는 유키코와 류스케의 아이예요"라고 말해버렸다는 얘기를 했다. 물론 자신은 "유키코와 다케히코의 아이예요"라고 말했다고 생각했었기 때문에 잘못 말한 것도 알지 못했다. 그래서 유키코가 얼굴빛이 새파랗게 변한 것을 보고 처음에는 어리둥절했을 뿐이다. 그러다가 문득 말이 헛나갔다는 것을 알았고, 이어서 유키코의 얼굴빛이 변한 이유도 깨달으면서 자신도 얼굴에서 핏기가 스르륵 빠져나갔다….

"그래서 유키코가 솔직하게 말했습니까?"

"아니야. 아버님처럼 다케히코 씨와 류스케를 잠깐 착각했는데 너는 왜 그렇게 놀라느냐고 물었더니, 유키코는

늘 하던 대로 대충 거짓말로 얼버무리고는 그걸로 끝이었어. 더 이상 유키코도 나도 그 얘기는 꺼내지 않고 오늘까지 그냥….”

“…”

“하지만 그때만은 유키코가 하는 거짓말에 속지 않았어. 이상하지? 육 년 동안, 아니, 그보다 더 오랫동안 그렇게 감쪽같이 나를 속일 때는 단 한 번도 의심해본 적이 없는데 잘못 나온 말 한 마디에 그야말로 순식간에 모든 것을 깨달았다니.”

사토코는 마치 남의 일처럼 조용히 말을 이어갔다.

“물론 전에도 유키코가 유난히 류스케 편을 들고 ‘형부, 형부’ 해가면서 애교를 부리곤 했지만, 걔가 어릴 때부터 나를 싫어해서 괜히 나 배 아프라고 하는 짓이라고만 생각했어. 예전부터 내가 가진 건 반드시 욕심을 내곤 했으니까 이번에는 내 남편까지 빼앗으려고 벼르고 있는지도 모른다고 느낀 적도 있었고. 하지만 아무리 그래도 정말로 빼앗겼을 줄은 차마 생각을 못했지. 정말로 내게서 남편을 훔쳐 갔고 게다가 나오코라는 그 배신의 증거를 내게 일부러 보란 듯이 들이대곤 했는데도 그걸 전혀 눈치채지 못했다니….”

사토코는 희미하게 자신을 경멸하는 듯한 웃음을 입술 끝에 실었다.

“형님에게도 그 뒤로 아무 말 안 했어요?”

“응…. 근데, 내가 아무 말 안 했다고 다케히코 씨가 그렇게 의아해하는 건 좀 이상한 거 아니야? 나보다 다케히코 씨는 훨씬 더 오랫동안 그런 걸 다 알면서도 유키코에게 아무 말 않고 지냈으면서."

"하지만 나는 입 밖에 내지 않았을 뿐 가슴속으로는 그 두 사람을 계속 경멸해왔어요. 근데 처형은 이 일을 그리 대수롭지 않다는 식으로 얘기하시니까…."

"대수롭지 않게 생각하는 건 아니야. 정말 엄청난 일이지. 여동생이 언니를 배신하고 형부의 아이까지 낳고, 게다가 그 아이를 제 남편에게 친딸이라고 속이고 키우다니, 이건 정말…. 하지만 뭔가 말로는 설명을 못하겠지만, 이번 사건이 일어난 그날부터 이 집 안의 공기가 모조리 나오코의 죽음으로 물들어버린 것 같아. 그래서 그 이전의 일들은 그냥 무의미하고 덧없는 일로만 느껴져…. 나오코가 류스케의 딸이라는 것도 마찬가지야. 아까 다케히코 씨가 말했듯이 그 덕분에 이번 사건의 범인과 그 범행 동기가 조금씩 드러난다는 게 더 중요하게 다가와. 내가 입은 상처 따위는 저만치 밀어두고."

다케히코는 문득 생각난 듯 이마의 땀을 닦고 그 수건을 멍하니 바라보며 물었다.

"그래서 처음에는 우선 나를 의심했겠군요."

"맞아…."

사토코는 그렇게 대답하고, 손수건에서 천천히 시선을 들어 올린 다케히코의 눈을 마주 보았다.

"하지만 다케히코 씨만 의심한 게 아니야. 아까도 말했지만 유키코와 류스케도…."

그때 사토코의 말을 자르며 2층에서 신음이 들려왔다. 노인이 다시 잠결에 뭔가 부르짖은 것이었다. 멀리서 개가

165

짖는 듯한 그 소리를 들으며 다케히코는 고개를 저었다.

"할아버님은 나와 형님의 이름을 착각했을 뿐이지만, 아까 하신 말씀이 딱히 틀린 건 아니에요. 할아버님은 이 집에서 일어난 사건의 유일한 증인이고, 범인이 누군지 알고 있습니다."

사토코는 2층을 올려다보려던 시선을 다시 떨구며 다케히코의 얼굴을 보았다. 그 시선은 어중간하게 숙여진 채 문득 멈춰버렸다. 다케히코의 얼굴에 지금껏 한 번도 본 적이 없는 기묘한 미소가 서려 있었기 때문이다.

"아직도 모르시겠어요? 아까 할아버님이 빨리 경찰서에 자수하러 가라고 하신 말씀은 류스케 형님이 아니라 나한테 하신 말이었어요."

그리고 그 미소를 그대로 지은 채 이렇게 말했다.

"경찰서에 가서 모두 다 말하기 전에 처형에게 먼저 고백하고 싶었어요. 그날 내가 나오코를 죽였다는 것을."

7

맨 처음의 자백은 경찰보다 처형 사토코 씨에게 해야 한다고 생각했습니다.

그것이 히라타와 헤어져 호텔을 나온 뒤에 이번 사건의 현장이 된 그 집을… 작디작은 나오코의 목숨과 함께 나의 크나큰 죄를 묻어버린 그 정원을… 찾아간 이유였습니다. 고백은 그 정원에서… 나오코의 영혼과 함께 내 죄가 아직도 숨 쉬고 있는 그 정원에서 해야 한다고 생각했던 것입니다.

참으로 크나큰 죄였습니다.

그때 방바닥에 엎드려 낙서 같은 그림을 그리고 있던 나오코가 내게 들려준 말에 문득 고개를 든 순간, 그 죄는 내 온몸에서 곧 쏟아질 듯 크게 부풀어 올라서… 어떻게 표현해야 할지 모르겠지만, 마치 두툼한 점막처럼 달라붙었습니다. 인간의 살갗이 아닌 또 한 겹의 가죽을 훌렁 뒤집어쓴 듯한… 짐승의 가죽을 덮어쓴 듯한… 그래서 짐승으로 변신해버린 듯한 심경이었습니다.

실제로 내 몸은 모피가 타는 듯한 냄새를 풍겨서 나는 죄라는 건 이런 냄새가 나는 것이구나, 하고 나 스스로도 그 악취에 얼굴을 찡그렸던 것이 기억납니다. 그런데도 그 거무칙칙한 악취는 어쩐지 그 자리에 생뚱맞게 튀어나온 것인 듯한 느낌이 들어서 나는 얼굴을 찡그렸다기보다 피식 웃은 것 같습니다. 적어도 나오코의 눈에는 내가 평소처럼 미소를 지은 것으로 보였겠지요… 바로 옆에 우두커니 서 있는 나를 보고 그리 놀라지도 않고, 무슨 큼직한 봉제 인형을 만난 것처럼 내게 빙긋이 미소를 건넸습니다.

봉제 인형?

그렇습니다, 어쩌면 그건 봉제 인형이었습니다… 틀림없이 그렇습니다… 이제야 겨우 알겠군요. 그때 일은 노출 오버 사진처럼 모든 것이 여름 한낮의 하얀 빛에 녹아들어 내가 무슨 짓을 했는지도 지금껏 분명하게 생각나지 않았는데, 이제야 겨우 깨달았습니다. 그건 봉제 인형이었습니다.

죄송합니다. 이렇게 두서없이 털어놓아서야 형사님은 뭐가 뭔지 모르시겠지요.

그러면 순서대로 차근차근 그날 있었던 일을 이야기하지요.

그날 오전에 외근을 하고 저녁에나 돌아오겠다는 말을 남기고 회사를 나왔습니다. 신주쿠 니시구치 지점에 들러 잠깐 회사 업무를 처리하고, 그길로 곧장 아내와 히라타가 은밀히 만나는 그 호텔로 쳐들어갈 작정이었습니다. 오늘이야말로 두 사람이 대낮부터 틀어박힌 그 밀실의 차임벨을

누르고 모든 일을 매듭짓자고 결심했던 것입니다.

　아내 유키코에게 히라타와의 관계는 불륜의 또 다른 불륜에 지나지 않았기 때문에 그저 육체적인 탐닉 외에는 아무 의미도 없는 그 방의 현장을 잡아봤자 모든 일이 매듭지어질 리도 없었습니다. 하지만 큰 병을 앓는 사람이라도 작은 상처가 나면 우선 그것부터 치료하는 것과 똑같은 일이라고 생각했습니다.

　게다가 나는… 아직 희미하게나마 희망을 품었습니다. 히라타와의 불륜에 내가 불같이 화를 내며 길길이 날뛰면 유키코도 비로소 내가 그녀를 깊이 사랑한다는 것을 깨닫고, 그런 내 마음을 배신하고 상처 입힌 것을 뉘우치고, 히라타와의 관계뿐만 아니라 류스케 형님과의 관계도 깨끗이 정리하고 내 아내이자 나오코의 엄마로 돌아와줄지도 모른다는 희망을.

　하지만 회사 차를 타고 호텔로 가던 중에 나는 그것이 헛된 희망일 뿐이라는 것을, 게다가 실은 나 자신도 믿지 않는 어리석은 희망이라는 것을 깨달았습니다.

　어떻게 해봐도 유키코가 나를 위해 마음을 바꿔줄 리도 없고, 실은 그런 건 애초에 나와는 상관없는 일이었습니다. 왜냐하면 신주쿠산초메 사거리에서 차를 멈추고 신호를 기다리는 동안, 나는 그때서야 처음으로 나야말로 유키코를 한 번도 사랑한 적이 없다는 것을 깨달았으니까요.

　나는 아키요 선생님의 청으로 처음 그 집에 갔을 때부터 유키코가 아닌 다른 여자를 사랑했습니다. 그리고 그 여자는 이미 결혼을 했고… 아니, 설령 아직 독신이었더라도 결코 나를 사랑하지는 않으리라는 걸 잘 알고 있었기 때문에 어쩔 수 없이 대타로서 그 여동생과 결혼했던 것뿐입니다….

처형 사토코 씨는 내가 찾아가면 언제라도 상냥하게 대해줬지만, 그 상냥함이 내게는 얼마나 큰 상처였는지는 알지 못했겠지요. 그 상냥함은 나를 남자로 생각하지 않는다는 증거였으니까요.

만일 나를 남자로 생각했다면 그렇게 스스럼없이 대하는 대신 오히려 나를 경계하고 멀리하려는 몸짓을 보였을 거예요. 하지만 나는 어디까지나 남자로서 사토코 씨를 사랑했습니다. 그 사람은 내게 항상 한 여자였습니다.

내가 유키코와 결혼을 결심한 것은 그 괴로움에서 달아나고 싶었기 때문인지, 아니면 어떤 형식으로든 내가 사랑하는 사람과 연결되고 싶었기 때문인지, 잘 모르겠습니다.

어느 쪽이건 유키코가 나를 배신한 게 아니라 내 쪽에서 유키코를 배신한 것입니다. 내가 육 년 동안 가면을 쓰고 지낸 것은 유키코의 배신에 대한 분노의 감정을 감춰야 했기 때문이 아니라 거꾸로 유키코의 배신 따위 아무렇지도 않다는 것, 어차피 사랑하지도 않는다는 것, 내가 한 남자로서 원하는 사람은 다른 여자라는 것을 감춰야 했기 때문이었습니다.

그 하코네에서의 첫날밤에 내가 큰 상처를 입은 것은 유키코가 다른 남자의 품에 안겼기 때문이 아니라 그 남자가 바로 류스케 씨일 가능성 때문이었습니다. 그리고 정말로 상처를 입은 것은 신혼여행에서 돌아와 고라의 호텔에 류스케 씨의 이름을 대고 문의한 끝에 유키코의 상대가 틀림없이 그라는 사실을 알았을 때였습니다.

유키코의 배신 따위, 나는 아무렇지도 않았습니다. 몸 말고는 사토코 씨의 여동생이라는 의미밖에 없는 아내였기 때문에 다른 남자와 자건 말건, 창녀가 여러 손님과 자는 것과 전혀 다를 게 없는 일이었어요. 내가 그런 식으로 생각하는 줄도 모른 채 나를 배신하고 어딘지 의기양양한 기색인 유키코의 어리석음에는 적잖이 동정심마저 들었습니다. 그래서 불륜 상대가 히라타 같은 젊은 대학생이건 동창생이건 전혀 상관없었지만 단 한 사람, 류스케 씨만은 달랐습니다.

남편과 여동생에게 동시에 배신을 당했다는 사실을 알면 사토코 씨가 얼마나 큰 상처를 입고 괴로워할까….

그것이 우선 걱정스러웠고, 그보다 더 나를 괴롭힌 것은 류스케 씨를 용서할 수 없다는 분노의 감정이었습니다. 인간적으로 용서할 수 없는 단순한 정의감도 약간은 있었겠지요. 내가 고통스럽게 견디고 있는 사토코 씨에 대한 사랑을 류스케 씨는 마치 싸구려 장난감처럼 갖고 놀았던 것입니다. 내가 온몸의 피를 토하는 듯한 심정으로 바라보는 여자를 류스케 씨는 함부로 업신여기며 다른 여자에게… 몸뚱이 말고는 사랑할 가치도 없는 다른 여자에게 빠져 있었습니다.

그건 질투였습니다.

단순한 정의감보다 더 단순한, 그저 한 남자로서의 질투였습니다.

그 어리석은 질투가 내 몸과 인생을 뛰어넘어 죄의 시커

먼 악취를 내뿜으며 터져버릴 것 같은 때가 한두 번이 아니
었습니다.

미타카 역에서 열차에 뛰어들어 죽으려 했던 것도 그 때
문이었습니다. 내가 힘들었던 건 유키코가 나를 배신하고
그 열차에 타고 있었기 때문이 아니라 류스케 씨가 사토코
씨를 배신하고 그 열차에 타고 있었기 때문입니다.

나오코의 순진한 얼굴을 볼 때마다 화가 났던 것도 그
때문이었습니다. 작디작은 나오코의 몸은 유키코가 나를 배
신한 죄보다 류스케 씨가 사토코 씨를 배신한 죄의 결정체
였기 때문입니다.

내가 지난 육 년 동안 착하고 관대한 남자라는 가면 뒤
에 감추고 있었던 것은 사토코 씨에 대한 그런 고통스러운
사랑, 그리고 그보다 더 큰 격렬한 통증 같은 류스케 씨에 대
한 질투였습니다.

참으로 부끄러운 병이라고 생각했습니다. 그래서 내 몸
의 치부가 곪아 터진 듯한 그 상처를 감추기 위해 항상 유키
코 때문에 힘들어하는 척했습니다. 내 자신에게 거짓말을
한 것입니다.

그리고 그 거짓말은 거의 완벽하게 성공했습니다. 그날
신주쿠 산초메 사거리에서 차를 세울 때까지 나는 아내의
밀회 장소로 쳐들어갈 용기만 있으면 모든 게 해결된다고
믿고 있었으니까요.

아뇨, 지난 육 년 동안 나도 나름대로 내 거짓말을 깨달
았을 거예요. 사실은 유키코가 나를 배신한 게 아니라 내가
유키코를 배신했다는 것…. 다만 그걸 인정하면 내 괴로움

또한 모두 내 책임이라고 인정해야 했기 때문에, 나오코가 내 자식이 아닌 것까지도 내 죄라고, 아니, 모든 것이 내 죄는 아니더라도 그 책임의 일부는 분명 내게 있다고 인정해야 했기 때문에 그게 싫어서 나 자신에게 계속 거짓말을 해 온 것입니다.

공범자가 자신의 죄를 '또 다른 범인'에게 떠넘기고 그 죄에서 도망치려고 한 것이지요.

하지만 그날 오후 1시경, 신호를 기다리는 자동차 운전석에서 앞 유리 너머의 날카로운 직사광선에 답답해하며 나는 겨우 나 자신이 지난 몇 년 동안의 고통의 공범자라는 것을, 어쩌면 나 자신이 주범이라는 것을 인정했습니다. 동시에 내가 하지 않으면 안 될 일은 유키코의 밀회 장소에 쳐들어가는 것이 아니라 사토코 씨의 집에 찾아가 처음 봤을 때부터 사랑했노라고 고백하는 것이라고 생각했습니다. 그리고 그것 때문에 도저히 유키코를 사랑할 수 없었노라고 털어놓고, 유키코와 헤어져 다시 처음부터 새로 시작하고 싶다는 내 결심을 말하자고 생각했습니다.

유키코와 이혼하면 나는 사토코 씨와도 이별해야겠지요. 하지만 그렇게 해야만 나는 그녀에 대한 속박과도 같은 사랑에서 해방될 수 있을 테니까요. 그다음에는 사토코 씨와 멀리 떨어진 곳에서 혼자 살아가자고 마음먹었습니다.

물론 류스케 씨와 유키코의 관계를 처형에게 말할 생각은 없었습니다. 처형은 행복이 어울리는 사람이지 상처 입거나 괴로워해서는 안 될 사람이었으니까요. 그러면서도 처형은 항상 조금쯤은 쓸쓸해 보이고 그것이 내 마음을 빨아들이는 이유였습니다…. 처형이 나를 사랑해줄 일은 없으리라는 것을 잘 알지만 그 쓸쓸함에 조금이나마 도움이 될 수 있을지도 모른다, 내가 다정하게 대하면 그 쓸쓸함에 조금이나마 위로가 될지도 모른다…. 그런 나 혼자만의 착각으로 지난 육 년 동안 계속 사토코 씨 옆을 맴돌았으니까요.

저녁에는 유키코에게도 내가 정말로 사랑한 사람은 사토코 씨라는 것을 털어놓자. 모든 것을 내 책임으로 돌리고 이혼하자고 말한 뒤에 오늘 밤에라도 집을 나오자…. 그런 결심도 했습니다. 류스케 씨와의 관계를 알고 있다는 건 유키코에게도 말할 생각이 없었습니다. 굳이 말하지 않아도 유키코는 뒤가 켕겨서 이혼에 동의해줄 거라고 생각했기 때문입니다.

다만 유키코는 잘 아시다시피 오만하기 짝이 없는 여자입니다. 내가 사토코 씨를 사랑한다는 말을 하면, 자신이 한 짓은 생각지도 않고 갑작스레 나를 언니에게서 빼앗으려고 이혼에 동의하지 않을 수도 있겠지요. 게다가 나를 희생양으로 삼았을 때 비로소 자신이 행복한 것이라서 애써 얻은 노예를 그리 쉽게 놓아주지 않을 수도 있습니다. 하지만 그때는 단 한 마디, 나오코가 내 자식이 아니라는 걸 알고 있다는 말을 던지고 조용히 집을 나오자는 생각도 했습니다.

나 자신도 깜짝 놀랄 만큼 그토록 간단한 해결책이 있었는데, 그것밖에는 답이 없다는 걸 이미 알고 있었는데, 왜 이날까지 나는 기하학 문제 같은 사각 관계를 나 스스로 복잡하게 헝클어놓고 풀어볼 생각조차 하지 않았을까, 라고 후회도 했습니다.

등 뒤에서 울리는 클랙슨 세례에 나는 다시 마음을 굳게 먹고 크게 핸들을 꺾어 조금 전까지 생각조차 못했던 방향으로 차를 돌렸습니다. 그 순간, 지난 육 년 동안과는 또 다른 희망이 보였습니다.

인생은 간단한 것이고 운명은 용기를 내어 새로운 한 걸음을 내미는 자에게 언제나 선량하다. 저 모퉁이를 돌기만 하면 그다음은 이 차처럼 자동적으로 나를 행복으로 실어가 줄 것이다….

기나긴 울중 상태에 빠져 괴로워하던 환자가 겨우 그 밑바닥에서 기어 나온 것처럼 몸도 마음도 가벼워지는 것을 느꼈습니다. 실은 그 시기가 가장 위험하다는 것을, 자살 확률은 밑바닥에서 막 기어 올라와 빛을 보기 시작했을 때 가장 높다는 것을 나는 예전에 어떤 책에선가 봤으면서도 그때는 그런 생각조차 못했습니다. 신이 내밀어주신 손 같은 희망의 하얀 빛이 사람을 죽음의 구렁텅이로 밀어버리는 잔인한 흉기가 될 수 있다는 것 따위, 그 빛에 매달리려고 했던 인간은 생각조차 못 할 일이지요.

처형 집 앞은 길이 좁아서 항상 하던 대로 도보 오 분 거리의 큰길가에 차를 세웠습니다. 차 밖으로 나왔을 때, 에어컨에 얼어버린 몸에 왈칵 덮쳐든 무더위가 겨울날 난방처럼 기분 좋게 느껴졌던 게 생각납니다. 그래도 그 집에 도착했을 때는 입고 있던 하얀 셔츠의 등이 땀으로 흠뻑 젖어 있었어요. 항상 그렇지만 인터폰을 누르는 일도 없이 현관 유리문을 열고 안으로 들어갔을 때, 가까스로 쨍쨍한 햇볕을 피한 것에 안도했습니다.

그리고는 처형을 부르려다가 집 안이 묘하게 괴괴한 것과 현관 앞에 운동화가 있는 것을 알았습니다.

그 빨간색 작은 운동화는 눈에 익은 것이어서 아, 이번 여름에 집 근처 양품점에서 나오코에게 사준 것이구나, 하고 생각이 났습니다. 그 운동화를 바라보면서, 오늘 유키코가 남자를 만나려고 나오코를 처형에게 맡긴 것이라고 짐작했습니다. 처형과 가요는 외출하고 나오코와 할아버지, 둘이서 집을 지키는 모양이라고 생각한 다음 순간, 한 짝씩 벗어던져진 그 운동화에서 나는 뭔가 불길한 것을 느꼈습니다.

분명 일이 그런 순서로 흘러갔습니다.

하지만 집 안에 들어서자 나오코는 방 한가운데 엎드려 스케치북에 크레용으로 그림을 그리고 있었습니다. 잘려 나간 어린애 손가락처럼 크레용이 여기저기 어질러져서 바닥에 얼룩이 묻었지만, 그 밖에는 아무 근심도 없는 평화로운 일상의 광경이었습니다.

아니, 그때 그 집에는 평온한 일상을 무너뜨리는 답답한 것이 두 가지가 있었습니다.

정원에 쏟아지는 한여름의 햇빛, 그리고 나오코에게서 조금 떨어져 방 한쪽에서 자고 있던 노인입니다.

느긋하게 낮잠을 즐기고 있을 뿐인 할아버지에게는 아무 문제도 없었지만 얇은 잠옷이 말려 올라가 마른 뿌리처럼 드러난 노인의 다리에 내 시선이 멈췄습니다. 그 다리의 모양새가 나오코의 자그마한 다리와 닮은꼴처럼 비슷한 것이었습니다.

나와 유키코, 그리고 처형 부부의 관계는 사랑이라기보

다 범죄 비슷한 것이었고 그 중요한 증거품을 일부러 내 눈 앞에 들이대는 것 같았습니다. 나오코라는 존재는, 단순한 게임 같은 어처구니없는 어른들의 사랑 드라마를 심각한 범죄로 바꿔버린다는 것을 나는 이미 오래전부터 깨닫고 있었습니다.

역시 류스케 씨의 아이구나…. 그런 실감이 들었습니다. 신주쿠 산초메 사거리에 내던지고 왔을 터인 고통이 갑작스레 다시 큰 의미를 품고 나를 덮쳤습니다.

내 아이가 아니라 류스케 씨의 아이다. 게다가 나오코는 그것을 알고 있다. 자신이 류스케 이모부의 딸이고, 이곳이 진짜 자신의 집이라는 것도 알고 있다…. 불현듯 그런 생각이 들었습니다. 유키코가 슬쩍 알려주었는지, 아니면 어린 아이의 예리한 후각이 본능적으로 진짜 아버지의 냄새를 맡았는지. 아무튼 이 아이는 알고 있다. 그러지 않고서는 내 앞에서나 집에서는 한 번도 보인 적이 없는 이런 너부죽한 자세로 엎드려 있을 리 없다…. 나오코는 스케치북에 얼굴을 파묻듯이 열심히 그림을 그리느라 내가 다가온 것도 알지 못한 것 같았습니다.

"나오코, 뭘 그리고 있어?"

내가 말을 건네자 나오코는 천천히 고개를 들었습니다.

나는 나오코의 머리 바로 옆에 뻣뻣이 서 있었기 때문에 처음에는 내 다리밖에는 눈에 들어오지 않았겠지요.

그대로 새우처럼 작은 몸을 뒤로 젖혀 그 아이의 시선은 미끄러지듯이 내 얼굴로 올라왔습니다. 그 나긋나긋한 몸의 움직임을 보며 호텔 침대에서 밀회 중인 유키코를 떠올렸습니다. 나를 타인처럼 올려다보는 무표정한 눈도 평소의 유키코를 닮았습니다. 그리고 표정 없이 윤곽선만 그려놓은 초상화 같은 나오코의 얼굴은 심플한 그만큼 류스케 씨와 똑같은 얼굴을, 범죄의 또 하나의 증거를, 분명하게 내 눈앞에 들이대는 것이었습니다.

그 순간 나오코는 자신의 머리 위에서 지그시 내려다보는 남자가 누구인지 겨우 알아봤는지, 놀라움과 동시에 반가운 표정을 지으며 부르짖었습니다.

"아저씨!"라고.

그것이 어른들의 범죄와도 같은 사랑 게임의 세 번째 크나큰 증거였습니다.

그렇구나, 나는 아저씨야⋯. 이 아이는 눈앞에 있는 남자가 진짜 아빠가 아니라 아저씨라는 것을, 그것도 친척 아저씨가 아니라 타인처럼 그저 오다가다 만나서 약간 친절하게 해줬을 뿐인 아저씨라는 것을 진즉부터 알고 있었구나⋯. 나는 머릿속에서 그렇게 중얼거렸습니다.

나오코와 나는 아무런 혈연관계도 없고, 나야말로 타인의 집에 뻔뻔스럽게 밀고 들어온 범죄자 같았습니다.

아무리 아빠라는 가면을 쓰고 다정하게 대해줘도 역시 진짜 아빠는 될 수 없다. 이 아이는 제 핏줄인 할아버지와 함께 제집에서, 회사에 나간 아빠가 돌아오기를 기다리고 있다. 이 평화로운 일상의 한 장면을 돌연 침입한 남남 사이의 아저씨가 망가뜨리려 하고 있다⋯.

"가요는?"

"치과에."

"이모하고?"

나오코는 살짝 고개를 끄덕였습니다.

"몇 시에 온다고 했어?"

"두 시쯤에."

두 시라는 게 뭔지 잘 알지 못했던 것이겠지요, 나오코는 뚱하게 얼굴을 찡그리며 내 얼굴을 올려다봤습니다. 선풍기 바람에 나오코의 머리칼이 여린 어깨에서 출렁였습니다. 몇 초 동안 그것 외에 이 집 안에는 움직이는 것이 없었습니다. 내 손이 느닷없이 그 아이의 목을 움켜쥘 때까지는….

십 초도 안 되어 일은 끝이 나고, 작은 소리도 내지 못한 채 아이는 내 품 안에서 축 늘어져 선풍기 바람에 머리칼이 날렸습니다. 마치 아직 아무 일도 일어나지 않은 것 같았습니다. 그런데도 머릿속은 묘하게 냉정해져서 처형과 가요가 돌아오기 전에 사체를 최대한 늦게 발견하도록 어딘가에 숨겨놓고 나는 한시바삐 이 자리를 떠나야 한다고 계산하는 또 하나의 내가 있었습니다. 할아버지는 바로 옆에서 아직도 입을 벌린 채 자고 있었습니다.

풀덤불 속에 숨기려고 정원으로 내려서자 삽이 눈에 띄었습니다. 게다가 나무 밑에는 마침 어린애 하나를 눕힐 만한 구덩이가 파헤쳐져 있었습니다.

이건 행운이라고 생각했습니다. 현관으로 달려가 아이의 운동화를 가져다 이미 굳어버린 그 발에 신기고 정원으로 안고 내려가 파묻고…. 그러고는 곧바로 그 집을 나왔습니다.

내가 그 집에서 머문 시간은 이삼십 분 정도였을 겁니다. 집 앞은 아까 왔을 때와 다름없이 여전히 눈부신 여름 햇빛이 내리쬐고 있어서 그 이삼십 분 동안 내가 그 집에서 저지른 행동을 빼고는 이 세상의 모든 움직임이 잠시 멈춰버린 것 같았습니다. 이 세상에서 딱 한 사람 나만은 잔인한 살인범으로 변해버렸는데 세상은 하나도 변하지 않은 게 기가 막히기도 하고… 집 안에서 느꼈던 것과는 또 다르게, 아무런 변화도 없는 이 세상에 내가 침입자로 끼어든 듯한 느낌이었습니다. 하지만 냉정함은 조금도 잃지 않아서 차를 세워둔 곳까지 걸으면서 보통 때처럼 느긋하게 걸어가는 게 좋다고 나 자신을 다독였던 것이 기억납니다.

나는 그저 가만히 있으면 어느 누구의 눈에도 띄지 않는 사람이니까요.

실제로 큰길에 나올 때까지 열 명 남짓한 행인과 마주쳤지만 아무도 나를 목격했다는 사람은 없었어요. 내 차를 타고 최대한 먼 곳으로 달려가 대충 눈에 띈 찻집에서 시간을 때웠습니다. 목이 타서 아이스커피 두 잔을 마시고 물을 서너 잔이나 마시면서, 아까 그 순간에 나오코는 목이 마르지 않았을까, 이제는 의미도 없는 걱정을 하면서 처형이 휴대전화로 연락해오기를 기다렸습니다. 사체는 금방 발견되지는 않을 테니까 치과에서 돌아온 처형은 나오코가 없어졌다고 걱정하며 우선 유키코에게 연락할 것이다, 하지만 히라타와 시시덕거리는 유키코는 전화를 받지 않을 게 분명하고, 어쩔 수 없이 처형은 내 휴대전화로 연락할 것이다… 그렇게 예상하고 있었습니다.

그 예상대로 전화가 걸려오기는 했는데 전혀 예상치 못한 일이 한 가지 있었습니다. 처음에 말했듯이 그때 시계를 보니 우연히도 2시 41분, 내가 육 년 전에 미타카 역에서 자살하려다가 실패했던 그 시각이었던 것입니다.

휴대전화를 통해 사토코 씨의 불안해하는 목소리를 들으면서, 육 년 전에 미타카 역 플랫폼에서 죽으려고 했던 나를 붙잡은 환각의 목소리는 역시 이 목소리였구나, 사토코 씨의 이 목소리였구나, 하고 생각했습니다.

나는 어떤 신도 믿지 않습니다. 그러니 그토록 잔인하고 무도한 살인을 저질렀겠지만, 그때 사토코 씨의 목소리를 들으면서 이런 우연을 준비해준 것은 신이거나 그것과 비슷한 운명일 것이라고 실감했습니다.

그때 이미 나는 당장이라도 경찰서에 찾아가 내가 범한 죄를 낱낱이 털어놓을 결심이 되어 있었습니다. 아무 변명도 하지 말고, 있는 그대로 말하자는…. 다만 진실을 털어놓으면 처형이 자신의 남편과 여동생의 배신을 알게 된다는 게 두려워서 곧바로 자수하지 못했을 뿐입니다.

하지만 최근 며칠 사이에 몇 차례 전화로 사토코 씨와 얘기를 해보니 아무래도 이제는 형님과 유키코의 일을 아는 것 같아서 오늘에야 자수를 하러 온 것입니다.

이미 말했듯이 처음이자 마지막 앙갚음이라는 심정으로 히라타를 만났고, 그런 뒤에 사토코 씨를 만나 류스케 씨와 유키코의 일을 알고 있는지 확인하고 왔습니다.

사토코 씨에게도 사실대로 모두 다 말했지만, 지금 제가 하는 고백에 거짓이나 변명 따위는 없습니다. 사건 직후부터 나는 어떤 변명도 회피도 없이 잔인한 유아 살인범이라는 나 자신을 받아들였습니다. 다만 그때 찻집 한쪽 구석에서 사토코 씨의 목소리를 들으면서 그 2시 41분이라는 시각만은 내가 믿지도 않은 신이 중죄인에게 허락해주신 유일한 변명인지도 모르겠다고 생각했을 뿐입니다.

오후 4시 50분.

사토코는 주방 시계를 확인한 뒤에 저녁쌀을 씻던 손을 멈추고 현관으로 향했다.

다케히코가 경찰에 자수하기 위해 그 유리문을 열고 나간 지 아직 이십 분밖에 지나지 않았는데도 여느 때와 다름없이 태연하게 저녁 준비를 하는 자신이 신기하기만 했다. 아니, 틀림없이 오늘 밤 한바탕 파란이 일어날 것이다. 그러니 그때까지나마 평소처럼 보내자고 결심하고 저녁 준비를 시작한 것이다.

다케히코와 자리를 바꾸듯이 근처 친구네 집에서 돌아온 가요는 막 잠자리에서 일어난 할아버지와 함께 텔레비전을 보고 있었다. 방에서 들려오는 만화영화 소리가 이 우중충한 집에 평소와 다름없는 저녁나절의 평화를 집에 장식해주고 있었다.

대문 우편함에는 벌써 석간신문이 꽂혀 있었다. 사토코는 그것을 꺼내 들고 현관 마루에 앉아 펼쳐보았다. 최근 한 달 동안, 혹시 이번 사건에 대한 기사가 실리지 않았는지, 신문이 배달되자마자 펼쳐보는 게 습관이 되었다. 경찰은 이틀에 한 번쯤은 연락을 해왔지만 수사 진행 상황에 대해서는 전혀 알려주지 않았고, 텔레비전도 처음 이삼일만 떠들었을 뿐, 이제는 좀 더 큰 다른 사건을 쫓느라 정신이 없었다. 8월에 접어들면서 신문도 이 사건에 대해서는 어떤 기사도 싣지 않았다.

오늘 석간신문에서도 완전히 잊어버린 것처럼 그 사건에 대해서는 한 마디도 없었다. 하지만 사토코는 다른 때처럼 안도의 한숨을 내쉴 수는 없었다.

내일 조간신문에는 오늘 밤 이 집에서 일어날 일이 실리지 않을까. 텔레비전 뉴스라면 오늘 밤부터 떠들어댈지도 모른다.

사토코는 현관 유리문이 살짝 열려 있는 것을 깨닫고 다시 단단히 닫았다. 기자들이 벌써 호기심 가득한 눈빛으로 집 안을 들여다보는 듯한 느낌이 들어서….

사토코가 신문을 접어놓고 현관 마루에 올라서려는데 안에서 잰걸음으로 뛰어나온 가요가 말했다.

"엄마, 할아버지가 좀 이상해."

시아버지가 이상한 건 이제 새삼스러운 일도 아니고, 다케히코가 자수한 것보다 더 힘겨운 일이 일어날 리도 없었다. 사토코는 한숨을 내쉬며 가요를 따라갔다.

시아버지 게이조는 정원에 있었다. 능소화나무 아래서 그가 무엇을 하고 있는지, 사토코는 얼핏 알아보지 못했다.

"아버님, 뭐 하세요?"

시아버지에게 직접 물었던 것인데 가요는 자기에게 물어본 줄 안 모양이다.

"할아버지가 꽃으로 밧줄을 꼬아서 자기 목을 조르고

있어."

가요가 아직 옅은 솜털 같은 눈썹을 찌푸리며 냉큼 대답했다.

시아버지는 자신의 어깨쯤까지 늘어져 내려온 능소화 넝쿨 두세 개를 끌어다 둥글게 엮어서 그 속에 머리를 넣고 목을 매는 시늉을 하고 있었다. 아니, 가요 말대로 실제로 목을 매려고 하는 것이었다. 맨발로 바닥을 걷어차며 몸을 허공에 띄우려고 했지만 아무리 해봐도 넝쿨이 늘어지거나 끊겨서 매번 엉덩방아를 찧을 뿐이었다. 아파서 허리를 주무르면서도 겨우겨우 몸을 일으켜 넝쿨을 엮고 똑같은 짓을 반복했다.

저러다 다치시겠네, 저런 바보 같은 짓은 어서 말려야 해….

그렇게 생각하면서도 사토코는 팬터마임이라도 구경하듯이 노인의 기괴한 행동을 멍하니 바라보았다. 자살을 하려고 하는데도 비참한 느낌은 거의 없고, 흐트러진 잠옷 차림으로 꽃목걸이에 자꾸만 머리를 들이미는 모습이 피에로처럼 우스꽝스럽기까지 했다. 한창 무성한 잎사귀에서 줄기줄기 늘어진 능소화 넝쿨이 마치 마리오네트의 끈 같아서 잎사귀 뒤에 숨은 인형사의 조종에 따라 노인이 움직이는 것처럼 보였다. 하지만 아주 솜씨 없는 인형사여서 끈이 이리저리 뒤엉켜 우스꽝스러운 춤만 추게 하는 꼴이었다.

그러다가 게이조 쪽에서 사토코를 알아보고 며느리의 이름을 불렀다.

"얘, 사토코…."

또렷한 목소리였다.

"드디어 내 차례가 됐어. 순서가 잘못되어서 그 아이가 먼저 떠났다만 이제야 겨우 내 차례가 됐어. 무서워할 거 없다. 나는 재미있어. 정말 재미있다니까…."

그런 말을 중얼거리며 다시 폴짝 뛰었다가 나동그라진 노인은 자신의 말을 증명하듯이 신이 난 웃음소리를 올렸다. '그 아이'라는 건 나오코를 가리키는 것이겠지만, 그 말의 어디에도 잔혹한 여운이 없어서 나오코가 아직 살아서 무성한 잎사귀 어딘가에 숨어 노인과 함께 놀고 있는 것 같기도 했다.

나이를 먹으면 어린애로 돌아간다더니 실제로 시아버지는 어린애가 되어 죽음을 장난감 삼아 천진한 놀이를 즐기고 있다는 생각밖에 들지 않았다. 죽음이 이 비쩍 마른 노인의 몸속에서는 이렇게 자연스럽고 천진무구한 것이 되었네…. 사토코는 그렇게 느꼈다. 진짜 어린애라면 목을 매는 잔인한 놀이에 이토록 천진한 웃음소리를 올릴 수는 없으리라. 그렇게 생각하다가 사토코는 곧바로 아니, 그렇지 않다고 도리질을 쳤다.

지금까지 사건이 일어난 순간을 생각할 때마다 두려워서 겁에 질린 나오코 얼굴이 떠올랐지만, 실제로는 나오코도 너무 어린 탓에 죽음이 무엇인지도 모른 채, 자신이 살해된다는 게 무엇인지도 모른 채, 무심히 죽어간 게 아닐까.

그런 마음이 들었다.

"사토코, 재미있지? 내가 이렇게 재미있으니 너도 재미있을 게야. 다들 재미있대. 먼저 죽은 그 아이도 네 시어미도,

다들 내가 죽는 걸 재미있어 하고 있어."

　자꾸 꽃 넝쿨로 목을 매려다가 나동그라져 죽지 못하고 웃음소리를 올리는 노인을 보고 있으려니 어쩐지 나오코의 죽음까지 그리 슬픈 사건이 아닌 것처럼 생각되는 것이었다. 지난 이 년 동안 노인의 괴상한 말과 행동을 혼자 감당하면서 사토코는 신경이 갈기갈기 찢기는 듯한, 도무지 어떻게도 할 수 없는 피로감을 느껴왔지만 왠지 이 순간, 사토코는 처음으로 이 노인네는 미친 게 아니라고 느껴졌다. 오히려 이 노인네만 정상이고, 미친 건 우리 쪽이다. 나를 포함해 죽음을 잔혹하고 슬픈 것으로만 받아들이는 사람들이 오히려 미친 것이다….

　그렇게 느껴질 만큼 그때 정원 안에는 낙원처럼 아름답고 선하고 온화한 것이 있었다. 여름을 몰아내는 가을바람 같은 조용하고 적막한 바람이 불어와 꽃도 노인의 웃는 얼굴도 투명한 바람의 흐름 속에 둥둥 떠돌며 빛났다가 그늘지고 그늘졌다가 다시 빛나면서 자연의 추이 그 자체의 아름다움을 보여주었다. 사건이 일어난 날부터 한 달여 동안 이 집 안에는 추악한 현실밖에 없다고 생각했지만, 노인의 머릿속에만은 이런 낙원과도 같은 꿈의 세계가 있었던 것이다. 아니, 노인의 머릿속에는 무시무시한 전쟁터가 있어서 그는 끝없이 반복되는 잔인한 살육의 망상에 고통을 받아왔을 터였다. 바로 한두 시간 전까지만 해도. 하지만 다케히코가 자신의 죄를 인정하고 자수하러 간 것처럼 이 노인도 이제야 겨우 망상의 전쟁터에서의 싸움에 종지부를 찍고 자신의 패배를 인정한 끝에 이 깨달음과도 같은 낙원의 세계에서 노닐고 있는 게 아닐까.

생각이라기보다 뭔가 말로 설명되지 않는 짧은 순간에 그렇게 감지하고 사토코는 현실 세계의 이면에 잠재된 이차원의 세계라도 바라보는 것처럼 정원의 광경을 지켜보고 있었다.

하긴 기껏 이삼십 초 동안의 일이었다. 바람이 자고 몇 번째인가 노인이 넘어지는 것을 보면서 곁에 있던 가요가 웃음소리를 냈다. 작은 몸통을 삐걱거리는 듯한 날카롭고 귀에 거슬리는 가요의 웃음소리가 사토코를 현실로 다시 끌어냈다.

더위가 왈칵 덮쳐왔다. 그 사건으로부터 한 달이 지나 8월도 마지막 주를 맞이하고 있었다.

일몰 시각도 빨라져서 벌써 저녁 어스름이 다가왔다. 정원에서는 오후 내내 차곡차곡 차오른 하얀 빛이 늦더위에 달궈져 그새 쿰쿰한 단내를 풍기고 있었다.

사토코는 디딤돌에 놓인 샌들을 발에 꿰고 정원의 시아버지에게 다가갔다.

"아버님, 그런 이상한 장난은 그만하시고 방에 들어가서 아이스크림 드세요."

사토코의 말에 땅바닥에 주저앉았던 게이조는 고분고분 고개를 끄덕였다. 몸을 부축해 일으키고 거의 어깨에 떠메다시피 사토코는 노인을 집 안으로 데려갔다. 능소화나무 넝쿨은 목련 쪽으로 슬금슬금 기어가 이제는 거의 뒤덮어버릴 정도였다. 노인을 부축하고 가는 자신이 능소화 넝쿨에 짓눌린 그 목련을 닮았다고 생각했다.

사정없이 어깨를 덮쳐누르는 시아버지의 묵직한 몸은 현실 이외의 아무것도 아니었다. 가까스로 거실 소파에 앉히고 그 무게에서 해방되자 사토코도 그 자리에 주저앉아버렸다. 아니, 노인의 몸에서 해방되었어도 이 집에 깃든 추악한 인간관계의 중압에서는 아직 풀려난 게 아니었다.

남편과 유키코의 관계, 남편과 죽은 나오코의 관계, 자신과 나오코의 관계, 유키코와 다케히코 씨의 관계, 다케히코 씨와 나오코의 관계, 시아버지와 죽은 시어머니의 관계, 이제는 위패가 되어 한 불단 안에 있는 시아버지의 전처와 시어머니의 관계. 그리고 다케히코 씨와 나와의 관계….

왜 다케히코 씨는 자수를 하겠다고 나선 것일까. 왜 나는 그걸 말리지 않았을까.

주저앉은 사토코는 긴 한숨을 내쉰 뒤에 옆에 우두커니 서서 뭔가 할 말이 있는 듯한 가요에게 말했다.

"냉장고에서 아이스크림 좀 가져올래? 날도 더운데 너도 시원한 거 먹어야지. 그리고 유리로 된 앞 접시하고 스푼도 가져와. 두 사람분이면 돼. 엄마는 안 먹을 거니까."

왠지 부루퉁한 얼굴이었지만 가요는 그래도 고개를 끄덕이고 주방으로 달려갔다.

가요가 가져온 아이스크림을 사토코는 둘로 나눠 접시에 담고 그중 하나를 시아버지에게 건네주었다. 시아버지는 스푼은 거들떠보지도 않고 접시째로 들어 아이스크림을 입에 넣고 만족스러운 듯 오물거렸다.

"사토코, 내가 아직 살아 있냐?"

갑작스럽게 물었다.

"물론이지요. 살아 계시니까 아이스크림도 드시잖아요."

"그래, 살아 있었어. 그렇다면 네 시어미가 나를 죽이는 데 실패했구나."

그렇게 대답하고 시아버지는 컬컬컬 웃었다.

축 늘어진 입 가장자리로 하얀 아이스크림이 주르륵 흘러 방바닥에 떨어졌다. 노인의 망언이라는 걸 잘 알면서도 사토코는 문득 되물었다.

"어머님이 아버님을 죽이다니, 무슨 말씀이세요?"

"네 시어미는 언젠가 내가 여자애를 죽일 줄 알고 그때를 위해 나를 벌주려고 처형대를 준비해뒀어. 저게 그 처형대야, 저 나무가."

노인의 눈은 초점 없이 흐릿했지만 분명 정원의 능소화 나무를 보는 것 같았다. 그가 하는 말은 잠꼬대와 다를 게 없었다. 그런 얘기를 진지하게 상대해서는 안 된다고 생각하면서도 사토코는 저도 모르게 물었다.

"전에 어머니가 아버님이 전쟁터에서 여자애를 죽였다는 얘기를 하셨는데, 그게 정말이에요? 처형대라면 그 죄를 벌한다는 뜻이에요?"

능소화나무를 심은 사람은 죽은 시어머니 아키요였다. 사토코가 시집오기 훨씬 전에 심은 나무라고 시어머니에게서 직접 들었다. 그런 점에서는 게이조의 말이 틀리지 않는 것이다.

하지만 노인은 아무 대답도 하지 않았다. 사토코가 수건을 가져와 그 입가와 방바닥을 닦자 노인은 하품을 하더니 자리에 털썩 누웠다. 방금 한 질문을 일부러 못 들은 척하는 것 같았지만 사토코는 더 이상 캐묻지 않고 얇은 이불을 가져다 덮어주었다.

"엄마, 처형대가 뭐야?"

가요의 질문을 무시하고 사토코는 주방으로 돌아가 다시 쌀을 씻기 시작했다. 그 치마 끝을 자꾸 잡아당기며 가요는 끈덕지게 "뭐야, 뭐야?"하고 치근거렸다.

"알고 싶으면 네가 국어사전으로 직접 찾아봐. 사전 찾는 법도 알려줬잖아."

사토코의 목소리에는 초조한 마음이 그대로 드러났다.

"아니라니까, 엄마. 그 애, 어디 숨었어? 알면 알려줘. 그 애가 없어져버렸어."

사토코는 손을 멈추고 딸의 자그마한 얼굴을 보았다.

"그 애라니, 누구?"

그렇게 물으면서도 딸이 어떤 대답을 할지 이미 알고 있어서 목소리가 파르르 떨렸다.

"나오코 말이야."

가요는 천진한 얼굴로 사토코가 예상한 말을 스르륵 내뱉었다.

"얘, 나오코는 죽었어. 다 알면서 이상한 농담을 하면 못 써."

"아냐, 숨바꼭질하는 거야. 죽은 거 아니라니까? 근데 빨리 찾아줘야 해. 걔는 자기가 어디 숨어 있는지 모른단 말이야."

농담으로 웃어넘기려고 했지만 사토코는 미처 웃지 못했다. 오히려 딸의 진지한 표정에 덩달아 진지하게 되묻고 있었다.

"어째서 나오코는 자기가 어디 숨어 있는지 모르는 건데?"

"인형이니까 그렇지. 인형이 자기가 어디 있는지 어떻게 알겠어?"

"인형이야, 나오코가?"

"유치원 때 갖고 놀던 인형을 나오코라고 하고 예뻐해주는 거야. 진짜 나오코는 없어졌으니까. 아이 참, 엄마가 그랬잖아. 나오코 대신 예뻐해주라고 장롱에서 그 인형 꺼내다 새 옷 만들어서 입혀줬잖아."

목구멍에 걸려 있던 웃음소리가 그제야 입 밖으로 흘러나왔다.

"아 참, 그랬지…. 그 인형이라면 아침에 할아버지가 갖고 있었는데?"

"아까 할아버지한테 물어봤어. 그랬더니 엄마가 어딘가에 감췄다고 했어."

"할아버지가 하는 말을 진짜로 생각하면 안 된다고 했지? 그만 저쪽으로 가. 엄마는 저녁 준비해야 돼."

못마땅한 얼굴로 가요가 주방을 나가자 사토코는 다시 쌀을 씻기 시작했다. 하지만 금세 그 손이 멎었다. 집 안은 해 떨어지기를 기다리는 것처럼 묘하게 고요했다. 주방 입구에서 누군가… 아마도 나오코가 얼굴을 반만 내놓고 지그시 이쪽을 살피고 있다. 움직이지 않는 인형의 눈으로 지그시…. 그런 마음이 들었다. 동시에 다케히코의 얼굴이 머릿속에 떠올랐다.

조금 전에 다케히코가 털어놓고 간 얘기들이 가슴속에 충격의 잔향으로 엉겨 있었다.

충격을 받은 건 다케히코가 한 고백의 내용보다 그의 거짓말이 너무도 교묘하다는 것 때문이었다. 특히 사건 당일의 행동에 관한 한, 다케히코가 한 얘기는 모두 다 거짓말이었다.

다케히코는 그날 나오코를 죽이지도 않았고, 나오코가 살해된 시간에 이 집 근처에도 오지 않았다. 그런데도 그토록 교묘한 거짓말로 자신을 범인으로 만들었다.

다케히코는 범인이 되고 싶어 했을 뿐이다. 왜 범인이 되려 하는지도, 왜 경찰에 가기 전에 이 집에 왔는지도, 사토코는 잘 알고 있었다.

범인은 따로 있다….

그걸 다 알면서도 사토코는 다케히코가 경찰서에 간다는 것을 말리지 못했다. 아마도 다케히코는 경찰에 가서 자백을 하기 전에 이 집에서 예행연습을 하려고 자신을 찾아왔을 것이다. 그리고 경찰은 지금쯤 다케히코의 거짓 자백을 믿고 그를 구속했을 것이다.

그렇다, 나는 진짜 범인을 알고 있다….

사토코는 쌀을 씻으며 가슴 속에서 분명하게 중얼거렸다.

쌀은 몇 번을 헹궈도 탁한 뜨물이 나왔다. 그 뿌연 물속에 손을 담근 채 사토코는 작게 소리 내어 말했다.

"지금 이러고 있을 때가 아니야."

이 손으로 쌀이나 씻고 있어서는 안 된다. 이 손으로 해야 할 일은 경찰에 전화를 거는 것이다. 지난 한 달 동안 나는 아무것도 하지 않았다. 나오코가 죽었는데도…. 나오코의 진짜 아버지가 누군지를 알아버렸는데도 자신은 어떤 행동에도 나서지 않고 그냥 하루하루를 보냈다. 아무것도 하지 않고 아무 일도 일어나지 않은 척하면 지금까지처럼 평범하고 평온한 생활이 이어진다는 듯이….

하지만 지금까지도 이 집이 평범하고 평온했던 일은 한 번도 없었던 것이다. 모두가 그런 척했을 뿐이다. 석고의 싸구려 가면에 금이 갔다는 것을 다 알면서도…. 그 깨어진 곳에서 흘러나온 거무칙칙한 콜타르 같은 것이 그날 아무 죄 없는 어린아이를 죽음으로 몰아넣었는데도…. 그렇다. 결혼해서 이 집에 온 뒤로 오늘날까지 나는 아무것도 하지 않았다. 내가 이 집과 싸우고 나 자신을 지키기 위해 뭔가 행동에 나서본 것은 굳이 말하자면 그날이 처음이었다. 행동에 나섰다고 하기에는 너무도 작은 일 하나를.

한 달 전 그날, 사건이 일어났던 날. 정확히 말하면 내가 사건을 일으키려고 했던 그날….

그렇다, 나는 그날 누가 나오코를 죽였는지 알고 있다. 절대로 다케히코 씨가 아니다.

그 사람인가…. 그 사람이 아니라면 바로 나다.

경찰서 취조실에서 이따금 짧은 대답을 해가며 기타가와 다케히코의 기나긴 고백을 참을성 있게 듣고 있던 형사들 중 한 사람이 물었다.

"피해자 나오코가 살해되기 직전에 당신을 '아저씨'라고 불렀다는 건… 틀림이 없어요?"

다케히코는 잠깐 고개를 숙였지만, 분명하게 확신을 갖고 고개를 끄덕였다. 형사는 한숨을 내쉬며 말했다.

"그때 나오코가 당신을 류스케 씨와 혼동했다는 생각은 못 했어요? 당신은 그 아이가 얼른 알아보기 힘든 위치에 서 있었잖아요. 위에 있는 당신 얼굴을 아래에서 올려다보면 정면에서 보는 것과는 다른 사람처럼 보일 수도 있어요. 아무리 나오코가 어린아이라도 아빠가 갑작스럽게 이모 집에 왔다는 것보다는 이모부가 뭔가 볼일이 있어 잠깐 들어왔다고 생각하는 게 더 자연스럽잖아요."

사람을 관찰하고 의심하는 일을 하는 형사답게 날카롭고 차가운 눈빛이었지만 거기에서는 희미하게 다케히코를 동정하는 기색이 느껴졌다. 그것이 자수한 범인에 대한 형사로서의 동정인지, 아니면 아내에게 모욕과 배신을 당한 남편에 대해 같은 남자로서 연민을 보인 것인지는 알 수 없었다. 다만 형사가 사건 발생 직전에 나오코가 말한 '아저씨'라는 말에 집착하는 이유는 쉽게 짐작할 수 있었다. 만일 정말로 피해자인 어린아이가 다케히코가 진짜 아버지가 아니라는 것을 알고 그렇게 말했던 것이라면 다케히코가 깊은 상처를 입는 건 자명한 일이고 재판에서도 변호인 측에 유리한 재료가 될 터였다.

물론 정말로 그렇게 말했는가에 대한 명확한 증거가 있어야겠지만….

"그럴 가능성은 앞서 얘기한 찻집에서 나도 아이스커피를 마시며 생각해봤습니다. 만일 그 아이가 나와 류스케 씨를 혼동한 거라면 그건 내 평생의 후회가 되겠지요. 하지만 류스케 씨와 나는 체격 자체부터 너무 달라서…."

거기까지 대답하다가 다케히코는 문득 입을 다물었다.

"아뇨, 그게 아니었네요…."

다케히코는 천천히 고개를 저으며 말을 이었다.

"그때 나오코가 '아저씨'라고 한 말의 진짜 의미를 나중에야 알았습니다. 내가 그 얘기를 깜빡 잊었군요. 아까 봉제 인형 얘기를 했던 순간에 깨달았어요. 그때 나오코는 '봉제 인형 곰 아저씨'라고 말하려던 거였어요."

"당신을, 아빠인 당신을 그렇게 부른 건가요?"

종이처럼 얇고 건조한 입술로 쓴웃음을 지으며 또 한 명의 형사가 말했다.

"아닙니다. 나오코의 옷이며 구두를 사주던 집 근처 양품점 쇼윈도의 갈색 곰 인형이에요. 그걸 나오코가 갖고 싶어 했는데 너무 비싼데다 어른 몸집만큼 큼직해서 유키코가 안 된다고…. 나는 그거라도 껴안고 잘 수 있게 사주고 싶었는데…. 그 쇼윈도 앞을 지나갈 때마다 나오코는 봉제 인형을 바라보며 '곰 아저씨'라고 했었어요. 그날 나오코는 스케치북에 그 곰 아저씨 그림을 그리고 있었던 거예요. 낙서처럼 서툰 그림이라 도저히 곰으로는 보이지 않았지만…. 현장에 있던 그 스케치북의 그림, 무슨 탑이나 빌딩처럼 보였겠지만, 전체가 갈색으로 칠해져 있었지요? 그게 갈색 봉제 인형 곰 아저씨 그림이었고… 그때 내가 뭘 그리느냐고 물어보니까 나오코가 나한테 곰 아저씨라고 대답했던 거였어요…."

다케히코의 음성이 흐트러졌다.

　"그 '아저씨'라는 말은 거꾸로 나를 진짜 아빠로 좋아했다는 증거였던 겁니다. 나오코는 제가 그렇게도 좋아하던 봉제 인형이 나를 닮았다고… 그래서 꼭 갖고 싶다고 했었는데…. 유키코는 나를 닮았다고 더 그 인형을 싫어해서…. 집에 내가 있는 것도 지겨운데 게다가 나를 닮은 인형까지 들어오는 게 싫다고…. 근데 나오코는 아빠가 집에 없을 때는 아빠 대신 그 봉제 인형 아저씨하고 함께 있으려고…. 그날도 남의 집에서 혼자 외로워져서 아빠인 나를 생각하며 곰 아저씨 그림을 그렸던 겁니다. 그렇게 열심히 곰 아저씨를…. 나오코가 그때 내 얼굴을 미심쩍게 쳐다본 건 분명 옛날이야기처럼 그림 속에서 아빠가 튀어나와 거기 서 있는 것 같았기 때문이었어요…. 근데 나는 어이없는 오해를 하고…. 그 아이는 아무것도 모르고 나를 진짜 아빠라고 생각하고 세상 누구보다 좋아했었는데…."

　다케히코는 고개를 저으며 말했다. 그 순간의 어린 피해자의 얼굴이 떠오른 듯 눈에 눈물이 고였다. 눈물은 금세 뺨을 타고 흘러내렸다. 한 남자의 후회의 눈물은 살풍경한 취조실의 메마른 밤기운 속에서 몹시도 차갑게 보였다. 불그레해진 눈에서 떨어진 그 눈물은 마지막 잔재 같은 것이었다.

　형사는 동정의 눈빛으로 그 얼굴을 흘끗 바라보고는 찻잔을 다시 채워주며 말했다.

　"지금 그 얘기가 사실이라는 증거, 그러니까 당신이 실제로 나오코를 죽였다는 증거 말인데…."

　온화한 목소리였지만 형사의 말투에는 다케히코의 자백이 아무래도 의심스럽다는 여운이 섞여 있었다.

다케히코는 고개를 들고 형사의 얼굴을 바라보았다. 의아해하는 그 눈빛에 형사가 고개를 끄덕였다.

"증거가 있다면 당신 말을 믿겠지만 아무래도 이건 좀…. 당신은 경찰보다 한발 앞서 사건 현장에 달려왔으니까 사건 직후의 현장 상황에 대해 잘 알고 있었어요. 이를테면 나오코가 살해되기 직전에 어떤 그림을 그렸는지도. 그런 상황을 다 알고 지어낸 얘기 아닙니까, 방금 그 자백은?"

"아뇨, 내가 왜…."

"그야 당신이 아내의 불륜…, 이번 대학생과의 일보다 오히려 처형 일로 더 크게 고민했다는 것도, 때로는 나오코를 죽이고 싶을 만큼 미워했다는 것도 사실이겠지요. 하지만 당신은 아이를 죽이지 않았어요."

"왜 그런 말을…."

다케히코는 회색 입술을 파르르 떨며 웃었다. 형사가 대답에 나섰다.

"아까 삼십 분쯤 전에 내가 잠깐 밖에 나갔었지요? 6시 조금 지나서. 실은 그때 전화가 왔었어요. 다케히코 씨가 지금 이 경찰서에 자수하러 왔을 텐데, 그 사람이 무슨 말을 하든 믿지 말아달라, 다케히코 씨는 진짜 범인을 감싸주고 있을 뿐이다, 라고 하더군요."

"누, 누가 그런 전화를…."

"당신이 자수하러 온 것을 알고 있는 사람이 누구죠?"

"처형뿐입니다."

그렇게 대답하고 다케히코는 문득 얼굴이 일그러졌다.

"처형이 전화를 했단 말입니까?"

"그래요. 사토코 씨는 당신을 말없이 보낸 뒤에 역시 자신이 알고 있는 사실을 말하는 게 좋겠다고 결심한 모양이에요. 사토코 씨는 당신이 진짜 범인을 감싸주려고 자수했다고 생각하고 있던데요."

"감싸주다니, 내가 누구를… 아니, 내가 왜 그런 바보 같은 짓을…."

"우리 집안을 지켜주기 위해서, 라고 사토코 씨가 전화로 알려줬어요."

그리고 형사는 긴 한숨을 토해내며 덧붙였다.

"실은 사토코 씨가 전화로 해준 그 얘기가 좀 더 증거가 확실해요."

8

오후 8시 7분.

사토코는 귀가한 남편을 위해 주방에서 저녁을 차렸다.

"오늘 한 시쯤에 회사에 전화하지 않았어?"

사토코는 등을 돌린 채 칼끝으로 흰살생선을 얇게 저미면서 그런 남편의 질문을 들었다.

"아니, 안 했는데? 난 점심때 이후에는 당신 회사에 전화하지 않잖아."

사토코는 잠시 틈을 두었다가 다시 말했다.

"하필 안 좋을 때만 전화를 하는지, 걸 때마다 당신이 자리를 비워서 내 전화를 이리저리 돌리다가 결국 '없습니다'라는 말만 들으니까. 당신 회사, 미로 같은 느낌이야. 내가 전하려는 말이 미로를 헤매다 결국 출구를 못 찾은 채 끝나버리는 거 같아."

"다른 업무 전화를 받는 중이었던 모양이지."

별일 아니라는 듯 중얼거리더니 류스케가 다시 물었다.

"뭔가 화났어?"

"왜?"

"방금 그 말, 빈정대는 것처럼 들려서."

사토코는 칼질을 멈추고 천천히 돌아보았다. 남편 류스케는 바로 옆 테이블에 앉아 러닝셔츠 차림으로 컵에 맥주를 따르고 있었다. 사토코는 남편을 바라보는 자신의 눈에 웃음이 담긴 것을 의식했다. 하지만 웃고 있는 자신이 도무지 믿어지지 않았다. 남편의 허옇게 드러난 팔뚝이며 땀으로 눅눅해진 겨드랑이, 무엇보다 아내를 피해 슬그머니 빗겨 간 시선에서 사토코는 혐오감만을 느꼈을 뿐이다. 생선 냄새가 남편의 얼굴과 몸에서 배어 나오는 것 같아 실제로 구역질이 목까지 올라왔다.

"회사 얘기가 아니라 나한테 미운 소리를 하는 걸로 들렸는데."

"당신 몸에도 미로가 있어? 내가 하려는 말이 헤매다가 출구를 못 찾는."

사토코는 아직도 웃고 있었다. 그리고 계속 웃으면서 등을 돌리고 칼을 수돗물에 씻었다.

"대체 무슨 말을 하고 싶은 거야?"

뾰족한 소리를 내는 남편의 말을 가로막으며 가요의 목소리가 들렸다.

"엄마!"

방에서 텔레비전을 보는 줄 알았는데 어느새 나왔을까. 사토코가 수도꼭지를 잠그고 돌아보려고 했을 때였다.

　돌연 남편이 구토감이 몰려온 듯한 우욱 신음을 냈고 그
와 동시에 뭔가 떨어지는 소리가 주방 안을 울렸다. 뒤를 돌
아보니 남편은 의자에 앉은 채 상체를 아래로 숙이고 있었
다. 맥주잔을 떨어뜨린 것이었다. 컵은 깨지지 않았지만 술
이 주위에 산산이 튀었다.

　사토코는 남편에게 걸레를 집어주고 자신도 행주로 테
이블에 쏟아진 거품을 닦으면서 주방 입구에 서 있는 가요
에게로 시선을 던졌다.

　"무슨 일이니?"

　사토코는 가요가 팔에 안고 있는 인형으로 시선을 옮기
다가 저절로 미간이 찌푸려졌다.

　인형에 머리가 없었다.

　하지만 얼핏 그렇게 보였을 뿐, 인형 머리는 가요의 가
느다란 팔 틈새로 빠져나가 뒤로 꺾여 있다는 것을 금세 알
았지만 그래도 아기만 한 크기의 인형이라서 섬뜩한 느낌이
들었다.

　목 부분의 심지가 망가진 것 같았다.

　"어떻게 된 거야, 그 인형?"

　"나도 몰라. 엄마가 그랬어? 이런 나쁜 짓을."

　"아니야, 엄마가 왜? 어디에 있었는데?"

　"텔레비전 뒤에."

　아까 저녁때부터 찾고 있던 인형을 텔레비전 뒤편 틈새
에서 찾아내 힘껏 잡아당긴 모양이었다.

　"가요가 억지로 잡아당겨서 목이 늘어난 거야."

　유난히 인형 머리에 깜짝 놀란 남편을 향해 사토코는 그

렇게 말했다.

　　엄마의 말에 가요는 몇 번이나 고개를 저었다.

　　"네가 한 거 아니야? 그럼 할아버지가 그런 모양이지."

　　사토코는 천장을 흘끔 올려다보았다. 시아버지 게이조는 2층에서 자고 있었다.

　　"아까도 말했잖아. 할아버지가 손대신 거야."

　　더 이상 인형 얘기는 하고 싶지 않았다.

　　남편 류스케뿐만 아니라 가요의 작은 머릿속에도 한 가지 장면이 떠올랐을 터였다. 게이조가 인형을 방바닥에 내동댕이치는 장면. 몇 번이고 패대기를 치는, 증오인지 분노인지 알 수 없는 것이 폭발한 그 팔뚝. 노인의 얼굴을 푸들푸들 떨게 하는 그 증오와 분노의 정체는 아무도 알지 못한다. 때때로 게이조가 길길이 날뛰는 것을 가족들은 그저 말없이 지켜보는 수밖에 없었다. 그 분노가 어서 지나가기를…. 아마 노인 자신에게도 그 정체는 보이지 않는 것이리라.

　　류스케와 가요의 머릿속에서 게이조가 바닥에 패대기치는 것은 단순한 인형이 아닐 터였다. 살아 있는 인형의 얼굴, 인형 같은 얼굴…. 실제로 7월에 일어난 그 사건 때 정원 흙더미 속에서 나온 소녀의 얼굴은 인형처럼 가련했던 것이다.

　　"엄마가 나중에 다시 꿰매줄 테니까 들어가서 텔레비전 보고 있어."

　　사토코는 그렇게 말하고 가요의 몸을 살짝 밀어내려고 했다. 하지만 가요는 엄마의 손을 뿌리치며 불만에 찬 목소리를 냈다.

"싫어."

사토코는 다시 한번 딸의 등을 밀었지만, 가요는 "싫다니까?"라면서 온몸으로 거부 의사를 드러냈다.

그 순간, 절규 같은 소리가 터져 나왔다.

"가라면 어서 가!"

집을 뒤흔들 만큼 큰 그 목소리가 누구의 목소리인지, 어째서 가요가 털썩 쓰러졌는지, 사토코 스스로도 한순간 깨닫지 못했다.

새 컵에 다시 맥주를 따르던 류스케가 의자를 박차고 달려와 쓰러진 가요를 몸으로 감쌌다. 가요도 엄마가 자신을 밀쳐낸 것을 알지 못한 모양이었다. 어리둥절해서 엄마를 바라보는 눈빛이 몹시 메말라 보였다. 그 옆에서 류스케도 비난의 눈초리로 아내를 바라보고 있었다. 아니, 비난의 눈초리가 아니었다. 아무 감정도 없는 그저 투명한 하얀 눈이다.

이어서 입을 뚫고 나온 자신의 목소리를 사토코는 막을 수가 없었다.

"왜 이 집에서는 아무도 내 말을 듣지 않아? 아버님도 그렇고, 가요도 그렇고, 당신도 그렇고…. 누구 하나 내 말을 들어주지 않잖아!"

그 목소리는 남편이나 딸보다 사토코 자신에게로 덮쳐들었다.

사토코는 아픔에 얼굴을 일그러뜨렸다.

처음으로 듣는 엄마의 고함, 처음으로 보는 엄마의 일그러진 얼굴이 이해가 되지 않았던 것이리라. 가요는 무표정

한 얼굴로 인형을 안고 달아났다. 계단을 뛰어 올라가는 작
은 발소리가 들려왔다. 그와 동시에 사토코의 몸에도 큰소
리를 내지른 반동이 찾아왔다.

바닥으로 무너지려는 몸을 테이블 끝을 붙잡고 버티며
사토코는 겨우 의자에 주저앉아 두 손으로 얼굴을 가렸다.

눈물이 쏟아졌다. 속이 울렁거리면서 오래오래 몸속에
고여 썩은 냄새를 풍기던 갈색 침전물이 눈으로 흘러나오는
것 같았다. 사토코는 이미 냉정해져 있었다. 아니, 비명 같은
분노의 고함을 내지른 순간에도 머릿속의 어딘가 한 군데는
깨어 있어서 나한테도 이런 끔찍한 목소리가 있었구나, 이
런 무서운 목소리를 내 몸속에 감추고 있었구나, 라고 남의
일처럼 의식했었다.

"당신, 왜 그래?"

남편이 건네는 말을 피하듯이 사토코는 주방을 나와 계
단을 올라갔다.

남편이 집에 돌아올 때만 해도 약한 햇빛이 남아 있었는
데 이제는 완연한 밤이었다. 계단참의 어둠 속에서 가요가
인형을 끌어안고 웅크리고 있었다. 계단 밑 복도의 불빛으
로 희미하게 얼굴이 보였다. 작은 동물처럼 겁에 질린 눈으
로 엄마를 마주보았다.

"괜찮아, 가요. 엄마가 좀 피곤해서 그랬어. 네 방에 가서
숙제하고 있어. 나중에 엄마가 아이스크림 갖다줄게, 응?"

그제야 가요는 순순히 고개를 끄덕이고 자리에서 일어
났다. 가요가 제 방에 들어가는 것을 지켜본 뒤에 사토코는
다시 주방으로 돌아와 식탁 의자에 앉았다.

"오늘 다케히코 씨가 왔었어."

의자에 앉자마자 사토코는 말했다.

평소의 목소리로 돌아왔지만, 조금 전에 소리를 지르면서 목에 상처가 났는지 약간 컬컬한 소리가 나왔다.

"다케히코? 왜, 무슨 일 있었어?"

"아니, 자수하기 전에 그냥 나하고 이야기하고 싶었대."

"자수?"

바로 맞은편에 앉아서도 여전히 시선을 피하던 류스케가 그제야 아내의 얼굴을 똑바로 바라보았다.

"응, 나한테 모두 다 말하고 4시 반쯤에 경찰서에 갔어. 지금도 아마 경찰서에 있을 거야."

"다케히코가 죽였어, 그 아이를?"

"그렇다고 했어."

남편의 눈은 아내의 얼굴빛 뒤에 숨은 것을 필사적으로 탐색하고 있었다.

"근데 이렇게 가만히 있어도 괜찮아? 우리도 경찰서에 가봐야 하는 거 아닌가?"

"이제 곧 경찰서 쪽에서 뭔가 연락이 오겠지. 우리는 경찰이 어떻게 나올지 기다리는 수밖에 없어. 모두 다 처음 겪는 일이라서."

아내의 차가운 눈빛을 견딜 수 없었는지 류스케는 다시 시선을 피했다. 그 옆얼굴은 여름 무더위가 찌무룩하게 남은 밤공기 속에서 사토코의 눈보다 더 썰렁하게 식어 있었다.

"다케히코가 자수했다는 건 다들 알고 있어?"

"아니, 유키코도 모를 거야."

그대로 남편은 입을 꾹 다물었다.

"왜 아무것도 묻지 않아? 어째서 다케히코 씨가 자기 아이를 죽였는지, 어째서 자수하기 전에 나를 찾아왔는지…."

"…."

"아니면 당신, 다케히코 씨가 나오코를 죽인 동기를 이미 알고 있어? 아니…, 진즉부터 알고 있었어? 사건이 일어났을 때부터?"

대답 없이 류스케는 돌연 손을 들어 식탁을 내리쳤다. 말로 표현되지 않는 분노가 먼저 손으로 내달린 모양이었다. 그리고 식탁이 내지른 비명 같은 소리에 한꺼번에 말문이 터졌는지 단숨에 줄줄 쏟아냈다.

"무슨 말을 하고 싶은 거야, 당신? 나는 그냥 당황했어. 다케히코가 갑작스럽게 경찰서에 자수하러 갔다니, 그런 말을 들으면 누구라도 당황하게 마련이잖아. 동기니 뭐니, 그런 것까지 생각할 겨를이 있겠냐고."

목소리는 짐짓 화가 나 있었지만 옆얼굴은 변함없이 무표정했다.

"당신이 나한테 화를 내는 건 이상하지. 화를 낼 사람은 나 아니야? 조금 전에 두세 마디 소리친 걸로 내가 여태까지 참아왔던 걸 모두 토해냈다고 생각하면 오산이야."

입으로는 그렇게 말했지만 조금 전의 폭발로 모두 다 토해낸 것처럼 가슴은 텅 비고 목소리도 냉정했다.

냉정한 채로 다시 이렇게 말했다.

"그렇구나, 당신 당황했구나. 얼굴은 전혀 그렇지 않은데, 당황했던 모양이네? 지금까지도 그런 태연한 얼굴로 당황했겠네. 유키코가 결혼한다고 했을 때도, 나오코가 태어 났을 때도…. 그리고 이번 사건이 일어났을 때도, 당신은 태 연하게 당황했겠지? 내가 생각하는 것보다 당신, 훨씬 착한 사람인지도 모르겠다."

긴 침묵이 떨어졌다.

그 동안 두 사람은 서로 고개를 돌리고 있었다. 밤은 고 요했다. 사토코는 이 침묵을 두툼하게 감싸고 있는 밤이 자 신을 닮았다는 생각이 들었다. 폭발과도 같았던 한여름의 사건은 그 뒤부터 오늘까지 밤을 정적으로 단단히 얼어붙게 했다. 마찬가지로 조금 전의 폭발로 사토코의 마음도 조용 히 얼어붙었다…. 이제 곧 경찰서에서 걸려오는 전화벨 소 리가 이 정적을 깨뜨릴 것이고, 밤은 다시 다양한 목소리를 낼 것이다. 사토코도 마침내 반드시 해야 할 말을 토해내기 시작한 것이다.

"다케히코는 왜… 나오코를 죽였대?"

남편의 옆얼굴이 내는 목소리는 평소와 마찬가지로 타 이프로 입력한 글씨 같은 사무적인 말투로 돌아와 있었다.

"이유는 간단해. 다케히코 씨처럼 어린아이 좋아하고 다정한 사람이 제 자식을 죽일 리가 없지. 그러니까 나오코 는… 다케히코 씨의 아이가 아니었던 거야."

"…"

"그럼 누구의 아이였냐고 묻지 않아?"

"이제 그만해."

류스케는 한숨과 함께 내던지듯이 대꾸했다.

"당신이 하는 말, 이제 내 귀에 쏙쏙 들어와. 무슨 말을 하려는 건지 다 알겠어. 당신은 나오코가 누구 아이인지, 그걸 내 입으로 듣고 싶은 모양이지? 이미 다 알고 있는데도 꼭 내 입으로 듣고 싶은 거겠지. 그게 당신에게는… 배신당한 아내 입장에서는 아주 중요한 일일 테니까.”

류스케는 천천히 고개를 돌려 사토코를 마주 보았다. 빤히 응시하는 몹시도 조용한 눈빛으로.

드디어 막다른 궁지에 몰려 모두 다 포기한 거라고 사토코는 생각했다. 단지 처음으로 아내를 정면으로 응시한 그 눈빛은 옆얼굴의 눈보다 더 멀고, 아무것도 바라보지 않는 것처럼 고독하고 슬프기까지 했다. 남편이 갑작스럽게 이런 식으로 자신을 빤히 직시하리라고는 예상도 못했기 때문에 사토코는 적잖이 마음이 뒤흔들렸다.

“응, 나한테는 중요한 일이야.”

사토코는 고개를 끄덕이며 말했다.

“나오코는 내 자식이야.”

그저 평범한 목소리였다.

류스케는 아내의 얼굴에서 눈을 떼지 않고 그렇게 대답했다. 사토코는 한 차례 눈을 감고 깊은 안도의 한숨을 내쉬었다. 오늘 오후에 다케히코에게서 그런 얘기를 듣기 전부터 이미 알고 있었던 일이다. 류스케와 유키코가 자신을 배신했다는 것을 알았을 때부터 나오코가 류스케의 자식이라는 건 단순한 의심이 아니라 확신에 가까웠다. 하지만 남편에게서 직접 듣고 싶었다. 다케히코가 아니라, 경찰이 아니라, 다른 누구보다 남편의 입을 통해 직접 듣고 싶었다. 남편이 그걸 부정한다면 오늘까지의 결혼 생활은 모조리 부정된다. 지난 십 년 세월이 아무 쓸모없는 무의미한 것으로 자신의 인생에서 사라져버린다…. 왠지 그런 불안감이 있었다.

남편이 아까 말했던 대로 그건 이 남자의 아내인 자신에게 아주 중요한 일이었다. 남편은 자신을 알아준 것이다. 지금껏 어긋나기만 했던 그 눈으로 이 사람은 대체 언제 나를 지켜보고 있었던 것일까….

이런 순간에, 어쩌면 결혼 생활의 마지막 페이지가 될지도 모르는 이런 순간에, 처음으로 두 사람이 서로를 이해했다는 게 사토코는 신기하기만 했다. '어쩌면'이 아니다. 이제 곧 경찰서에서 전화가 걸려올 것이고, 그러면 오늘 밤 안에라도 이 가정은 완전히 무너진다.

하지만 남편이 "그래서? 내가 털어놓으면 헤어지자고 할 생각인가?"라고 약간 비아냥거리는 목소리로 물었을 때, 사토코는 조용히 고개를 저으며 말했다.

"아니, 아직이야. 일단 경찰서에서 연락이 오기를 기다렸다가 내가 나가서 진실을 말해야지. 헤어지는 건 그다음 문제야."

"다케히코가 경찰서에 갔다면 이미 나오코가 누구 자식인지는 다 알려졌을 거 아냐."

"다케히코 씨가 경찰서에 간 뒤에 내가 그 야마노라는 형사에게 연락했어. 다케히코 씨는 진짜 범인을 감싸주려고 자수한 것뿐이고, 분명하게 증거도 있다고."

남편이 그 말에 어떤 반응을 보였는지, 사토코는 알지 못했다. 컵을 쥐고 있는 류스케의 손만 빤히 바라봤기 때문이다. 남자치고는 유난히 가느다란 손가락, 유난히 하얀 손톱. 그 손으로 남편은 컵을 밑바닥에서부터 감싸듯이, 마치 브랜디 잔을 잡을 때처럼 쥐고 있었다. 그게 남편의 버릇이 었다. 남편의 손이라고는 한 번도 똑바로 바라본 적이 없었는데, 오래전에 함께 자면서도 분명하게 의식했던 일이 없었는데, 사토코는 남편의 손가락 모양이나 색깔을 알고 있고, 이불 속에서 아내의 젖가슴을 잡을 때와 똑같은 손놀림으로 컵을 잡는다는 것도 알고 있었다. 그리고 전에는 혐오 감만 품었던 그 손놀림에 지금 자신이 그리움 같은 것을 느끼고 있다는 것 또한 신기하기만 했다.

컵에 든 맥주는 거의 비워져 있었다.

"증거라니…."

남편의 그 질문을 무시하고 사토코가 물었다.

"맥주, 더 마실래?"

"아니, 시원한 물이나 한 잔 줘. 그리고 밥은 됐어. 배고 프지 않아."

"보리차가 있어."

자리에서 일어나 냉장고를 열려다가 생선이 아직도 도마 위에 있는 것을 깨달았다.

"한창 더위는 지났지만 그래도 아직 여름은 여름인가 봐. 잠깐 사이에 벌써 상한 냄새가 나네, 이 생선. 아니면… 처음부터 상한 생선이었나?"

사토코는 코를 가까이 대보고는 얼굴을 찌푸리며 버려야겠다고 중얼거리고, 음식물 쓰레기통에 한 조각도 남기지 않고 쓸어 넣었다. 남편은 그 사이에 자신이 직접 보리차 병을 꺼내 컵에 따르려 하고 있었다.

"아니, 그건 빈 병이야."

사토코는 얼른 다가가 남편이 손에 든 초록색 병을 빼앗았다. 7월 초에 선물로 들어온 와인의 세련된 병 모양이 마음에 들어서 라벨까지 그대로 붙여둔 채 보리차 병으로 쓰고 있었다.

사토코는 냉장고에서 투명한 물병을 꺼내 새 컵에 보리차를 따라 남편 앞에 내밀었다.

"그날, 내가 나오코의 사체를 발견하고 경찰에 연락한 다음이었어. 이 식탁에 컵 네 개가 나와 있는 걸 본 게."

사토코는 다시 의자에 앉아 그렇게 이야기를 시작했다.

"뭔가 이상하다고 생각했어. 유키코가 나오코를 맡기고 간 뒤에, 나오코와 가요와 내가 보리차를 마셨고 그 컵을 씻어둘 새가 없어서 그대로 두고 치과에 갔었는데 돌아와 보니까 컵 하나가 더 나와 있었어. 그 컵에도 보리차가 조금 남아 있었고. 게다가 자세히 보니 희미하기는 하지만 분명하게 흙과 손가락 흔적이 있었어. 그걸 처음 봤을 때부터 범인의 손자국이라고 짐작했어."

"…"

"냉장고를 열어 보니까 와인 병 쪽의 보리차가 부쩍 줄어들었더라. 범인이 나오코를 땅에 묻은 뒤에 목이 말라 뭔가 마실 것을 찾아 냉장고를 열고 보리차를 마신 거였어."

한여름 무더운 날씨였다. 햇볕이 쨍쨍한 가운데 그런 작업을 했다면 땀이 쏟아졌을 것이고 범인은 심한 갈증을 느꼈을 것이다…. 그래서 냉장고를 열어 병을 꺼냈고 선반에 있던 컵을 내려다 보리차를 마셨다…. 범행 직후의 일이었

기 때문에 범인은 상당히 혼란에 빠져 있었을 것이다. 보리
차를 마신 뒤에 지문이 묻은 컵을 그대로 두고 집을 뛰쳐나
갔다….

"그렇다면 다케히코 씨가 범인이라는 건 앞뒤가 맞지
않아. 그때도 냉장고에는 보통 물병과 와인 병, 두 군데에 보
리차가 들어 있었어. 이 집안사람이 아닌 외부 사람이라면
당연히 보통 물병을 꺼냈겠지. 그 와인 병은 누가 봐도 와인
이 들어 있는 것으로 보였을 테니까."

"와인을 마시려고 했을 수도 있잖아."

"다케히코 씨는 술은 전혀 못 해. 그 와인 병을 보리차 물
병으로 쓴다는 걸 아는 사람은 이 집안사람뿐이야. 게다가
지문이 묻은 잔을 그대로 두고 간 것도 자기 집이기 때문에
깜빡 방심한 것이겠지…. 범인은 다케히코 씨가 아니야. 다
케히코 씨는 이 집안사람이 아니니까."

"…."

긴 침묵 뒤에 류스케가 물었다.

"당신이 경찰에 전화를 걸어 말했다는 증거라는 게 그
거야?"

"응."

"하지만 그 증거는 이미 없어졌을 텐데?"

사토코는 고개를 가로저었다.

"그날, 이 집안의 누군가가 한 짓이라고 생각해서 와인
병은 씻었지만 컵은 찬장 한쪽에 감춰뒀어. 지금도 정원의
흙과 범인의 지문이 묻은 채 저기에 있어."

사토코의 시선을 따라 류스케는 곧바로 등 뒤의 찬장을

돌아보았다. 유리컵이 늘어선 곳을 그의 시선이 더듬고 있었다.

"컵을 처음 봤을 때, 범인은 아버님이라고 생각했어. 흙과 손가락의 흔적이 남아 있는 위치를 보고 금세 알았거든. 아버님, 컵을 이상하게 잡으시니까."

컵 아래쪽을 바닥에서부터 감싸듯이 잡은 남편의 손을 빤히 바라보며 사토코는 말했다.

"당신이 지금 잡고 있는 그런 식으로. 부자간이라서 컵을 잡는 방법도 똑같네."

류스케는 그런 버릇을 지금 처음 깨달았는지 잠시 자신의 손을 의아한 눈빛으로 지켜보았다. 이윽고 그 손이 파르르 떨리고 컵 안의 보리차도 함께 흔들렸다.

그래도 류스케는 그 손을 마치 남의 것처럼 무표정한 눈으로 멀찌감치 바라보고 있었다. 어린 소녀를 교살한 순간을 자신의 손이 제멋대로 떠올리고 파르르 떨고 있다는 듯이….

"그렇다면 왜 아버지가 아니라 나를 의심하지 않았지?"

"사건 직후에는 분명 아버님이라고만 생각했으니까. 게다가 그때는 아직 당신에게 나오코를 죽일 만한 동기가 있다는 것도 알지 못했어…. 일주일이 지나서야 나오코의 진짜 아버지가 누구인지 알았거든. 그때부터야, 컵에 남은 지문이 당신 것인지도 모른다고 의심하게 된 것은."

"…."

"게다가 사건이 있던 날, 치과에 갔을 때 당신에게 잠깐 볼일이 있어서 회사에 전화를 걸었는데 당신은 받지 않았

213

어. 경찰에서 당신을 전혀 의심하지 않았으니까 당신, 알리바이 같은 건 신경도 안 썼지?"

류스케의 손이 좀 더 심하게 파르르 떨렸다. 사토코는 손을 내밀어 그런 남편의 손목을 잡아주었다.

사건으로부터 일주일이 지난 그날 밤에도 그랬다. 그날 밤, 살인 사건의 기척이 아직 생생하게 남아 있는 어둠 속에서 남편은 옆자리에 누운 사토코에게 손을 내밀었다. 사토코의 어깨를 껴안는 남편의 손은 희미하게 떨리고 있었다…. 그 떨림을 온몸으로 빨아들이며 사토코는 나오코를 죽인 것이 이 손인지도 모른다고 생각했다. 낮에 자신의 짤막한 말실수에 여동생 유키코가 이상한 반응을 보였고, 그 순간 사토코는 비로소 남편과 여동생의 관계를 단번에 깨달은 것이다.

'나오코의 진짜 아빠는 내 남편 류스케…. 유키코의 진짜 불륜 상대는 내 남편 류스케…. 유키코는 다케히코 씨뿐만 아니라 언니인 나까지 배신했어…. 그 유리컵의 지문은 아버님 것이 아니라 류스케의 것일 수도 있어….'

낮에 유키코의 바짝 얼어붙은 얼굴을 지켜보며 가슴속으로 중얼거렸던 말을 그 어둠 속에서 새삼 중얼거리며 사토코는 남편의 손을 자신의 손으로 꽉 움켜잡았던 것이다. 남편과 잠자리를 하고 싶은 마음은 전혀 없었지만 그 손만은 자신의 손으로 감싸서 떨림을 진정시켜주고 싶었다.

벌써 몇 년째 남편에 대해 다정한 마음이라고는 가져본 적이 없었는데 그가 나오코를 살해한 잔인한 범인인지도 모른다고 의심하기 시작하자마자 갑작스럽게 왜 다정한 마음이 생겨나는지, 사토코는 알 수가 없었다.

바짝 마른 우물처럼 텅 비고 금이 간 가슴에 샘물처럼 솟아난 그 다정함은 사토코의 손을 타고 흘러나와 상혼이 생생하게 남은 남편의 손을 부드러운 붕대처럼 감쌌다. 남편뿐만 아니라 죽은 나오코에 대해서도 사토코는 그야말로 순수하게 다정한 마음이 생겨났다. 지금이라면 그 아이를 가요와 똑같이 다정하게 안아줄 수 있다…. 지금이라면…. 하지만 한 달 전의 그날은 그런 다정한 마음을 가질 수 없었다. 나오코가 류스케의 자식인 줄 아직 알지 못하던 때였다. 그런데도 사토코는 그 아이가 싫었다. 가요보다 예쁘고 가요보다 얌전하고 가요보다 영리한 그 아이가 싫었다. 유키코의 성격과는 전혀 다른데도 마치 그 아이를 내세워 '내가 언니한테 이겼어'라고 소리치는 것 같았다….

하지만 내가 그 아이를 죽인 건 그것 때문이 아니야…. 거기에는 또 다른 이유가 있었어.

내가 죽였다고?

그럴 리 없다. 류스케가 그 아이의 진짜 아빠라는 걸 알았을 때부터 나는 류스케가 범인이라고 생각했다. 나는 아이를 죽이지 않았다. 하지만… 죽이려고 했다고는 말할 수 있을지도 모른다…. 아니, 틀림없이 그 아이를 죽이려고는 했었다.

여름 태양이 하얀 빛의 흉기처럼 이 낡아빠진 집을 무너뜨리기 시작하던 무렵부터 나는 분명하게 그 아이를 죽이려는 마음을 품었다. 내 안에서 싹트고 이 여름 태양 빛을 받아 성큼 자라버린 그 살의를 류스케의 몸이 빨아들여 그날 그가 아이를 죽이고 만 듯한⋯ 그런 기묘한 일이 일어난 듯한 마음이 들었다. 적어도 지금 이 순간에는⋯ 그래서 내가 그 아이를 죽였다고 해도 무방한 것이다.

우리는 각자 서로 다른 이유에서 그날 죄 없는 나오코를 죽였다⋯. 서로 상대가 공범자라는 것을 깨닫지 못한 채, 그리고 부부로서는 손을 맞잡지 못했지만 그 아이를 죽인 범죄자로서는 손발이 잘 맞는 공범이 되어서, 여태껏 없었던 다정함을 느끼며 지금 이렇게 손을 맞잡고 있다⋯.

서로의 눈을 피하며 두 사람은 잠시 손을 잡고 있었다.

밤은 여전히 고요했다.

"다케히코가 나를 감싸주려고 자수하러 갔다는 거야? 하지만 다케히코는 나를 미워했을 텐데⋯ 근데 왜 나를 감싸주지?"

손의 떨림이 가라앉기를 기다려 류스케가 물었다.

"당신을 감싸주려는 게 아니야. 나를 구해주려고 한 거야. 나와 가요를⋯. 아버지가 잔인한 살인 사건의 범인으로 체포되면 이 집은 엉망이 돼. 내 인생과 가요의 장래도."

"그래도⋯."

"그 사람⋯ 다케히코 씨는 자신을 책망하며 괴로워하고 있었어. 나오코가 누구 아이인지 알았을 때부터 아무 죄도 없는 나오코를 미워했던 자신을. 그 사람은 결혼식 날 밤에 이미 유키코가 자신을 배신한 것도, 그 상대가 누구인지도 알았어. 그때부터 오늘까지 그런 마음을 얼굴에도 말 한 마디에도 내비친 적이 없었지만 분명 죽을 만큼 고통스러웠겠지⋯. 다케히코 씨는 절대로 누구를 죽일 만한 사람이 아니

야. 자신의 고통을 해결하자고 남을 희생시킬 사람이 아니
란 얘기야. 그러느니 차라리 자기 자신을 죽음으로 몰아넣
을 사람이지. 이번 일도 자수라기보다는 자살 행위야, 그 사
람에게는. 하지만 내가 아무리 말해도 당신은 다케히코 씨
를 이해하지 못할 거야. 당신은 다케히코 씨와는 너무도 다
르니까."

　"다케히코는 왜 당신을 구해주려는 거지?"

　사토코는 고개를 저었다.

　자기도 모르겠다는 뜻인지, 아니면 알고는 있지만 대답
하고 싶지 않다는 뜻인지, 사토코 스스로도 잘 알 수 없었다.
하지만 고개를 저은 순간, 다시 눈물이 쏟아졌다. 그 눈물이
조금 전 같은 더러운 눈물이 아니라는 건 사토코도 잘 알았
다. 금세 흘러넘친 눈물은 형광등 불을 반사하며 빛의 잔재
가 되었다. 그것이 오늘 오후 다케히코와 얘기할 때 정원에
아직도 남아 있던 여름 햇빛을 닮았다고 사토코는 생각했다.

　그 눈물이 남편의 시선에는 대답으로 비쳤던 것이리라.

　"다케히코가 당신을 사랑했어?"

　그렇게 물었다.

　몇 초쯤 지난 뒤에 사토코는 고개를 끄덕였다.

　"당신도 다케히코를 사랑해?"

　"응."

　"그렇다면 왜 다케히코의 자수를 막지 않았지? 진짜 범
인을 알고 있었다면서."

　"당신이 돌아오기를 기다려 당신 입으로 진실을 듣고
싶었어. 나는 당신이 나오코를 죽여 정원 흙구덩이에 묻었

다고 의심하고 있어. 우리 집에서 나오는 것을 목격한 하얀 셔츠의 젊은 남자라는 건 아마 당신이겠지. 당신은 그날 흰 색 와이셔츠를 입었고 머리칼이 약간 흐트러지면 아직 충분히 젊어 보이니까. 하지만 한 가지 알 수 없는 점이 있었어. 당신이 그날 그 시각에 왜 집에 돌아왔는지… 처음부터 나오코를 죽일 작정으로 온 건 아닐 거야. 나오코를 혼자 남겨두고 간 건 치과에 가기 직전에야 정해진 일이니까… 그 밖에도 당신에게 직접 물어봐야 할 것들이 있었어. 그래서 일단 다케히코 씨를 보낸 뒤에 경찰서에 그 사람이 하는 말은 믿지 말라고 전화로 연락했어… 그리고 당신이 돌아오기를 내내 기다렸고."

아직 눈물로 흐려진 시야에 다케히코의 얼굴이 떠올랐다. 몇 시간 전에 현관을 나가면서 문득 돌아보던 한순간의 그 얼굴이 눈앞을 스치듯이 떠올랐다가 사라졌다. 뭔가 깜빡 잊어버리고 나간 사람처럼 걱정스러운 얼굴로 돌아보더니 거기에 사토코가 있다는 것을 발견하고는 안도한 듯 웃었고 그 웃음이 끝나기 전에 등을 돌렸다.

한순간의 그 눈빛의 의미를 사토코는 알지 못했다. 다만 다케히코가 그런 눈빛을 보이지 않았다면 자신은 그가 경찰서에 가지 못하게 붙잡았을 것이고 진짜 범인으로 누구를 의심하고 있는지도 말해줬을 것이다. 하지만 그 순간에도, 누구든 저런 눈빛을 받으면 설령 그가 경찰서가 아니라 죽으러 가는 것이라 해도 차마 가로막지 못할 거라고 생각했다. 그렇게 현관 유리문을 닫고 멀어져가는 발소리를 들으며 자신은 앞으로 그 눈빛의 의미를 생각하면서 평생 괴로

위하게 될 거라고 예감했다…. 그렇다, 그건 이미 알고 있었
던 것이다.

"나는 당신이 직접 말해주기를 기다렸어. 나오코의 아
빠가 누구인지, 그 아이를 죽인 게 누구인지…. 나를 위해서
가 아니야. 다른 누구보다 죽은 나오코를 위해서…. 당신이
거짓말로 나나 다른 사람들을 속인다면 나오코는… 나오코
는, 참혹하게 살해된 데다 더욱 더 끔찍한 상처를 입을 테니
까."

사토코의 말에 류스케는 한숨과 함께 대답했다.

"아무튼 이렇게 연락을 기다리는 것보다 내가 지금 경
찰서에 가보는 게 좋겠다."

류스케는 자리에서 일어나 방으로 향하면서 사토코에
게 물었다.

"새 셔츠, 양복 서랍에 있지?"

사토코는 남편의 뒤를 따라갔다.

류스케는 양복 서랍을 열어 하얀 셔츠를 챙겨 입고 침착
한 손놀림으로 넥타이를 매기 시작했다.

문지방 앞에 선 채로 사토코가 말했다.

"자수하려고?"

"아니, 나는 죽이지 않았어. 분명 그날 당신이 없는 사이
에 내가 집에 왔고, 나오코의 사체를 땅에 묻기도 했어….
하지만 죽이지는 않았어. 당신은 죽인 사람과 사체를 정원
에 묻은 사람이 각각 다르다는 가능성은 생각하지 못했지?"

"…."

"내가 죽이지 않았다는 건 간단히 증명할 수 있어. 완벽

한 증인이 있으니까. 하지만 사체를 묻은 죄가 있으니까 오늘 밤 안으로는 아마 돌아오지 못할 거야."

출장을 떠날 때와 다름없는 평소의 목소리였다.

"증인이라니, 다케히코 씨?"

"아니, 다케히코는 그날 이 집 근처에도 오지 않았을 거야. 그건 모두 범인을 감싸주기 위한 거짓말이야…. 만일 이 집에 왔었다면 다케히코도 중요한 증인이 되겠지만."

"그럼 당신이 말하는 증인이라는 건 누구야?"

"히라타라는 대학생이야. 그날 유키코와 호텔에 함께 있었다는 그 대학생. 그날 나는 히라타가 나오코를 죽인 직후에 이 집에서 그자를 목격했어…. 히라타도 나를 봤고."

양복 상의를 걸친 뒤에 류스케는 몸을 돌려 사토코를 바라보았다. 창백해진 얼굴로 우두커니 서 있는 아내를 그는 분노와 가련함이 뒤섞인 눈으로 바라보며 이렇게 말했다.

"다케히코가 당신이나 이 집을 지키기 위해 자수했다고? 당신, 정말로 그런 어이없는 말을 믿었어? 다케히코가 당신을 사랑한다고? 아니. 그건 당신 혼자 착각한 거야. 다케히코가 정말로 지키고 싶었던 건 당신도 아니고 물론 나도 아니고… 당신 여동생이야. 다케히코가 정말로 사랑하는 사람도 그 여자라고…."

9

그때 아내 사토코는 입술을 깨물며 뭔가 이상한 맛이 나는 음식을 입에 넣은 것처럼 미간을 찌푸렸다.

자신이 저지른 실수를 깨닫고 화가 난 것처럼도 보이고 웃는 것처럼도 보이는, 뭔가 어중간한 표정이었다. 결혼해서 아직 얼마 안 되었을 때, 아내가 요리의 간을 잘못 맞춘 적이 있었다.

"이거, 설탕이 아니라 소금을 넣은 거 같은데?"

내가 말하자 아내는 맛을 확인해보고는 지금과 똑같은 표정을 지었다.

벌써 십 년 전 일이지만 나는 똑똑히 기억하고 있다.

그 직후에 내가 했던 말도.

"당신은 항상 애매하게 웃기만 하는 사람이라서 슬픈 건지 기쁜 건지 알 수가 없는데 자신이 실수한 걸 알았을 때만은 아주 독특한 표정을 짓네?"

아마 아내는 그때 "어떤 표정?"이라고 되물었고, 나는 "지금 바로 그 표정"이라고 대답하며 웃었을 것이다.

나 역시 어머니에게서 "회사 서류를 얼굴에 붙인 것처럼 무표정한 아이"라는 말을 자주 듣는 사람이라서 아마 얼굴에도 목소리에도 드러내지 않고 그저 가슴속에서만 웃었는지도 모르지만.

그리고 그 농담의 속편처럼 내가 다시 이런 말을 하면서 웃었던 것도 기억난다.

"나하고 결혼하던 날도… 그래, 결혼식 날 아침에도 지금과 똑같은 표정이었어."

십 년이 지나서도 아내는 여전히 자신의 실수를 깨닫고 똑같은 표정을 보였다.

하지만 아내가 깨달은 것은 어느 쪽 실수일까.

나오코를 죽인 사람이 자신의 남편이라고 의심했던 것?

아니면 다케히코가 사랑하는 사람이 자신이라고 착각했던 것?

두 가지 다 사토코가 범한 중대한 실수였다. 나는 나오코를 죽이지 않았고, 다케히코가 사랑한 건 유키코였다.

다케히코는 그 사건을 저지른 사람이 유키코라는 것을 알고 있다. 내가 아는 것과 똑같이 알고 있다. 그래서 유키코를 감싸주려고 경찰에 자수하러 간 것이다. 결코 동서지간인 나를 감싸주기 위해서도 아니고, 사토코와 그 가정을 지켜주기 위해서도 아니다.

나 역시 지금 경찰서에 나가 사건의 진상을 모두 털어놓을 생각이다. 하지만 경찰에게 어디까지 얘기해야 좋을

지…. 아니, 그보다 '어디서부터' 이야기해야 좋을지….

칠 년 전 나와 유키코가 관계를 가진 날 밤의 일까지 거슬러 올라갈 필요는 없을 것이다. 나와 유키코의 관계, 그리고 나오코가 실은 내 아이라는 건 이미 다케히코의 입을 통해 경찰에 알려져 있을 터였다.

게다가 칠 년 전 그날 밤의 일은 이제 와서는 아무 의미도 없었다.

그 첫 번째 날 밤조차 나와 유키코의 관계는 아무 의미가 없는 것이었다. 신주쿠의 호텔방에서 나는 유키코의 몸에서 벗어나 담배를 피우면서 이 여자를 품은 것은 그 매력적인 육체만이 유일한 이유라는 걸 뻔히 알고 있었고, 나를 털끝만큼도 사랑하지 않는다는 것도 잘 알고 있었다.

역시 사건이 일어난 그날의 일부터 말하는 게 나을 것이다. '그날 나는 낮 12시 정각에 회사를 나와 곧장 신주쿠 호텔로 갔습니다'라는 식으로….

그렇다, 그날 나는 낮 12시 조금 전에 그날이 목요일이라는 게 퍼뜩 생각났다. 그래서 점심시간이 되기를 기다렸다.

"식사하러 나간 김에 잠깐 찻집이나 영화관에 들러 쉬고 와야겠어. 날이 너무 더워서 간밤에 한숨도 못 잤거든. 3시에 거래처 손님이 오기로 했으니까 그때까지는 돌아올게."

그런 말을 남기고 회사를 나와 곧장 신주쿠의 호텔로 향했다.

목요일이라서 유키코가 나오코를 우리 집에 맡겼을 거라는 게 생각난 것이다. 지난 4월에 아내가 "유키코가 문화센터에 다니려고 매주 목요일마다 두세 시간 나오코를 우리 집에 맡길 거래"라고 말했을 때부터, 아니, 좀 더 정확히 말하면 6월 말에 아내가 다시 "금세 싫증이 나서 관둘 줄 알았는데 아직도 문화센터에 다니고 있어. 꽤 재미있는가봐"라고 중얼거렸을 때부터 나는 유키코에게 또다시 남자가 생겼다고 짐작하고 그 현장을 잡으러 간 것이었다.

그 호텔은 우리가 자주 이용하던 곳이었다. 분명 새로 사귄 남자와도 같은 호텔에 드나들 거라고 나는 생각했다. 나와 관계를 맺은 바로 그 호텔에서 나를 배신하는 것이 유키코에게는 견딜 수 없이 재미있는 자극인 것이다. 육 년 전 다케히코와 결혼한 날 밤에도 유키코는 처음에 하코네의 같은 호텔을 원했다….

"아이, 괜찮아, 바로 옆방이라도 절대로 들킬 염려는 없거든?"

그런 말까지 했지만, 아무리 그래도 같은 호텔만은 싫다고 내가 거절했던 것이다.

그런 의미에서는 유키코는 언니 사토코와는 달리, 얇은 유리판처럼 머릿속에 무엇이 들었는지 금세 파악되는 여자다. 제 몸이 명령하는 대로, 본능이 명령하는 대로, 타성과 충동에 의해서만 살아간다.

유키코의 몸에서 나는 유리로 만들어진, 아름답지만 맹렬한 야수를 감지하곤 했다. 짐승의 손톱으로 적을 할퀴고 마구 공격하고 싶어 하는 몸뚱이였다. 유키코 자신은 그 손톱을 은밀히 뒤에 숨어서 갈고 있다고 생각하겠지만, 유리 같은 몸속에 감춰진 손톱은 훤히 내다보였다. 칠 년 전, 단순히 언니에 대한 적개심 때문에 언니의 남편인 나를 유혹해

함락시킨 여자다. 그러고는 좀 더 큰 승리를 위해 나와의 사이에 아이까지 갖고 싶어 했던 한 마리의 짐승은 제 몸을 지키는 본능도 뛰어나서 머지않아 내 아이를 임신할 날을 위해 그 아이의 아빠가 되기에 적합한 남자를 선택해 결혼했다….

나와의 관계가 칠 년이나 이어진 것은 타성 이외의 아무것도 아니었다. 유키코는 어렸을 때부터 다양한 점에서 자신보다 뛰어난 언니를 미워했다. 그 증오심은 이미 유키코의 감정이라기보다 습관 같은 것이었다.

성인이 되면서 유키코는 언니에게 이길 수 있는 것을 딱 한 가지 갖게 되었다. 그저 존재하는 것만으로도 남자를 충동질하는 몸…. 그녀를 유리라고 한다면 아직 녹아 있는 상태의 뜨겁고 유연한 액체 유리였다. 남자를 갖고 놀듯이 마음껏 꿈틀거리며 형태를 바꾸는 몸. 그 몸을 무기로 유키코는 언니가 가진 것을 빼앗으려고 했다. 언니가 가진 것이라면 무턱대고 탐하는 그 도벽 같은 습성은 아주 어렸을 때부터 형성된 것이었다. 지난 칠 년 동안 유키코는 나를 사랑했다기보다 그 악질적인 습성에 제 몸과 마음을 내맡긴 것뿐이었다. 나를 정말로 사랑한 일 따위는 단 한 번도 없었다. 그 증거로, 나와의 관계를 지속하면서도 다케히코라는 남편을 만들었고 그 밖에도 수많은 남자들을 만났다.

칠 년이 지났는데도 나는 아직껏 유키코의 몸에 싫증이 나지 않았다. 하지만 동시에 유키코와의 관계가 그만 지긋지긋해져서 이번에야말로 유키코와의 관계를 끊기로 마음먹었다.

아내와 다케히코를 계속 배신해야 하는 것에 나도 어지간히 지쳐 있었다. 신혼여행을 온 신부와 바로 옆방에서 관계를 맺는 것에 가책을 느낄 만큼의 양심은 내게도 남아 있었다. 그런데도 그 뒤 육 년 동안이나 다케히코와 사토코의 바로 옆에서 계속 유키코와 관계를 맺어왔다.

그리고 마침내 그 관계를 끝장내기 위해 그날 신주쿠의 호텔로 향한 것이었다.

유키코와 새 남자가 뒹구는 현장을 잡고 그걸 빌미로 헤어지자는 얘기를 꺼낼 생각이었다. 그렇게라도 하지 않으면 유키코는 결코 헤어지려고 하지 않을 터였다. 일이 이렇게 된 건 유키코가 나를 털끝만큼도 사랑하지 않는다는 게 가장 큰 원인이었다. 나를 조금이라도 사랑했다면 싫증을 내는 날도 반드시 찾아왔을 테지만, 언니에 대한 습관적인 증오 때문에 내 몸을 이용한 유키코는 그 증오가 계속 이어지는 한, 나를 그 손아귀에서 내놓으려 하지 않았다. 평생 처음으로 언니에게서 빼앗아내는 데 성공한 귀중한 물건을 그리 쉽게 내놓을 리 없었다. 그런 점에서도 유키코라는 여자는 훤히 속이 보였다. 적어도 내 눈에는….

그래서 호텔 로비 커피숍 구석 자리에 앉아서 기다린 지 오 분여 만에 유키코가 젊은 남자와 몸을 맞대다시피 회전문을 통해 들어오는 모습을 봤을 때도 나는 딱히 놀라지 않았다. 유키코는 체크인을 마치고 그 젊은이를 껴안은 채 익숙한 걸음으로 엘리베이터로 향했다. 한쪽 손으로 호텔방 키를 풍차처럼 빙빙 돌리고 있었다. 마주치는 사람들에게 일부러 보여주려는 듯이…. 사실 일부러 보여준 것이었다.

유키코 같은 여자에게 젊은 남자와의 호텔방 정사는 어떤 명품보다 자랑스러운 브랜드인 것이다. 함께 온 남자는 얼굴이나 차림새는 평범하지만 키가 크고 다리가 길고 스스로도 주체하지 못할 만큼 젊음이 넘치는, 그야말로 몸 말고는 아무 내세울 것도 없는 사내여서 유키코에게 안성맞춤의 장식품이었다.

두 사람이 엘리베이터 안으로 사라지고 나는 오 분쯤 지난 뒤에 그들의 호텔방에 쳐들어가기로 했다. 그 오 분 동안 유키코가 사내놈을 어떤 말로 유혹할지 상상하면서 칠 년 전 유키코가 나를 유혹하던 날 밤을 떠올리고 있었다. 그때 내가 앉았던 커피숍 구석 자리가 우연히 칠 년 전에 처음으로 아내 사토코 없이 유키코와 단둘이 만난 곳이었기 때문이다.

그날 오후에 유키코가 어떤 목소리로 회사에 전화를 걸었는지, 그것까지 금세 떠올릴 수 있었다.

"형부~."

애교 넘치게 말끝을 늘여가면서 나를 부르더니 유키코는 갑자기 절박한 목소리로 말했다.

"형부한테 꼭 상의할 게 있는데 오늘 밤에 시간 좀 내주면 안 될까?"

나는 그 목소리 어디선가 메마른 분위기가 느껴져서 분명 돈을 빌려달라는 얘기일 거라고 짐작했었지만, 그건 어떤 의미에서는 맞는 예감이었다. 돈 얘기는커녕 유키코가 그 커피숍 구석 자리에서 꺼낸 말은 어느 유부남을 사랑하게 되었다는 절실한 연애 상담이었다. 하지만 몹시 간절하다는 듯이 입에 올린 그 '사랑'이라는 말에서는 오히려 사랑의 가치 따위는 돈다발 숫자로 가늠할 수 있다는 듯한 타산적인 냄새가 감지되었던 것이다.

게다가 에둘러가며 슬슬 나를 공략할 생각이었겠지만 그녀가 말하는 '유부남'이 나라는 것도 뻔히 눈치챌 수 있었다. 딱히 생김새에 자신이 있는 건 아니지만 내 얄팍한 입술이나 어머니가 자주 말했던 '입원실 벽처럼 하얀 피부'가 풍기는 차가운 인상이 유키코처럼 감정과 욕망만으로 살아가는 동물적인 여자를 묘하게 자극한다는 것은 결혼 전의 약간의 여성 편력만으로도 잘 알고 있었다. 하지만 전혀 아무것도 모르는 척하면서 나는 이렇게 물었다.

"혹시 그 남자가 지금 다니는 회사의 상사?"

유키코가 고개를 가로젓기를 기다려 넌지시 몇 마디를 던져보았다.

"누군지 모르지만 참 한심한 남자로군. 유키코처럼 인기 있는 아가씨가 다른 남자는 거들떠보지도 않고 이렇게 좋아해 주는데 그걸 알아차리지도 못하다니."

그러고는 곧바로 "아, 그게 아닌가"라고 말을 바꾸었다.

"나쁜 사람은 오히려 유키코 쪽인지도 모르겠어. 그 남자도 유키코에게 마음이 있는데 아직 한창 젊은 유키코 같은 아가씨가 유부남에게 관심을 가질 리 없다고 지레 포기한 거 아닌가? 내 나이대의 남자들은 대부분 그렇지. 적극적으로 젊은 여자에게 다가가기가 어려워. 그러니까 용기를 내서 그 사람에게 일단 고백해보는 건 어떨까. 분명 좋은 대답이 돌아올 테니까."

그때의 대화는 해묵어도 버릴 수 없는 중요한 계약서처

럼 자세히 기억이 난다. 유키코는 잠시 내 얼굴을 관찰하듯
이 바라보다가 이렇게 말했던 것이다.

"그럼 대답해줄래? 방금 그이에게 내 마음을 말했으
니까."

테이블 너머로 눈의 초점을 정확히 내 얼굴에 맞추면서
한 말이었다. 그건 그야말로 여유 있는 성인 여자의 계산속
깊은 눈빛이었다. 나는 그것과 똑같은 눈빛으로 마주 보며
대답했다.

"대답? 방금 대답하지 않았나?"

내가 조금도 놀라지 않자 유키코는 김이 샌다는 듯 피식
웃었다.

"아이, 뭐야, 형부. 자기인 줄 다 알고 있었어?"

나도 숨을 내쉬듯이 웃었다. 그때 둘이서 나눈 미소는
공범자끼리 계약서에 찍은 간인 같은 것이었다.

"백 퍼센트 나라고 생각한 건 아니야. 유키코가 유부남
이라고 말했고 알다시피 나는 아내는 있지만 아직 아이는
없으니까."

"아니, 형부는 아내도 있고 아이도 있어. 아직 언니한테
얘기 못 들었어? 언니 임신했는데? 나는 벌써 지난주에 들
었어."

"엇, 나는 아직 못 들었어. 왜 나한테 아무 말 안 했지?"

그러고는 문득 짚이는 게 있어서 마음속으로 '아, 그렇
구나'라고 중얼거렸다.

아내 사토코가 임신을 내게 곧바로 말하지 않은 것에는
그리 큰 이유는 없었다. 일이 좀 더 확실해진 다음에 말해야

겠다는 생각에 잠시 미룬 것일 터였다.

　내심 고개를 끄덕인 것은 어째서 유키코가 갑작스럽게 내게 추파를 던지는지, 어째서 유키코가 말한 '사랑'에서 타산적인 면이 감지되었는지, 그 이유를 사토코의 임신 얘기로 드디어 깨달았기 때문이었다. 유키코는 나를 사랑하는 게 아니었다. 내가 아내를, 자신의 언니를 배신하게 하려는 것뿐이었다. 이 여자의 풍만하고 매끄러운 몸에는 언니에 대한 경쟁심과 질투심이 세균 뭉치처럼 똬리를 틀고 도사리고 있어서 오로지 제 언니에게서 나를 빼앗으려는 생각뿐이었다. 게다가 언니가 임신 중이라면 남편의 배신은 훨씬 더 효과가 커서 그녀의 경쟁심과 허영심을 크게 만족시킬 게 틀림없었다.

　참으로 막돼먹은 여자였다.

　하지만 내 이성이 아무리 안 된다고 소리쳐도 내 몸은 여자의 그런 제멋대로의 승부욕을 오히려 즐거운 자극으로 반기고 있었다.

　주위에서는 나를 여자 문제로 어리석은 잘못을 범하지 않을 남자라고 생각했고 나 스스로도 그렇게 믿어왔다. 하지만 그런 믿음이야말로 어리석은 착각이라는 것을 그때 유키코의 몸을 마주하고 처음으로 알았다. 하지만 나는 잘못을 범한 게 아니었다. 그저 져주었을 뿐이다. 욕망을 불러일으키는 한 여자의 몸에 다른 보통 남자들처럼 그냥 져준 것뿐이다. 그때도 내가 접시에 담긴 파스타를 별 의미도 없이 포크로 뒤적거리다가 그 손을 멈추고 입가에 갈색 소스가 묻은 것 같아 천천히 혀로 핥았더니 유키코는 벌써 내 품에 안긴 것처럼 입을 헤벌리고 쳐다보았다.

둘의 관계는 그런 식으로 시작되었다. 거기 어디에도 사랑은 없었다. 그런데도 칠 년이 지난 지금, 나는 왜 유키코를 잃는 것을 이토록 두려워하고 있는가.

유키코가 나를 사랑하지 않는다는 건 그날 밤에 이미 알았다. 머지않아 내게 싫증이 나서 다른 젊고 매력적인 남자로 갈아타리라는 것도 쉽게 예상할 수 있었다. 그런데도 왜 나는 유키코에게 버림받은 것을 인정하지 않고 마치 감시라도 하듯이 칠 년 전과 똑같은 이 자리에 앉아 있는 것인가….

미련이란 사랑이 지나간 뒤에 남는 발자국 같은 것이다. 처음에는 사랑 따위 없었는데 칠 년이 지난 지금, 그 발자국만 살아 있는 화석처럼 선명하게 남아 있었다.

정확히 오 분 뒤에 나는 커피숍을 나와 로비의 관내 전화를 찾았다. 이제 슬슬 유키코가 침대에 올라갈 때쯤이다…. 그때를 노려 그 방에 전화를 걸기로 한 것이다. 내가 지금 로비에 와 있다, 할 말이 있으니 잠깐 내려와라, 싫다면 직접 그 방으로 올라가겠다, 라고 말할 생각이었다. 유키코는 투덜거리면서도 다시 옷을 주워 입고 내려올 것이다. 그러면 헤어지자고 다그치고, 협박 비슷한 내 말에 유키코는 고개를 끄덕일 수밖에 없을 것이다….

나는 매사에 정해진 순서대로 일이 진행되는 것을 좋아하는 성격이다. 7페이지 다음에 3페이지가 나오는 식의 서류를 보면 속이 탄다. 하지만 세상일이 항상 내가 원하는 순서대로 진행되지는 않는다. 지하로 내려가는 에스컬레이터 옆에 전화가 있어서 그쪽으로 가려는데 유키코와 함께 올라갔던 젊은이가 엘리베이터에서 혼자 내리는 게 눈에 들어왔다.

젊은이는 빠른 걸음으로 로비를 가로질러 호텔 밖으로 나갔다. 나는 반사적으로 그 뒤를 쫓아갔다. 젊은이는 호텔 근처 지하철역으로 내려가 플랫폼 한쪽에서 기다리며 휴대전화로 누군가에게 전화를 걸고 있었다.

아마 친구와 통화하는 모양이었다. 나는 약간 떨어진 곳에 서 있었지만 주위를 아랑곳하지 않는 그 젊은 녀석의 말소리 덕분에 통화 내용을 죄다 들을 수 있었다.

덕분에 그의 이름이 '히라타'라는 것, 그리고 대학생이라는 것을 알았다.

"나? 요즘 아르바이트 때문에 정신없어. 좀 귀찮은 일거리야. 지금 고엔지 쪽에 가는 길."

통화 마지막에 그가 하는 말을 듣고, 나는 혹시 유키코의 부탁으로 우리 집에 가는 게 아닌가 하는 생각이 들었다. 하지만 무엇 때문에?

나오코라면 우리 집에 있을 텐데…. 그렇다면 나오코에게 뭔가 말을 전하러 가는 건가.

십 분 뒤, 신코엔지 역을 나가 그자가 메모지 같은 종이쪽을 손에 들고 내가 아침저녁으로 드나드는 길로 들어서는 것을 보고, 이제 틀림없다고 생각했다.

그가 집 앞의 마지막 모퉁이를 돌아들었을 때, 나는 거기서 한참 떨어진 곳에서 발을 멈췄다. 그때까지만 해도 아내와 딸이 치과에 간 것은 알지 못했기 때문에 굳이 집 안까지 따라가는 건 득책이 아니라고 생각했다. 그래서 그가 나올 때까지 기다리기로 했다. 하지만 일 분도 안 되어 한게가

왔다. 중천에 뜬 해가 온 동네의 더위를 막다른 골목으로 몰아붙여서 나는 어디로도 피할 수 없이 한여름 햇볕을 고스란히 맞았다. 뭔가 불길한 예감이 들었다. 결국 길모퉁이를 돌아 집 쪽으로 슬슬 다가갔다.

현관 유리문은 3, 4센티미터쯤 열려 있었다. 거기에 눈을 들이대자 아무렇게나 벗어놓은 젊은이의 구두가 보였다. 그밖에는 어린애의 작은 신발 한 켤레가 있을 뿐이었다. 집 안은 아무도 없는 것처럼 조용했다. 나는 유리문 틈새로 미끄러지듯이 살짝 안에 들어섰다. 항상 하던 대로 구두를 벗어 가지런히 맞춰놓고 그 참에 한 짝씩 나동그라진 젊은이의 운동화가 눈에 거슬려 그것도 가지런히 맞춰놓았다.

주방에 아버지가 있었다. 의자에 앉은 채 나를 알아보지도 못하고 멍하니 허공만 노려보았다. 정적이 왠지 낯설어서 깜빡 남의 집에 잘못 들어온 듯한 마음까지 들었다. 그 정적의 눈치를 보며 발소리를 죽여 방 쪽으로 갔다. 그리고 돌연 한 가지 사건을 덜컥 맞닥뜨렸다.

젊은이가 나오코를 덮치고 있었다.

처음에는 실감이 나지 않아 그것이 사건인 줄도 깨닫지 못했다. 젊은이가 나오코의 몸 위에 엎드려 어깨를 숙이고 나오코의 얼굴을 들여다보고 있었다. 낮잠을 자는 나오코에게 뭔가 나쁜 짓을 하려는 것처럼 보였다. 젊은이의 허리 밑으로 나오코의 가느다란 두 다리가 빠져나와 있었다….

나는 몇 초 동안 그 자리에 우두커니 서 있었다. 잠시 뒤 나오코를 죽이려고 한다는 것을 깨닫고 달려가려고 했을 때, 히라타가 천천히 나오코의 목에서 손을 떼고 윗몸을 일으켰고… 그러고는 뒤에 선 나를 깨닫고 멍하니 내 얼굴을 쳐다보았다.

나는 나오코 쪽으로 다가갔지만 굳이 허리를 숙여 들여다보지 않아도 아이가 이미 죽었다는 것을 알 수 있었다. 크게 벌어진 내 눈은 아무것도 보고 있지 않았다. 나는 회사에서는 제법 말을 잘하는 사람으로 통하지만 이따금 한창 얘기 중에 갑작스럽게 머릿속이 하얘지면서 말문이 턱 막히는 일이 있었다. 그때도 그랬다. 나오코에게, 그리고 히라타에게 어떤 말을 해야 할지 알 수 없어서 묘하게 냉정한 표정을 유지하며 우두커니 선 채 뭔가 말이 떠오르기까지 시간을 벌고 있었다. 그때 기묘한 목소리가 들려왔다.

"군인이 왔었어."

참으로 느닷없는 말이었다. 눈앞의 젊은 히라타가 입술을 파르르 떨어서 처음에는 그가 중얼거린 거라고 생각했다.

하지만 바로 옆에 아버지가 다가와 서 있었다. 아버지는 나와 히라타를 번갈아 보면서 냉정한 목소리로 다시 중얼거렸다.

"아까 군인 한 명이 왔었어….그 군인이 이 아이를 죽였어."

그리고 갑자기 흥분한 말투로 나를 향해 부르짖었다.

"넌 왜 군복을 벗었어? 이 아이를 총살하고 탈주할 작정이야?"

아버지는 진즉부터 내 아버지가 아닌 딴사람이 되어서 아들인 나를 항상 다른 누군가로 착각했다. 자기 자신조차 잊어버리고 매번 다른 누군가로 착각하기도 했다.

한바탕 고함을 지르더니 갑자기 불단 앞으로 달려가 안

쪽에 있던 위패를 덥석 집어 방바닥에 내동댕이쳤다. 그리고 다음 순간에는 왜 그곳에 위패가 떨어져 있는지 알 수 없다는 듯 어리둥절해서 뒷걸음질을 치며 두려운 눈빛으로 그 위패를 빤히 쳐다보았다. 그러다가 다시 머뭇머뭇 손을 내밀어 위패를 움켜쥐고는 내동댕이치고… 그렇게 몇 번이고 똑같은 짓을 반복했다.

마치 정체를 알 수 없는 해충과 격투를 하는 것 같았다. 위패를 내동댕이칠 때마다 의미 불명의 말을 내뱉었다.

"이 섬에서 도망칠 수 있을 거 같아?"

"아냐, 이미 죽어 있었어. 꽃에 목이 졸려 죽었어."

그렇게 혼자서 주거니 받거니 하고 있었다.

아버지는 전쟁터에 가 있는 것이다. 그것도 기억 속의 전쟁터가 아니라 망상 속의 전쟁터. 치매가 시작된 뒤부터 예전에는 한 번도 말한 적이 없는 전쟁 얘기를 자주 들먹였다. 하지만 항상 하는 말이 뒤죽박죽이어서 도무지 실제로 있었던 일이라고 생각할 수 없었다. 나도 사토코도 아버지가 하는 말을 이해하려는 노력은 일찌감치 포기했다. 그 퍼즐 조각 같은 말들은 어떻게 이어 붙여도 아귀가 맞지 않았다. 그래도 매번 일정하게 입에 올리는 단어가 몇 개 있었다.

섬, 꽃, 죽음….

그때도 마찬가지였다. 위패를 내동댕이치며 그 세 가지 단어를 비명처럼 날카로운 목소리로 쏟아냈다. 그래서 또다시 망상의 섬에서 전쟁놀이가 시작되었다는 것을 알았다. 오늘의 적군 병사는 그 위패라는 것도. 그리고 그것이 재작년에 돌아가신 어머니의 위패라는 것도…. 내가 알지 못하는 것은 그 전쟁의 이유뿐이다. 왜 아버지가 느닷없이 어머니의 위패와 전쟁을 벌이기 시작했는지.

하긴 그런 이유 따위를 생각할 여유는 없었다. 집에 들어서자마자 충격적인 광경을 연달아 목격했지만, 실제로는 아직 채 일 분도 지나지 않았을 것이고, 망상의 전쟁터에서 날뛰는 아버지 옆에서 나와 히라타는 또 하나의 실제 전쟁터에 서 있었다. 한낮의 정적만 가득한 살벌한 전쟁터에서 나와 히라타는 돌연 마주친 적군 병사들처럼 상대의 눈을 살피며 말없이 서 있었다. 나는 가까스로 할 말을 찾아냈다.

"유키코가 보낸 거야?"

그렇게 물었다. 히라타는 잠깐 고개를 끄덕였다.

여전히 나를 바라보는 그의 눈은 초점이 일정하지 않다. 처음으로 가까이에서 바라본 그 얼굴은 어딘가에 아직 어린 티가 남아 있었다. 죽음의 컴컴한 미로를 미숙한 걸음으로 이제 막 걸어 들어간 어린 소녀보다. 환상의 전쟁터를 헤매는 노인보다. 히라타는 처음으로 발을 들인 이 집에서 미아가 되어버린 것 같았다. 나 역시 아직 히라타를 잘 알지 못했지만 그는 더욱더 내가 누군지 알지 못해 당황했던 것이다. 유키코에게서 나에 관한 얘기는 전혀 듣지 못한 모양이었다.

"나는 유키코의 형부야. 그리고 이 집 주인이지. 네가 아까 호텔에서 나왔을 때부터 계속 뒤를 밟았어."

간결하게 설명해주고 나는 다시 한번 물었다.

"유키코가 보냈어?"

히라타는 다시 고개를 끄덕였지만 이번에는 곧바로 고

개를 가로저었다. 돌연 악몽에서 깨어나서 무슨 일이 일어났는지 전혀 모른다고 말하는 것 같았다.

나는 냉정했다. 냉정하기로도 회사 내에서 유명한 편이다. 조금 전 머릿속이 몇 초쯤 백지가 된 것을 제외하고는 이 사태를 정확히 파악했고 회사에서의 거래처럼 빈틈없이 나 자신의 이해득실을 계산해냈다.

하지만 내가 아직 알지 못하는 일이 몇 가지 있었다.

"왜 저 할아버지와 이 아이밖에 없지? 너, 이 집에 다른 사람이 없다는 걸 알고 온 거야?"

그러자 히라타는 떨리는 목소리로 대답했다.

"치과에⋯."

그 한 마디로 충분했다. 사토코는 가요를 데리고 치과에 갔다. 나오코는 데려가기가 번거로워서 집에 남겨두고.

유키코는 그걸 알고 있었다. 그래서 이 애송이를 보내 나오코를 죽이라고 했다⋯. 왜?

하지만 유키코가 제 딸을 죽이려고 한 이유보다 우선 시간이 마음에 걸렸다. 치과 오후 진료는 1시부터일 것이다. 예약을 했을 테니 진료에 그리 오랜 시간이 걸리지 않는다. 빠르면 2시에는 사토코와 가요가 돌아올 것이다.

손목시계를 확인했다. 1시 34분. 이제 기껏해야 삼십 분밖에 남지 않았다. 나는 엉망으로 뒤틀린 오늘의 스케줄을 지금 즉시 정리하지 않으면 안 되었다.

"아무튼 너는 다시 유키코에게 가봐."

나는 젊은이에게 지시했다.

"유키코에게 이 집에 왔었다는 말은 안 하는 게 좋아. 나

를 만났다는 것도. 너는 이 집에 오지 않았고, 아무 짓도 하
지 않았고, 아무도 만나지 않았어. 어차피 유키코의 지시로
마지못해 여기에 왔겠지. 그냥 집을 찾지 못했고 너무 더워
서 호텔로 돌아왔다고 말하면 돼. 아까 여기 올 때 메모지를
들고 있던데 유키코가 적어준 이 집 약도였지? 그거, 잠깐
보여줘."

빠른 말투로 지시하고 나는 말뚝처럼 서 있는 히라타에
게 손을 내밀었다. 히라타는 형사라도 만난 듯 순순히 내 지
시를 따라 바지 주머니에서 종이쪽을 꺼냈다. 호텔 이름이
찍힌 메모지에 간단히 역에서 집까지의 길을 쭉쭉 그리고
찾기 쉽게 주변의 술집이며 우체국을 써넣었다. 틀림없는
유키코의 필체였다.

"이 지도를 중간에 잃어버려서 집을 찾지 못했다고 하
면 돼."

메모지를 자연스럽게 내 바지 주머니에 넣으면서 그렇
게 알려주었다.

"아, 저기 위패는 불단에 다시 올려놓고."

연달아 히라타에게 지시했다.

아버지는 이제 잠잠해져서 불단 옆에 웅크리고 앉아 자
기 손으로 온몸을 주무르고 있었다. 지나치게 힘을 쓴 탓에
뼈마디가 쑤시는 모양이었다.

히라타는 방바닥에 떨어진 위패를 집어 불단 구석에 올
려놓았다.

"이제 그만 가봐."

내가 다시 한번 말하자 그는 슬쩍 머리를 숙이고 도망치

듯이 방을 나갔다.

　머리를 숙인 것은 사죄의 뜻이었을까, 아니면 풀어준 것에 대한 감사였을까.

　하지만 결코 그 젊은이를 동정한 것도 아니고 유키코를 지켜주려고 한 것도 아니었다. 단지 이 참혹한 사건을 한동안 세상의 시선에서 감춰놓고 싶었을 뿐이다. 죄 없는 어린아이가 살해된 것보다 그 소녀의 진짜 아빠가 누군지 밝혀지는 것을….

　나는 나 자신을 지키고 싶었다. 히라타를 경찰서에 끌고 간다면 그 즉시 유키코도 체포된다. 살해 동기를 캐묻는다면 그녀는 나오코의 진짜 아빠가 누구인지 경찰에 자백할 것이다. 그게 무엇보다 두려웠다.

　현관 유리문이 닫히는 소리를 듣고 가장 먼저 한 일은 손목시계를 확인하는 것이었다. 조금 전 확인한 뒤로 삼 분이 지나 있었다. 그 삼 분 동안 나는 유키코가 나오코를 죽인 이유를 희미하게나마 짐작했다… 그전 7월에 유키코를 두 번 만났는데 그때마다 나오코가 거치적거린다는 말을 했었다. 그 말은 한숨처럼 무심히 그 육감적인 도톰한 입에서 흘러나왔다…. 나는 유키코에게 새 남자가 생겼고 그 남자를 만나는 데 나오코가 거치적거린다는 뜻이라고만 생각했었다. 하지만 실제로는 자신의 인생에 나오코가 크나큰 방해물이라는 말을 하고 싶었던 게 아닐까. 그리고 그건 나오코가 나와 유키코의 죄를 그 작은 몸에 둘러쓰고 태어났기 때문이다.

　유키코는 명품 브랜드에 열광하는 사치스러운 여자다. 그리고 오랫동안 나오코라는 딸은 그녀에게 최고의 명품이었다. 왜냐하면 그토록 싫어하던 언니에게서 빼앗은 남자의 혈육이었기 때문이다. 어떤 명품 브랜드에도 금세 싫증을 내는 유키코가 유일하게 오래 간직해온 호화 명품인 셈이다. 하지만 사 년이 지나자 그 최고의 명품에도 싫증이 나기 시작했다. 몇만 엔짜리 반지나 가방에 싫증을 내듯이 나오코도 그저 거치적거리는 방해물로 느껴진 것이다…. 세세한 사정까지는 모르지만, 유키코가 제 딸을 죽이는 데는 딱히 특정한 이유 같은 것도 없었는지 모른다.

방해물….

그 한 마디만으로도 유키코는 제 딸을 인생에서 제거해버릴 수 있는 여자다. 유키코 스스로도 그것 말고는 딱히 별다른 이유를 알지 못할 것이다. 하지만 경찰은 그런 막연한 살해 동기에 만족할 리 없다. 친엄마가 자신의 딸을 살해한 이 충격적인 사건에 대해 좀 더 상세한 내막을 추궁할 터였다. 그렇게 되면 유키코는 나오코가 누구의 자식인지 고백하지 않으면 안 된다…. 어떻게든 그것만은 피하고 싶었다. 수사의 초점을 어딘가 다른 곳으로 분산시켜야 한다. 잘하면 경찰에 나와 유키코의 관계를 들키지 않고 조용히 넘어갈 수 있다. 경찰뿐만 아니라 세상에, 다케히코에게, 그리고 사토코에게….

물론 업무상 거래처럼 일이 순순히 풀리지 않는 경우도 생각했다. 그때는 자칫하면 내가 나오코를 죽인 살인범으로 의심을 받으리라는 것도. 왜냐하면 나오코의 존재는 유키코 이상으로 내게도 '방해물'이었으니까. 하지만 그때는 모든 사실을 있는 그대로 고백하면 되겠지만, 경찰이 그리 쉽게 내 말을 믿어주지 않을 것이다. 그럴 때 내 말을 뒷받침해줄 물증으로써 나는 순간적인 판단에 따라 히라타가 이 집에 다녀간 증거 두 가지를 확보해둔 것이다.

유키코가 그려준 약도와 위패에 찍힌 히라타의 지문….

그 두 가지를 내가 확보하고 있는 한, 경찰은 내 말을 믿을 수밖에 없다.

그다음 일 분 동안, 나는 손수건을 꺼내 히라타가 불단 구석에 올려둔 위패를 경찰이 쉽게 찾지 못하게 좀 더 안쪽으로 자리를 바꿨다. 그리고 나오코의 사체를 어디에 숨기면 안전할지 머리를 굴렸다.

삼십 분 뒤에는 사토코와 가요가 치과에서 돌아온다. 그 즉시 사체가 발견된다면 경찰뿐만 아니라 우리 회사에도 연락할 것이다. 하지만 그때까지 내가 회사에 들어가기는 시간적으로 어렵다.

그렇다면 사체의 발견을 늦추는 수밖에 없었다. 내가 회사로 돌아가 태연히 일을 시작할 때까지….

어차피 사망 추정 시각은 머지않아 정확히 밝혀지겠지만 내가 외근 중에 경찰에 신고가 들어가는 것과 회사에서 평소처럼 일할 때에 들어가는 것은 사토코나 경찰이 받는 인상이 크게 달라진다. 나는 그렇게 생각했다.

물론 내 손으로 사체를 숨기면 리스크는 지금보다 훨씬 커진다. 하지만 나는 리스크가 큰 일거리일수록 성과 또한 크다는 것을 알고 있었다. 게다가 이 도박이 실패로 끝난다면 그때는 사실대로 고백하면 된다는 계산도 있었다. 대담한 추진 능력으로도 나는 회사 안에서 손꼽히는 사람이다.

주위를 둘러보니 정원에 있는 삽이 눈에 들어왔다. 여름이 되기 전에 정원에 작은 연못을 파고 수초나 수련을 기르면 집 안이 조금쯤 환해질 것 같다는 사토코의 말에 따라 내가 지난 일요일에 대략 땅을 파둔 것이다.

연못을 만들기 위한 게 아니라 이미 지난 일요일에 이런 사건이 일어날 것을 예감하고 사체를 감출 장소로써 구덩이를 파둔 것인지도 모른다는 생각까지 들었다.

운명이 이런 안성맞춤의 구덩이를 마련했는데 그걸 활용하지 않는다면 그야말로 어리석은 일이다.

그렇게 생각은 했지만 곧장 행동에 나설 수는 없었다. 아무리 그래도 너무 가여웠다. 이 아이는 내 아이다. 제 엄마의 방해물로 여겨져 참혹하게 살해된 데다 아빠에게도 버림받아 흙 속에 파묻히게 된 것이다…. 나는 몇 초쯤 망설이며, 아직도 달콤한 낮잠을 즐기는 듯한 그 작은 몸을 내려다보았다.

노란 치마 끝이 말려 올라가 그 밑으로 삐죽이 나온 두 다리를 보면서 짧은 순간, 칠 년 전 처음 호텔방에서 내 눈앞에 대담하게 드러낸 유키코의 다리를 떠올렸다. 그녀는 침대 끝에 살짝 걸터앉아 우선 스타킹을 벗어 던졌다. 그리고 소파에 앉은 내 눈앞에 아름다운 다리 선을 강조하듯이 허벅지를 살짝 들추며 멋진 곡선을 내보였다.

아무 움직임도 없는 아이의 다리는 칠 년 전 유키코의 다리를 꼭 닮아서 약간은 음란한 곡선을 그려냈다. 애초에 유키코의 긴 다리가 갓 태어난 듯 천진한 부드러움을 지니고 있었던 것이다. 하지만 아무리 아름다워도 그 다리는 죄

의 씨앗이었다. 나오코의 작은 몸은 아름다운 곡선뿐만 아
니라 그 죄 또한 엄마에게서 물려받았다.

유키코의 죄는 겨우 사 년 만에 딸의 몸을 시들게 해서
아무 죄도 없는 어린아이가 지금 이곳에… 내 집 방바닥 위
에 죽어 쓰러져 있다. 누가 이 아이에게 손을 댔는지가 문제
가 아니었다. 나오코를 죽음으로 몰아넣은 건 유키코와 내
가 칠 년 전 그날 밤에 맞잡았던 죄악의 손이었다.

차라리 잘 죽었는지도 모른다. 그런 무거운 죄를 짊어지
고 살아가느니 일찌감치 죽는 게 낫다…. 그날부터 지금 이
순간까지 나는 너무도 참혹한 아이의 죽음을 어떻게든 내
안에서 정당화하려고 그런 식으로 생각해보기도 했다.

하지만 사체 옆에 우두커니 서 있었던 몇 초 동안에 그
런 것까지 돌아볼 여유는 물론 없었다. 나는 한숨을 내쉬며
시간도 촉박하고 그냥 이대로 사체를 두고 달아나는 게 유
리하겠다고 마음을 바꿨다.

그때, 목소리가 들려왔다.

"매장해줘라. 흙으로 돌아가게 해주는 게 가장 좋아."

조용하고 다정한 목소리였기 때문에 나는 내 마음이 중
얼거린 마지막 양심의 소리라고 생각했다.

뒤를 돌아보니 아버지가 단정하게 무릎을 꿇고 앉아 중
얼거리고 있었다.

"모두 다 흙으로 돌아가게 해주는 게 좋아. 나도 그 아이
를 땅에 묻어줬어. 내가 죽인 걸 감추려는 게 아니야. 그게 그
아이를 위해 좋은 일이었어."

나를 마주 보는 그 눈빛은 조금 전처럼 멍한 미로에의

입구가 아니었다.

"그 아이라니…."

나는 그렇게 되물었다.

"섬의 그 아이. 지난 전쟁 때 내가 출정했던 그 섬의 아이. 그 아이를 닮은 귀여운 아이야."

그리고 아버지는 나를 향해 조용히 고개를 끄덕였다. 다시 일 분이 흘러가버렸다. 아버지는 무시하고 사체를 정원으로 옮기려고 아이를 안은 채 다시 한번 천천히 뒤를 돌아보았다.

"아버지, 내가 누군지 알아?"

나는 그렇게 물었다.

아버지는 다시 턱을 떨어뜨리며 분명하게 고개를 끄덕였다.

"정말로 내가 누군지 알아?"

"류스케 아니냐. 내 두 번째 자식이지. 하지만 첫 아이는 내 아이가 아니었어."

그렇게 말하고는 "제 입으로 아버지라면서 무슨 생뚱맞은 질문을 하는 거야"라고도 했다.

하필 이런 때 아버지는 내가 누군지 알아본 것이다. 이런 엄청난 사건이 터진 때에….

어이없는 우연에 웃음이 터지려고 했다. 하지만 웃음소리는 입을 통해 나오지 못하고 그 대신 갑작스럽게 눈물이 고였다. 눈앞이 흐려졌지만 아버지가 또렷한 시선으로 나를 응시하면서 아이를 데려가 땅에 묻어주는 게 가장 좋다는 듯 가만가만 고개를 끄덕이는 것을 보았다. 생각해보면 나와 아버지는 남자로서 정반대의 입장이었다. 아버지는 출정 직전에 아내의 배신을 알고 지금의 다케히코 같은 처지에 내몰려 그 뒤의 인생이 크게 뒤틀린 사람이다. 그 반대로 나는 다케히코를 배신하는 위치에 서 있었다. 다케히코가 아버지의 아들로 훨씬 더 잘 어울렸을 텐데, 라는 생각이 들었다. 하지만 곧바로 그건 아니라고 내 생각을 정정했다. 아버지의 피는 분명하게 내 몸 안에 흘러들어 예전에 겪은 아내의 배신에 복수하게 해준 것이다…. 아버지의 고통을 보다 못한 신이나 운명의 힘이 그 피에 복수를 허락한 것이다. 내 멋대로 그런 생각을 하면서 그때만큼은 아버지와 나 사이를 이어주는 핏줄을 절절하게 느꼈다. 아버지의 망상의 세계가 옳았고 잘못된 것은 우리 쪽이다…. 이 집은 배신과 보복의 전쟁터였다. 승패가 결정되지 않은 채 영원한 싸움을 반복하는 전쟁터….

생각했다기보다 몇 초 동안 그런 것을 감지하면서, 동시에 나는 현실적인 문제에 부딪혀 당황스럽기도 했다. 아버지가 제정신으로 돌아왔다는 건 내가 이 집에 다녀간 것을 알고 있는 증인이 또 한 명 늘어났다는 얘기다. 나는 그때까지 아버지는 증인이 될 수 없다고 내내 무시했었다. 하지만 다시 생각해보니 아버지는 무시해도 상관없었다. 제정신이 돌아왔다지만 그건 잠시 잠깐의 일이고, 또다시 자신이 누군지도 모르고 아들조차 알아보지 못하는 치매 노인이 될 터였다. 어차피 사건의 중요한 증인은 될 수 없다….

아버지를 내버려둔 채 나는 나오코의 사체를 안고 정원으로 내려갔다. 나오코를 안아보는 건 갓난아기 때 이후로 처음이었기 때문에 어느새 이렇게 무거워졌나 하는 느낌이 들었다. 그 무게는 이 아이 속에서 자라난 죄의 크기이기도 했다. 하지만 그런 생각을 한 것은 좀 더 시간이 지난 다음이다. 그때는 아이가 무거워졌다는 것 말고는 아무 느낌도 없었다. 그리고 단순히 그 무게만 내 머릿속에 남았을 뿐이다. 나는 잔인하기로도 회사 안에서 정평이 난 사람이다. 그때도 시종 냉정함을 잃지 않았다. 남은 이십 분 동안, 능소화나무 밑에 파둔 구덩이를 수십 센티쯤 좀 더 깊이 파고 사체를 묻었다. 그러고는 목이 타는 듯한 갈증 때문에 주방에 가서 보리차를 따라 마셨다. 어느새 아버지는 다시 주방 식탁 의자에 앉아 내가 처음 집에 왔을 때와 똑같이 멍한 눈으로 허공을 보고 있었다. 다시 평소의 아버지로 돌아와 망상의 미로를 헤매기 시작한 것이다. 나는 안심하고 현관으로 나가 구두를 신으면서 손목시계를 확인했다. 2시 정각이었다. 현관을 뛰어나와 사토코나 가요와 마주칠 가능성이 있는 평소 다니던 길을 피해 멀리 돌아서 역으로 향했다….

그로부터 한 달이 지나 나는 지금 다시 그 역으로 향하고 있다. 경찰서에 나가 모든 것을 말하기 위해.

하지만 '모든 것'을 말하더라도 사체를 묻기 직전에 아버지가 제정신으로 돌아왔다는 말만은 하지 않는 게 좋을 것이다. 보리차를 마시다가 유리컵에 묻은 지문에 대해서는 경찰이 묻기 전에 내가 먼저 말하는 게 유리하다. 사토코가 이미 경찰에 전화를 걸어 범인은 다케히코가 아니라 다른 사람이라고 말해버린 이상, 공연히 감추려고 해봤자 역효과만 날 뿐이다. 유리컵의 지문은 내가 그날 사건 현장에서 범한 유일한 실수였다. 지나치게 냉정했던 탓에 방심한 것이었다. 사체를 묻을 때도 나는 냉정함을 잃지 않았다. 손으로 직접 흙을 만지지 않게 나름대로 조심했었기 때문에 설마 손끝에 흙 알갱이가 묻었을 줄은 생각도 못 했다.

사체를 묻고 여유 있게 보리차를 마신 것에 대해 경찰에서는 '참으로 잔인한 인간'이라고 생각하겠지만 어쩔 수 없다. 보리차를 마신 건 내가 먼저 밝히는 게 낫다. 하지만 아버지가 제정신으로 돌아와 그런 말을 했다는 것만은 절대로 밝혀서는 안 된다….

어찌 됐든 유키코가 히라타를 사주해 나오코를 죽인 것으로 하지 않으면 안 된다. 직접 손을 댄 자는 히라타라는 것도…. 적어도 나는 아버지가 그 말을 꺼내기 전까지는 히라타가 나오코를 죽였고, 목을 조르는 순간까지 정통으로 목격했다고 믿고 있었으니까.

그때 나오코의 몸을 안고 다시 한번 뒤돌아보며 나는 아버지에게 물었다.

"아까 여기서 무슨 일이 있었는지 생각나?"

그러자 아버지는 또렷하게 대답했던 것이다.

"응, 그 여자가 나한테 부탁했던 게 생각나서 내가 그 아이를 죽였어. 몸을 배배 꼬는 그 못된 여자… 내 전처를 닮은 그 여자… 가끔 우리 집에 왔었지? 오늘 아침에도 왔었어. 전부터 그 여자가 나한테 그 아이를 죽이라고 말했어. 류스케, 누구냐, 그 여자?"

10

"아버지는 망상 속에서 사는 사람이지만 그 순간에 들은 아버지의 말만은 믿을 수 있어. 나는 그 대학생이 나오코를 죽이는 걸 목격했다고 생각했었는데, 어쩌면 나오코 위에 엎드려서 다른 짓을… 죽이는 것보다 더 잔혹한 짓을 하고 있었는지도 모르겠어. 아니, 그렇게까지 했다고는 생각하고 싶지 않아. 역시 히라타가 죽인 거야…. 하지만 아버지가 죽였건 히라타가 죽였건 진짜 범인이 너라는 건 달라지지 않아. 아버지는 너한테 부탁을 받았다고 분명하게 말했고, 히라타가 죽였다고 해도 그건 네가 사주한 일일 테니까."

류스케는, 정확히 말하면 형부이자 애인이었던 류스케는 그렇게 말했다. 그 즉시 유키코는 되물었다.

"죽이는 것보다 더 잔혹한 짓이라니, 대체 히라타가 뭘 어쨌다는 거야?"

류스케는 그 말에는 대답하지 않았다.

"아무튼 이 전화로 네게 얘기한 내용을 지금 경찰에 가서 다 밝힐 거야. 아버지가 했던 말만 제외하고…. 경찰에서 어떻게 판단할지는 모르겠어. 내가 사체를 땅에 묻었으니까 체포되는 건 틀림이 없겠지. 게다가 너와 공범이라는 의심까지 받을 수도 있어. 사실 그때 사체를 정원에 묻어준 건 너를 지켜주겠다는 마음도 있었어. 듣고 있어?"

"응…."

"한두 시간쯤이면 경찰이 그쪽으로 갈 거야. 너는 연행될 거고 히라타와 함께 체포될 수도 있어. 그 정도 각오는 미리 해두는 게 좋아."

"아, 잠깐만. 경찰서에 가기 전에 따로 만나서 좀 더 정확한 얘기를 나눴으면 좋겠는데."

금세라도 전화를 끊을 듯한 기척에 유키코는 마음이 급해졌다.

"아니, 내가 할 얘기는 이것뿐이야. 괜히 도망치거나 꼼수를 써봤자 소용없어. 집을 나오기 전에 사토코에게 모두 다 얘기했다는 건 이미 말했지? 사토코는 내가 사체를 묻었다는 증거를 쥐고 있고, 나는 히라타가 너의 지시에 따라 우리 집에 다녀갔다는 증거를 쥐고 있어. 네가 어떤 거짓말을 하건 경찰은 사토코와 내 말을 더 믿어줄 거야. 진실을 밝히는 것 말고는 도망칠 길은 없어. 진실만이 절대적인 힘을 갖는 것이지. 그걸 거슬러봤자 금세 나가떨어져서 더 끔찍한 상처가 날 뿐이야. 어쩌면 치명적인 상처가. 그걸 잘 알기 때문에 나는 미리 이런 날을 각오하고 있었어. 그래서 사토코와 너에게도 진실을 모두 털어놓았고 지금 경찰서에 가서도…."

수화기에서 흘러나오는 목소리가 한순간 주춤하듯이 끊겼다.

"아니지, 단 한 가지, 아직 말하지 않은 게 있었군."

그리고 다시 류스케의 목소리가 이어졌다.

"너한테 한 가지 물어볼 게 있어. 나오코의 사체가 발견되었을 때의 상황은 너도 알고 있지? 정원 나무 밑의 흙더미 위로 나오코의 한쪽 손이 삐죽이 보였던 게 발견의 계기였다는 것 말이야. 아까 집에서 나오면서 사토코에게도 확인했는데 틀림없이 그렇다고 했어. 하지만 내가 파묻을 때는 분명히 양손을 가슴 위에 엇갈려 얹고 흙으로 덮었어. 시간이 없었으니까 그리 깊게 파지는 못했지만 쉽사리 발견하지 못하도록 충분히 흙을 덮었다는 얘기야. 내내 냉정함을 잃지 않았으니까 그런 얼빠진 짓은 했을 리 없어. 그렇다면 내가 집을 나오고 사토코와 가요가 돌아오기 전의 그 짧은 틈에 누군가 흙을 파냈다가 다시 덮어둔 거야. 그럴 가능성이 있는 사람은 둘뿐이지. 아버지와 히라타. 아마도 아버지겠지만, 일단 집을 떠났던 히라타가 걱정이 되어서 다시 돌아왔을 가능성도 있어. 그건 별일은 아니겠지만 경찰서에 가서 사실을 털어놓는 이상, 한 점의 의혹도 없이 정확하게 진술하고 싶어. 혹시 히라타에게서 그런 얘기 들은 적 없어?"

"그날 이후 히라타는 만난 적도 없고 연락한 적도 없어. 나도 나름대로 각오는 하고 있어. 히라타를 그 집에 보냈었다는 것은 경찰에 말하지 않았지만, 그 일이 드러나면 나도 그때는 사실대로 다 밝힐 생각이었어. 도망치거나 꼼수를 쓸 생각은 눈곱만큼도 없다고."

유키코는 스스로도 오싹할 만큼 차가운 목소리로 대꾸했다.

"여태까지 충분히 비겁했으면서, 라는 건가?"

농담처럼 경박한 목소리로 슬쩍 비꼬더니 류스케는 자포자기로 덧붙이듯이 말했다.

"그리고 또 한 가지, 이번 사건으로 분명하게 알게 된 진실이 있어. 나는 너를 사랑하지 않았어."

유키코가 한숨으로 대답을 대신하자 전화는 뚝 끊겼다.

수화기를 내려놓고 벽시계를 올려다보았다.

"지금 경찰서 앞에 와 있어. 들어가서 모두 털어놓을 생각이야. 그전에 너한테도 미리 말해두는 게 나을 거 같아서 연락했어."

류스케가 그렇게 전화를 걸어온 게 십여 분 전이었다.

그 짧은 시간에 류스케는 복잡한 사건의 일면을 간결하고 요령 있게 설명했다. 회의에서 사무적인 보고를 하는 데 익숙한 사람답게 능숙하게 이야기를 풀어내고는 마지막 한마디로 모든 것을 마무리했다.

나는 너를 사랑하지 않는다….

하고 싶은 말은 그것뿐이었는지도 모른다. 당장 체포되어 앞으로 몇 년씩 교도소 담장 안에 갇힐지도 모르는 상황에서 마지막 자유로운 목소리로 바깥 세계에 남긴 말이 겨우 그런 시시한 말이라니….

그 남자가 사랑한 건 언니였지 내가 아닌 것이다.

그건 진즉부터 잘 알고 있었다. 그래서 언니에게서 최소한 그 남자의 몸이라도 빼앗아오고 싶었다.

하지만 물론 그것만은 아니었다.

류스케와 신주쿠 호텔에서 처음 관계를 맺었을 때, 내 마음속에 드디어 언니를 이겼다는 의기양양한 기분이 없었던 것은 아니다. 어렸을 때부터 언니가 끔찍하게 싫었다. 언젠가는 언니의 가장 소중한 것을 가로채고 말 거라고 마음먹고 있었다. 하지만 결코 그런 내 감정 때문만은 아니었다. 나는 류스케의 하얀 피부와 차가운 옆얼굴, 옷을 벗어도 정장을 입고 있는 듯한, 약간은 쌀쌀맞은 그 몸이 견딜 수 없이 좋았다.

나오코의 일만 해도 그렇다.

임신한 것을 알았을 때, 이제 정말로 언니를 이겼다고 생각한 순간도 분명 있었지만 그것보다는 내가 좋아하는 사람의 아이를 낳고 싶다는 본능과도 같은 충동이 훨씬 더 컸다.

다케히코와의 결혼도 마찬가지다. 약삭빠른 계산속에 따라 그와 결혼한 것이 아니었다. 이 사람이라면 평생 소박한 가정을 지키며 행복하게 살아갈 수 있겠다는 믿음이 있었기 때문이다.

다만 다케히코는 육체적인 매력이 부족해서 밤에는 항상 따분했다. 다케히코의 몸으로 채워지지 않는 것을 류스케에게서 찾았고, 그와의 관계에서도 신선함이 사라진 뒤에는 다른 남자들에게서 찾았다는 것뿐이다. 그런데 내가 왜 비난을 받아야 하는지 모르겠다.

이번 사건 역시 그렇다.

내가 낳은 딸이니까 물론 사랑하기는 했지만 때로는 내 생각대로 되지 않는 그 아이에게, 내 소중한 시간을 빼앗는 그 아이에게, 짜증이 나는 일도 있었다. 류스케와의 관계는 이미 끝나가는데 나오코의 작은 몸속에는 여전히 두 사람의 죄가 생생하게 남아 있는 게 너무도 짜증 나서 때때로 내가 왜 이 아이를 낳았을까, 후회하기도 했다. 하지만 결코 그게 전부였던 것은 아니다.

나는 남자들과의 일과는 별도로 나오코를 정말 좋아했고… 그래서 그런 식으로 갑작스럽게 살해된 것이 너무도 슬펐다. 그 뒤로 오늘까지 시시때때로 나오코가 없어졌다는 게 새로운 일처럼 다가와 날마다 울기만 했다.

그런데도 내가 침대에서 "나오코가 거치적거려서 죽겠어"라고 쫑알거리며 쾌락에 젖어 있는 모습밖에는 본 적이 없는 류스케는 그런 내가 진짜 나인 줄 알고 있다. 그래서 나를 나오코 살해범으로 몰고 있다….

유키코는 소파에 앉아 이미 식어버린 홍차를 마셨다.

에어컨으로 방 안이 너무 썰렁해져서 따뜻한 홍차를 마시려던 참에 전화벨이 울렸던 것이다. 홍차의 쏩쓸한 맛이 얼룩처럼 온몸에 퍼져가는 가운데, 왜 방금 그 전화에 대고 아무 대꾸도 하지 않았을까, 하고 생각했다. 류스케는 내가 히라타에게 나오코를 죽이라고 지시했다고 말했지만 나는 그건 사실이 아니라고 부정하지 않았다…. 그건 나 스스로도 내가 범인인지 모른다고 의심하고 있기 때문이다. 그렇다, 그 사건이 일어난 직후부터 내가 부주의하게 입 밖에 낸 말들이 나오코를 죽음으로 몰아갔는지도 모른다고 의심했다….

사건이 나기 이십여 일 전쯤의 토요일, 나오코를 데리고 그 집에 놀러 갔었다. 하지만 언니는 가요를 데리고 슈퍼에 나가 집에 없었고, 나와 할아버지와 나오코만 있게 되었다.

그전에도 그 집 할아버지는 나오코를 보면 왠지 무서워 하곤 했지만 그때도 정원에서 혼자 놀고 있는 나오코를 보고는 파르르 떨면서 내게 말했다.

"저기 저 여자애, 정말로 살아 있는 거냐?"

"네, 살아 있죠."

내가 어이없다는 얼굴로 대답하자 할아버지는 그야말로 이상하다는 듯이 다시 물었다.

"저 아이는 옛날에 내가 섬에서 죽였는데, 아직도 살아 있어?"

정원에는 아직 태양의 하얀 빛이 남아 있었다. 이리저리 뛰어노는 나오코의 작은 몸이 무성한 풀과 나지막한 나무들 사이를 들락날락하는 모습은 마치 현상하지 않은 음화필름 처럼 허연 어린애의 흔적이 나타났다 사라졌다 하는 것 같아서 나까지 슬며시 무섬증이 들었다. 할아버지는 그 정원을 남태평양 섬의 정글, 그 컴컴한 밀림이라고 생각하는 모양이었다.

전쟁 때 남태평양에 병사로 나갔던 할아버지가 어느 섬에서 아이를 죽인 것 같다는 얘기는 언니에게서 들은 적이 있었다. 할머니가 돌아가신 뒤로 이 할아버지는 영문 모를 소리를 중얼거리게 되었지만, 남태평양의 섬에서 어떤 소녀를 죽였다는 얘기만은 혼란한 가운데서도 일정한 체계를 갖추고 반복적으로 끈질기게 내뱉는 걸 보면 실제로 있었던 일인지도 모른다는 의사의 진단도 언니를 통해 들었다. 그때도 할아버지는 정원에서 뛰노는 나오코에게 이상하게 겁을 냈지만, 그래도 평소보다 말이나 눈빛이 멀쩡해서 나는 슬쩍 물어보았다.

"그 아이를 왜 죽였는데요?"

그러자 할아버지는 증오를 토해내듯이 결연하게 말했다.

"내 자식이 아니니까 죽였지. 그 여자가 내 자식이라고 나한테 거짓말을 했어."

옛날에 전처가 다른 남자의 아이를 가진 사실을 속인 채 결혼해서 할아버지의 자식으로 키웠다는 얘기, 그리고 그 전처가 하필 전쟁터로 떠나기 직전에 오래도록 양심의 가책이 되었던 사실을 고백했다는 얘기도 언니에게서 들었던 터라서 나는 할아버지의 그 말이 무슨 뜻인지 금세 알아들었다. 나는 그 이야기에 맞장구를 치듯이 다시 물어보았다.

"섬의 그 여자애가 부인이 낳은 아이를 닮았어요?"

"응."

할아버지는 꾸벅 고개를 끄덕이며 내게 하소연하듯이 말했다.

"밀림 속에서 길을 잃어서 곧 죽게 생겼는데, 그 애가 저만치에서 꽃을 따며 놀고 있었어. 제 손으로 딴 꽃을 동그랗게 엮어서 관처럼 머리에 쓰고 있었어. 아주 귀여웠지. 근데 내가 다가가니까 무서워하면서 뒷걸음질을 쳤어. 나를 싫어한 거야. 겁에 질린 그 눈이 고향의 딸아이를 꼭 닮았어. 당신은 내 아빠가 아니라고 소리쳤어. 딸아이를 닮은 그 아이가…."

그런 말을 하고는 다시 이상하다는 듯 내 얼굴을 보며

부루퉁하게 소리쳤다.

"왜 그런 걸 물어보는 거야? 내가 그 아이를 죽인 이유는 뻔히 다 알잖아. 네가 바로 그 여자니까!"

한순간 할아버지가 나와 형부의 불륜을 눈치채고 똑같은 실수를 범한 나와 전처를 혼동한 모양이라고 생각했지만, 물론 그건 나의 지레짐작이었다. 게다가 그 바로 뒤에 할아버지는 주먹으로 바로 옆의 탁자를 쾅 내리쳤다.

"그 애가 아직 살아 있다면 내가 죽여야 해. 그 애는 섬에서 죽었으니까 살아 있으면 안 돼!"

목청을 쥐어짜듯이 그런 말을 부르짖었다. 그 손아귀의 힘은 탁자를 부수기 전에 자신의 손을 부술 것 같았다. 할아버지의 얼굴은 주체할 수 없는 고통으로 일그러져 있었다. 그때 나는 처음으로 나와 형부의 관계에 숨은 잔혹한 일면을 목격한 듯한 마음이 들었다. 단지 쾌락만을 탐했을 뿐, 우리 둘의 관계 속에 누군가 이런 식으로 얼굴을 일그러뜨릴 만큼 큰 죄가 숨어 있다는 것 따위는 생각해보지도 않았다. 나는 정원으로 시선을 옮겨 여름 하루의 마지막 햇빛에 달궈져 부옇게 흐려진 작은 여자애의 모습을 멍하니 바라보았다.

그러고는 할아버지가 몇 번이나 "죽여야 해. 내가 저 아이를 죽여야 해"라고 내뱉었을 때, 불쑥 "좋아요, 그렇게 하세요"라고 말해버렸다.

"네, 그렇게 하시라구요. 그래야 속이 풀리신다면 하셔야죠. 근데 오늘은 안 돼요. 나중에, 다른 날에 하세요."

물론 진심으로 한 말이 아니었다. 나는 얼굴에 웃음마저 띠고 있었다. 할아버지를 달래려고 그냥 생각나는 대로 말했을 뿐이다. 할아버지는 갑작스레 분노가 진정되어 깊은 안도감에 휩싸인 얼굴로 몇 번이나 고개를 끄덕였다. 그뿐이었다….

하지만 사건 당일, 나는 나오코를 언니 집에 맡기고 히라타를 만나러 신주쿠에서 지하철을 내린 순간, 이십여 일 전에 할아버지가 크게 안도하며 고개를 끄덕였던 게 퍼뜩 생각나서 갑작스레 걱정이 되었다. 그래서 개표구를 나선 참에 언니 집에 전화를 했다.

나오코를 할아버지와 둘이서만 있게 하면 안 된다고 언니에게 말할 생각이었다.

그런데 그 전화를 나오코가 받았다. 이모와 언니는 치과에 갔고 할아버지하고 둘이서 집을 보고 있다고 말했다. 나는 마음이 급해져서 얼른 말했다.

"지난번에 만났던 히라타 오빠, 알지? 지금 그 히라타 오빠를 그쪽으로 보낼 테니까 함께 엄마한테 와."

나오코는 "응"하고 순하게 엄마 말을 들어주었다.

그것이 내가 들은 나오코의 마지막 목소리였다. 그 목소리가 티 없이 맑아서 나는 그만 마음을 턱 놓아버렸다. 그래서 나중에 히라타가 전화로 집을 못 찾아 고생하고 있다고 했을 때, 그만 됐으니까 호텔로 돌아오라고 말했다. 히라타의 목소리가 묘하게 파르르 떨렸는데도 그냥 넘어갔다…. 그러고는 왠지 불안했던 마음에서 해방되어 도리어 그날은 저녁때까지 나오코에 대한 걱정은 싸악 지워버렸다. 땀범벅이 되어 돌아온 히라타가 돌연 나를 침대에 쓰러뜨렸는데도 전혀 아무 의심도 하지 않았다…. 나중에 변명할 말을 궁리하면서 언니 집에는 연락도 안 하고 저녁이 되도록 히라타의 젊은 몸에 빠져 있었다….

저녁 늦게야 전화해서 사건을 알게 되었을 때, 나는 그 아이를 죽인 건 할아버지고, 이십여 일 전에 내가 했던 말이 방아쇠가 되었다고 생각했다. 생각한 게 아니라 그렇게 감지했다. 내가 내 입으로 "좋아요, 그렇게 하세요"라고 말했고, "나중에, 다른 날에 하세요"라고 말했던 것이다.

방금 류스케는 전화로, 내가 지시해서 벌어진 일이라고 했다. 하지만 지시 따위는 한 적이 없었다. 할아버지가 "죽여야 한다"고 말해서 그걸 허락해줬을 뿐이다. 그것도 반쯤 농담 삼아. 하지만 날이 갈수록 그게 정말로 농담이었을까, 하고 나 스스로도 의심스러웠다.

나는 농담이라고 생각하고 말했어도 할아버지의 뒤엉킨 머릿속에서는 내 말이 절대적인 명령으로 입력되었는지도 모른다. 그럴 줄 뻔히 알면서도 "좋아요, 그렇게 하세요"라고 말했는지도 모른다…. 그때의 할아버지는 나를 전처와 혼동했을 뿐만 아니라 마치 신神으로 혼동한 것처럼 필사적으로 매달리는 눈빛으로 나를 바라보았다. 나는 하느님이든 부처님이든 그런 것에는 아무 관심도 없지만, 신을 믿는 사람에게는 농담 같은 말이라도 절대적인 명령으로 들리지 않았을까. 실제로 내가 "좋아요, 그렇게 하세요"라고 말했을 때, 할아버지는 탁자를 쾅쾅 내리치는 험악한 짓을 멈추고 조용해진 두 손을 합장하듯 맞대고 기도하는 눈빛으로 나를 바라보며 고개를 끄덕였다. 자신을 고통스럽게 할 권리도, 구원해줄 권리도 모두 내가 쥐고 있다는 듯이…. 그리고 할아버지는 나의 절대적인 명령에 따라 '나중에, 다른 날에' 나오코를 살해한 것이다….

그 순간 나는 정말로 나오코를 거치적거리는 방해물로 생각했는지도 모른다. 이미 류스케에게 싫증이 나서 우리 둘의 오랜 관계 따위, 내 과거에서 깨끗이 지워버리고 싶은데 이 아이의 몸속에 이제는 잔해일 뿐인 그 남자가 살아남아서 무럭무럭 커나가고 있다…. 그런 느낌 때문에 그만 오싹해졌는지도 모른다.

그럴 리 없다고 나 자신을 다독이면서도 이번 여름 내내, 나오코를 죽게 한 사람은 나인지도 모른다는 의심에 수없이 허덕였다. 할아버지가 아닌 누군가 다른 사람이 이번 일을 저질렀으면, 하고 빌고 또 빌었다. 할아버지보다 좀 더 확실한 동기를 가진 사람이 그 아이 주위에는 잔뜩 있었다. 류스케도 그중 한 사람이다. 나오코가 가장 거치적거리는 사람은 바로 류스케였으니까. 그리고 나오코가 류스케의 자식이라는 걸 알고 있었다면 언니도, 그리고 다케히코도 지나칠 만큼 충분한 살해 동기를 갖고 있다.

하지만 히라타는 아니었다. 처음에는 잠깐 의심도 했었지만 이제 히라타가 죽였을 가능성은 절대로 없다고 확신하고 있다. 나는 언니처럼 머리가 좋지는 않지만, 몸을 섞은 남자가 어떤 인간인지는 쉽게 간파할 수 있다. 히라타는 별이유도 없이 살인을 저지르는 요즘 젊은이들처럼 괴팍한 인간은 아니다. 그보다 훨씬 단순해서 그저 여자와 자는 걸 좋아하고 내 몸을 엄청 좋아했다. 남자와 잘 때, 나는 항상 나오코를 키울 때처럼 어린애나 작은 동물을 기르는 듯한 마음이 든다. 그래서 나오코와 똑같이 히라타도 무척 착한 아이라는 걸 잘 알고 있었다. 나오코는 정말 착한 아이였다. 케이크나 아이스크림을 먹을 때면 언제나 "엄마도 먹을래?"라고 먼저 물었다…. 히라타도 내 몸을 안을 때면 나도 분명하게 즐길 수 있도록 심성 착하게 배려하는 모습을 보여주었다. 내가 "끝난 뒤의 애무가 좋아"라고 말하면, 자신이 다 끝나서 지쳐버렸을 때라도 내 몸을 손과 입술로 위로하듯이 착하게 사랑해주었다. 그날도 마찬가지였다.

"집을 못 찾았어…."

땀범벅의 얼굴로 배고픈 짐승처럼 나를 침대에 넘어뜨리면서도 그 손은 금세 평소의 다정함을 되찾았다…. 그래서 방금 전화에서 류스케가 "히라타가 나오코를 덮치는 장면을 봤다"고 말했을 때도 믿지 않았다. 류스케는 그가 나오코의 어린 몸을 이상한 성욕의 배출구로 삼았을 가능성까지 생각한 모양이지만, 그런 일은 절대로 있을 수 없다. 내 몸이 틀림없이 그걸 증명한다…. 류스케가 거짓말을 했거나 뭔가 오해를 했거나, 둘 중의 하나다. 아마 오해를 한 것이리라. 류스케는 자기 편리한 대로만 사는 인간이라는 것, 그리고 자기 자신과 언니밖에 사랑하지 않는다는 것 역시 내 몸이 가장 잘 알고 있다. 그런데도 그는 몇 년 동안이나 나를 사랑한다고 오해하고 있었다.

류스케는 히라타가 나오코 위에 엎드려 있는 장면을 봤을 뿐이다. 내가 그 장면을 봤다면, 히라타가 나를 품을 때 얼마나 착한지 알고 있는 내가 그 장면을 봤다면, 그냥 나오코를 구해주려는 것이라고 생각했을 것이다. 혹시 히라타가 자신의 입을 나오코에게 대고 있었다면 그건 숨이 멈춰버린 나오코에게 인공호흡을 해주려고 한 것이다…. 그 아이를 죽인 건 할아버지다. 히라타는 그 집에 갔다가 덜컥 현장을 목격했고, 순간적으로 인공호흡을 해주려고 했을 뿐이다. 분명 일이 그렇게 된 것이다. 머리가 나쁜 나도 간단히 알 수 있는데 류스케는 이번에도 자기 멋대로, 자기 편리한 대로 사실을 왜곡했다. 그다음 일도 나는 간단히 알 수 있다. 히라타의 착한 구조 노력 덕분에 나오코는 숨이 돌아왔다…. 하지만 그때도 류스케는 엉뚱한 오해를 했다. 나오코가 축 늘어진 것만 보고 이미 죽었다고 생각하고 땅에 묻어버린 것이다. 아니, 어쩌면 나오코가 숨이 돌아온 것은 땅에 묻힌 다음이었는지도 모른다…. 어느 쪽이 먼저였건 히라타가 애써 구해낸 나오코의 목숨을 다시금 매장해버린 건 류스케다.

그 정원은 흙이 바짝 말라서 모래 같은 상태였으니까 땅에 묻었다고 해봤자 푸석푸석한 흙을 덮어둔 정도였을 것이다. 나오코의 손끝이 밖으로 나온 것은 그 아이가 아직 살아있었다는 증거다. 나오코는… 그 아이는… 되살아난 그 희미한 목숨으로 마지막에 지상으로 손을 내밀어 그날 오후 정원에 가득하던 하얀 빛을 잡으려고 했다….

류스케는 나오코를 죽인 진짜 범인이 자신인 줄도 모르고 진실을 지키기 위해서라고 자못 의기양양하게 경찰에 출두했다. 류스케가 말하는 진실 따위, 기껏해야 그 정도의 바보 같은 것이다. 그 증거로, 나 역시 그날 내게 무슨 일이 일어났는지 정확히 알지 못하는 것이다….

유키코는 다시 튀어나온 의심을 몸속 깊은 곳에 몰아넣

듯이 식은 홍차를 단숨에 마셔버렸다. 하지만 그것은 오히려 씁쓸함과 함께 몸속을 흘러갔다…. 히라타는 살인을 할 만한 사람이 아니다. 갑작스럽게 낯선 류스케가 나타나는 바람에 제대로 설명도 못하고, 게다가 류스케가 자기만 모든 진실을 알고 있는 것처럼 당당했기 때문에 그가 하라는 대로 그 집에서 도망칠 수밖에 없었던 것이다. 만일 히라타에게 나오코를 죽일 만한 잔인한 면이 있는 것을 알았다면, 그날 나는 머릿속이 뒤엉켜버린 그 할아버지가 아니라 히라타를 공범으로 만들었을 것이다. 그렇다, "좋아요, 그렇게 하세요"라고 말한 날부터 나는 공범에게 조건처럼 제시했던 그 '다른 날'을 내심 기다려왔다. 그날 나는 시한폭탄의 스위치를 눌렀다…. 어쩌면 그 장치가 고장이 나서 아무 도움도 안 될지 모른다고 생각하면서도 실제로 그 스위치를 눌렀다. 그것이 진실이다. 나는 그때 정말로 나오코를 죽이고 싶었다…. 20일 뒤, 시한폭탄 장치가 마지막 카운트다운을 시작한 순간에야 내게 또 하나의 진실이 생겨나 어떻게든 나오코를 구해보려고 히라타를 그 집에 보내게 될 줄은 예상도 못한 채, 마치 농담을 하듯이 태연히 미소까지 지으며 진지한 목소리로 공범을 향해 "좋아요, 그렇게 하세요"라고 말했던 것이다….

　　잠이 든 시아버지에게 얇은 이불을 덮어주는 참에 아래층에서 전화벨이 울렸다.
　　사토코는 그 소리를 무시하고, 침대 옆으로 늘어진 시아버지의 팔을 이불 속에 넣어주려고 했다. 그 순간, 갑작스럽게 이 주름진 손이 나오코의 가느다란 목을 졸랐다는 생생한 실감이 몰려와서 사토코는 저도 모르게 그 손을 던져버렸다.

역시 이 손이 그 아이를 죽였다. 류스케는 유키코의 지시에 따라 히라타라는 대학생이 죽였다고 했지만… 그 아이를 죽인 건 이 노인네다.

전화벨은 네 번 울린 뒤에 끊겼다. 경찰서에서 온 것이라고 생각했는데 유키코였던 모양이다. 성급하고 참을성이 없어서 서너 번 울려도 받지 않으면 짜증을 내며 끊어버리곤 한다. 유키코라면 오히려 받지 않기를 잘했다고 사토코는 안도의 한숨을 내쉬었다. 아마도 다케히코 일로 경찰에서 연락을 받고, 뭐가 어떻게 된 건지 모르겠다면서 내게 도와달라고 전화했을 것이다. 항상 거짓말만 하니까 그런 전화는 받아봤자 일을 해결하는 데 아무 도움도 안 된다…. 어려서부터 지금까지 유키코는 왜 그렇게 거짓말만 하는 걸까.

분명 소심한 것이다. 양심에 걸리는 일을 했을 때, 주위 사람들에게 들킬까봐 지레 겁을 먹고 급하게 거짓말을 둘러댄다. 류스케와의 일도 그렇다. 그대로 가만히 있었으면 괜찮았을 텐데 다케히코 씨와 결혼하는 큰 거짓말로 그 일을 속이려고 했다. 그래서 이런 어처구니없는 사건이 일어난 것이다.

유키코 전화는 받지 않겠다고 단단히 마음먹었으면서도 일 분도 안 되어 다시 전화벨이 울리자 사토코는 시아버지 방을 나와 계단을 내려갔다.

'틀림없이 유키코야. 그러니까 안 받는 게 좋아.'

마음속으로 중얼거리며 수화기를 들지 않았지만 네 번째 벨 소리가 끊기기 직전에 손이 제멋대로 움직였다.

"여보세요."

"언니, 나야…."

예상했던 대로 유키코의 목소리였다. 두 사람은 몇 초 동안 아무 말도 하지 않았다. 수화기를 통해 전달되는 서로의 차가운 금속성 침묵에 귀를 기울이고 있었다.

"무슨 일이야?"

사토코 쪽에서 먼저 입을 열었다.

"다 알면서 뭘 물어? 다케히코가 오늘 거기 갔고, 그 길로 경찰서에 갔다면서? 너무하잖아, 왜 연락도 안 해줬어? 나 혼자만 아무 소식도 못 듣고…. 오늘 내가 얼마나 괴로웠는지 알아? 다케히코는 내 남편이고, 이건 내 딸이 살해된 사건이잖아. 근데 왜 나만 아무것도 모르고 있는 거야?"

유키코의 목소리는 금세라도 울음을 터뜨릴 것처럼 바르르 떨렸다.

"네가 몰랐던 건 오늘 하루뿐이지만, 내가 몰랐던 건 육 년이야. 아니, 네가 다케히코 씨와 결혼하기 전부터라니까 칠 년, 어쩌면 팔 년이구나, 내가 아무것도 모르고 있었던 게."

사토코는 그런 비꼬는 소리를 내심 즐기고 있었다. 분노는 아까 남편과 아이를 향해 모두 다 쏟아버렸다.

"그래서 누구한테 들었니, 오늘 일은? 다케히코 씨에게? 경찰에게? 아니면 류스케에게?"

사토코의 목소리는 냉정했다.

"형부가 십여 분 전에 경찰서 앞에서 전화했어."

"그래? 그 사람이 뭐라고 했어? 나한테는 나오코를 땅에 묻은 건 자신이지만, 죽인 건 자기도 아니고 다케히코 씨도 아니라던데. 아이를 죽인 건 히라타라는 대학생이고, 하지만 그 대학생은 아이를 죽일 만한 동기가 없으니까 분명 네 지시에 따라 마지못해 한 일이라고 했어."

"히라타는 아니야. 집에 도착했을 때 이미 나오코는 죽어 있었고, 오히려 그 아이의 목숨을 구해주려고 죽을 둥 살 둥 인공호흡을 해준 것뿐이야."

유키코는 방금 히타라의 휴대전화로 연락해 확인까지 했다고 덧붙였다. 그는 오늘 오후 내내 경찰서에 가서 사실대로 말해야 할지 말지, 망설였다고 한다. 경찰서 앞에까지 갔지만 결국 용기가 나지 않아 영화관에도 가고 길거리를 휘적휘적 걷기도 했다는 것이다. 하지만 유키코의 전화로 류스케가 모든 것을 말하러 경찰서로 갔다는 소식을 듣고 드디어 결심을 했다….

"그럼 그 대학생도 경찰서로 갔다는 거야?"

"그래. 형부와 히라타의 증언이 일치할 테니까 도리어 히라타와 내가 무죄라는 건 금세 증명될 거야."

"그렇다면 누가 죽인 거야, 나오코를?"

"히라타가 현관에서 인사를 하려는데 안에서 할아버지가 헉헉거리는 소리가 들렸대. 뭔가 큰일이 난 것 같아서 뛰어 들어갔고… 거기서 히라타가 목격했어. 할아버지가 그때까지도 나오코의 목을 손으로 잡고 있는 거. 형부도 아까 전화로…, 나오코를 땅에 묻기 직전에 할아버지가 갑자기 제정신이 돌아와 아이를 자신이 죽였다고 고백했다고 얘기했어."

　"또 거짓말을 하네. 류스케는 나한테 그런 말은 안 했어. 그냥 범인은 히라타라고만…."

　"할아버지가 했던 그 말은 경찰에 가서도 밝히지 않겠다고 했어. 이건 나한테만 말해준 거야."

　"왜? 어째서 너한테만…."

　짧은 침묵 뒤에 수화기를 통해 유키코의 한숨 소리가 흘러나왔다.

　"할아버지는 전처를 닮은 여자가 이따금 집에 오는데 그 여자가 자기에게 그 아이를 죽이라고 했다고… 그래서 죽였다고 했대. 그 여자가 누군지는 경찰에서도 금세 알 거야."

　이번에는 사토코가 침묵한 채 한숨을 내쉴 차례였다. 깊고 긴 한숨이었다.

　"그러니까 네가 하라고 해서 아이를 죽인 거야? 유키코, 네가 정말 할아버지에게 그런 끔찍한 짓을 하라고 했어?"

　"설마, 내가 왜 그런 짓을? 그 노인네가 말도 안 되는 소리를 지어냈지. 허구한 날 그런 이상한 소리에 누구보다 힘들어 했던 게 바로 언니잖아?"

　"그래…. 하지만 류스케가 그런 아버지 말을 믿었을까? 제정신이 돌아왔다지만 겉으로만 그렇게 보일 뿐이고 여태까지 그런 말을 곧이곧대로 믿었다가 실수한 적이 한두 번이 아니야. 이제 그만 지겨워졌을 법도 한데."

　"…."

　"게다가 노인네의 말이 그렇게 중요하다면 왜 나와 경

찰에는 비밀로 하겠다는 거야?"

"나를 감싸주려고. 나는 나오코를 죽이라고 한 적이 전혀 없는데, 형부는 그런 아버지의 말을 그대로 믿고… 그래서 내가 범인인 줄 알고 나를 어떻게든 감싸주려고…."

그다음 말은 울음소리 때문에 뭉개져버렸다. 사토코의 귓속에는 "형부는 나를 감싸주려고 그런 거야"라는 말만 집요하게 되풀이해서 들렸다. 그건 "형부는 언니보다 나를 더 사랑해. 내가 이겼어"라고 외치는 것처럼 들렸다. 하지만 사토코는 더 이상 화도 나지 않았다.

다케히코도 류스케도, 내 주위의 남자들은 모두 나만 사랑하고 나만 감싸주고 나만 구해주려고 한다…. 유키코는 그렇게 믿고 싶은 것이다. 그래, 믿고 싶다면 얼마든지 믿으라지.

"네가 이러고 있는 사이에 경찰이 전화로 연락할지도 몰라. 일이 이렇게 된 이상, 너도 히라타라는 대학생도 괜히 거짓말하지 말고 사실대로 모두 밝히고, 그런 다음에 경찰의 판단을 기다리는 수밖에 없어."

사토코는 다시 한번 긴 한숨을 내쉬고는 "그럼 끊는다"라고 말하고 일방적으로 수화기를 내려놓았다.

그래도 수화기에 손을 얹은 채 잠시 벨이 울리기를 기다렸지만 전화는 망가진 물건처럼 고집스럽게 침묵을 지켰다.

사토코는 다시 2층으로 계단을 올라갔다.

히라타라는 대학생까지 경찰서에 갔다면 예상보다 훨씬 더 큰 폭풍이 이제 곧 이 집에 들이닥칠 것이다. 긴장을 잉태한 밤은 마지막 정적을 집 주위에 둘러치고 있었다.

전화 말미에 유키코에게 사실대로 모두 밝히라고 말했지만, 그건 쓸데없는 충고였다. 경찰이 무슨 말을 물어도 유키코는 자신에게 유리한 거짓말만 계속할 것이다.

다케히코와 결혼하겠다고 했을 때처럼 뻔뻔스럽고 당당한 얼굴로.

육 년 전에 그 가증스러운 거짓말로 다케히코 씨를 시아버지와 똑같은 처지로 만들어버린 것이 이번 사건의 발단이었다.

시아버지는 치매로 머릿속이 혼란스러운 가운데서도 본능적으로 다케히코 씨에게 옛날의 자신과 똑같은 비극이 일어났다는 것을 간파했는지도 모른다. 이따금 집에 놀러 오는 며느리 여동생의 가족에게서 전쟁 전부터 전쟁 이후까지 자신의 가족에게 일어난 비극이 반복되는 것을 감지했는지도 모른다…. 시아버지는 나오코를 자신의 전처가 낳은 딸, 혹은 남태평양의 전쟁터 섬에서 살해했다는 소녀와 매번 혼동하면서 겁을 냈다. 그날 내가 아침부터 왠지 초조했던 건 그것 때문이었다.

나오코는 낮 12시 지나서 제 엄마를 따라 이 집에 왔고 내내 얌전하게 있었다. 다른 때와 마찬가지로 애가 있는지 없는지도 모를 만큼 얌전하게….

하지만 그날, 또 다른 소녀가 이 집에 묵직하게 자리를 차지하고 있었다.

시아버지는 아침나절부터 섬 소녀 얘기를 집요하게 늘어놓다가 나오코가 오자, "저 아이를 죽이지 않으면 이 집은 큰일이 나"라고 혼잣말을 중얼거렸다. 그래서 할아버지와 나오코 둘만 남겨두면 위험하다는 걸 알고 있었다. 그런데도 가요가 "나오코는 치과에 데려가지 말자"라고 말했을 때 나는 "그럴까?"라고 대답했다.

나오코에게는 "할아버지하고 집에 있을래?"라고만 물었다. 매번 뒤로 숨는 그 아이가 결코 따라간다고 떼를 쓰지 않으리라는 걸 뻔히 알면서….

그리고 단지 그것만으로도 나는 그 아이를 죽이고 만 셈이다.

그 아이에게는 아무 죄도 없지만, 이 집안의 짜증스러운 일들은 모두 그 아이 때문에 빚어진 것이었다. 시아버지의 망상이 심해진 것도, 끔찍할 만큼 얄미운 유키코가 마치 제 집 드나들듯 이 집에 쳐들어오는 것도 모두 그 아이 때문이었다…. 적어도 나한테는 그렇게 생각되었다. 나는 분명 그 아이를 미워했다. 하지만 죽기를 바랄 만큼 미워한 건 아니었다.

그날 그 시점에는 아직 나오코가 류스케의 아이인 줄 알지 못했지만, 설령 알았다고 해도 그것 때문에 그 아이를 죽이고 싶도록 미워하지는 않았을 것이다.

나는 단지 나오코가 다시는 이 집에 드나들지 못 하게 하고 싶었을 뿐이다. 나오코를 쫓아내고 싶다는 생각은 한 번도 한 적이 없다. 왜냐하면 이 집에서 쫓아내고 싶은 사람은 따로 있었기 때문이다. 두 사람…. 이 집에서라기보다 내 인생에서 털어내고 싶은 두 사람….

우선 유키코. 어렸을 때부터 끔찍하게 미웠던 여동생 유키코.

그리고 아버님.

시어머니가 세상을 떠난 뒤로 나 혼자 짊어져야 했던 시아버지. 얼마 남지 않은 목숨은 기껏해야 한 줌밖에 안 될 텐데도 이 노인네는 자신의 무거운 과거까지 내 등에 털썩 얹어놓았다. 노인네의 머릿속에 가득한 전쟁과 그 전쟁터에서 범한 죄, 그리고 그의 전처가 범한 죄…. 나와는 아무 관계도 없는 그런 일들이 모조리, 마치 내가 저지른 죄처럼, 내 몸을 찍어 눌렀다.

그 둘을 털어내고 싶다는 마음에 비하면 나오코를 미워하는 감정쯤은 너무도 소소한 것이었다. 그 두 사람 때문에 나는 지칠 대로 지쳐 이번 여름이 시작될 무렵부터 신경이 갈수록 날카로워졌다. 시아버지에게서 해방되고 싶었지만 그가 죽을 때까지 그런 평화로운 날은 찾아오지 않을 터였다.

원래는 남편 류스케에게 몇 마디만 하면 어떻게든 해결될 수 있는 문제였다.

"나도 이제 지쳤어. 아버님을 병원이나 요양 시설로 모시는 건 어떨까?"

내가 그렇게 말했다면 류스케는 평소의 그 완벽한 일 처리 능력을 보여줬을 것이다. 곧바로 이런저런 수속을 해서 나를 아버님 돌보는 일에서 해방시켰을 것이다.

그런 의미에서는 완벽한 남편이었다. 하지만 나도 남편과 똑같은 완벽한 아내를 연기하려고 했다. 아무리 짜증이 나도 그런 내 속마음을 일절 얼굴에 드러내지 않았다. 그래서 그는 내가 지칠 대로 지쳤다는 것을 깨닫지 못했다. 그걸 잘 알면서도 나는 류스케뿐만 아니라 이웃 사람들과 가요,

다케히코 씨 앞에서까지 온갖 수고를 마다하지 않고 시아버지를 돌봐주는 착한 며느리 역할을 계속해왔다. 피로감의 장본인인 시아버지와 죽은 시어머니의 눈까지 의식하면서…. 그리고 누구보다 유키코 앞에서는 시아버지를 완벽하게 돌봐주는 훌륭한 아내 역할을 연기하지 않으면 안 되었다.

어렸을 때부터 나는 유키코가 아무리 열심히 해도 따라잡을 수 없는 현명하고 착한 언니 역할을 해왔으니까. 모든 면에서 여동생보다 나은 언니 역할을 지금껏 연기해왔으니까. 무거운 갑옷을 걸친 듯한 피로감에 끊임없이 시달리면서도, 그것이 나를 위험한 절벽으로 몰아붙인다는 것을 나는 사건이 일어나기 보름 전까지 전혀 깨닫지 못했었다….

분명 다케히코 씨에게서 유키코가 딴 남자를 만난다는 얘기를 듣고 이틀 뒤의 목요일이었다. 할아버지가 어느 순간 몹시 겁에 질린 눈으로 나오코를 바라보며 주름진 손을 파들파들 떠는 것을 봤을 때, 나는 마음속으로 참으로 무서운 말을 중얼거렸다.

'아, 그렇구나, 아버님이 나오코를 공격하게 만들면 모든 일이 해결되는 거야.'

처음에는 나오코를 살짝 다치게 하는 정도로만 하려고 했다. 하지만 그것만으로는 아버님을 요양 시설에 보내기가 어렵다는 생각이 들었다.

그날 유키코가 나오코를 데려간 바로 뒤에 나는 아버님에게 말했다.

"그 아이가 그토록 눈에 거슬리면 아버님 손으로 어떻게 좀 해주세요. 저도 정말 짜증이 나네요."

그저 잠깐 농담으로 한 얘기였다. 웃기까지 했다. 그랬는데 시아버지가 왠지 진지한 얼굴로 고개를 끄덕이는 바람에 내 얼굴에서도 미소가 사라졌다. 시아버지의 눈빛은 여느 때처럼 텅 빈 것이 아니었다. 내 웃음의 이면에 숨어 있는, 나 자신도 깨닫지 못한 사악한 것까지 알고 있는 듯한 느낌이 들었다. 물론 나는 곧바로 이성을 되찾아 농담으로라도 그런 잔인한 말을 한 나 자신을 부끄럽게 생각했지만, 그 이성도 돌연 몸속 어딘가에서 태풍처럼 끓어오르는 짜증에 어이없을 만큼 간단히 날아가버렸다.

그다음 주 목요일에 유키코가 나오코를 데려왔을 때도 나는 은밀히 시아버지의 귀에 대고 말했다.

"저 아이 때문에 정말 짜증 나요."

그렇게 일주일 동안 거의 매일같이, 둘만 있을 때를 노려 똑같은 말을 시아버지의 부서져가는 조개껍데기 같은 귀에 속닥거렸다.

"저 아이 때문에 짜증 나요. 다음에 왔을 때 어떻게 좀 해주세요."

그런 말을 몇 번이고 몇 번이고….

사실은 "아버님 때문에 짜증 나요"라고 말하고 싶었다. 아니, 어쩌면 그보다 더 강하게 "저 아이 엄마 때문에 진짜 짜증 나요"라고 말하고 싶었는지도 모른다. 저 좋을 대로 나대며 살아가는 유키코를 나는 더 이상 참아줄 수 없는 지경에 이르러 있었다. 하지만 다케히코 씨와 마찬가지로 나는 얼굴 맞대고 남을 나무랄 수 있는 성격이 못 된다. 그래서 유키코가 젊은 남자와 노닥거리는 사이에 나오코에게 무슨 일

273

이 났으면 좋겠다고 생각했다…. 그러면 나나 다케히코 씨가 굳이 얼굴을 찌푸리며 험한 소리를 하지 않아도 유키코가 바람을 피우고 다닌다는 게 드러날 터였다. 유키코가 얼마나 부도덕하고 한심한 여자인지, 경찰을 통해 세상에 널리 알려진다…. 나는 그것 때문에라도 시아버지를 이용해 나오코에게 뭔가 큰일이 터지기를 바랐다.

죽이라는 말은 한 번도 하지 않았다. 시아버지도 처음에는 진지한 얼굴이었지만, 그다음부터는 과자나 아이스크림을 먹어도 된다는 허락이 떨어졌을 때처럼 어린애로 돌아간 듯 천진한 얼굴로 싱글벙글 웃으며 고개만 끄덕였다. 나는 그것이 단순한 농담이라고 할 수 없는 말이라는 걸 잘 알고 있었다. 설령 내 말이 본심이 아니라 잠꼬대 같은 소리에 가까운 것이었다고 해도, 그 잠꼬대가 현실과 꿈의 경계선마저 사라진 시아버지의 머릿속에 확실하게 공명해서 마침내 그 손을 움직이게 하리라는 것을 인식하고 있었다.

단지 내 그런 말에는 아무런 계획성도 없었다. 뭐가 어떻게 엉킨 것인지 알 수 없는 시아버지의 머릿속에는 어떤 계획을 들이밀어도 무의미하고, 그즈음 나는 그저 지칠 대로 지치고 화가 나서 제대로 된 생각조차 할 수 없었다. 피곤에 전 몸과 이번 여름의 이상 고온이 점점 더 절벽 끝으로 몰아가서 내 입에서 마치 비명처럼 그 중얼거림이 흘러나왔다.

"저 아이 때문에 짜증 나요. 저 아이 좀 어떻게 해주세요."

절벽 끝에 몰린 나에게는 그 말을 내뱉는 것만이 유일한 탈출구였다.

한참 나중에야 유키코와 류스케의 관계를 알았을 때, 그

런 걸 왜 사건이 터지기 전에 알지 못했는지, 참으로 한스러
웠다. 다케히코 씨가 유키코의 가장 중요한 불륜 상대가 류
스케라는 것까지 모두 내게 미리 알려줬더라면 얼마나 좋았
을까. 그때 알았더라면 나는 그걸 이유로 그 집을 나올 수 있
었고, 그랬다면 사건은 일어나지 않았을 것이다. 나는 시아
버지를 돌보는 데서 해방되는 것뿐만 아니라 아예 그 집에
서 벗어나고 싶었지만 모두가 이해할 만한 이유를 댈 수 없
어서, 그게 무엇보다 화가 났다. 나오코가 시아버지의 손에
살해된다는 것은 그런 분노의 늪에서 내가 유일하게 건져낸
이유였다….

사건이 터진 그 목요일까지, 일주일 내내 최고기온이 갱
신될 만큼 무더운 날씨였다. 여름 햇빛은 자신의 열기를 견
디지 못하고 썩어 문드러져 집과 정원에 하얀 단내를 쏟아
냈다.

답답한 마음은 치과에 갈 시간이 다가올수록 더위와 함
께 상승해서 마침내 한계에 달했고 그것은 집을 나오기 전
에 조용히 폭발했다. 소리도 없이 무너져 내린 폐허 같은 정
적 속에서 내 살의의 파편은 한 마디 말이 되어 내 입에서 떨
어져 나왔다.

"나오코는 할아버지하고 집에 있을래?"

한여름 햇빛이 그 아이를 통해 내 가슴속의 초점을 지
지는 듯한 짜증스러움으로 나를 불태운 것이다. 그래서 나
는 위험한 줄 뻔히 알면서도 그 아이를 집에 남겨두고 나갔
다…. 내가 그 아이를 죽였다. 내 손을 더럽히지도 않고….

사건으로부터 일주일 뒤, 류스케가 범인일 가능성을 깨

달았고, 오늘 밤에는 다시 그 류스케의 입을 통해 유키코의 지시로 히라타라는 대학생이 아이를 죽였다는 말을 들었다. 그래도 역시 그 아이를 죽인 건 아버님이고, 죽이라고 한 건 나, 가장 중요한 범인은 나였다. 류스케를 범인으로 의심했고 조금 전에는 "당신이 죽였다"고 류스케를 비난했지만, 나는 단지 류스케가 범인이었으면, 하고 바랐을 뿐이다. 류스케가 죽였다면 내 살의와는 아무 관계 없이 이 사건이 일어난 셈이니까. 하지만 아무리 속이려고 해도 소용없었다. 그날 나는 희미한 가능성에 걸고 도박을 했을 뿐이지만, 게다가 그것조차 망설이고 또 망설이며 집을 나서기 바로 직전까지 관두려고 했었지만, 실제로 사건이 일어나고 보니 나는 직접 손을 댄 아버님보다 내가 더 비열하고 잔인한 살인범이라는 꺼림칙함을 갖게 되었다…. 그 꺼림칙한 마음에서 도망치기 위해 류스케가 범인일 가능성에 덥석 뛰어들었을 뿐이다….

유키코처럼 남의 탓으로 돌려서도 안 되고 괜히 속이려 해서도 안 된다. 섣부른 거짓말 대신 나는 그냥 입을 다물고 있으면 된다…. 그날 나오코를 일부러 집에 남겨두고 치과에 갔다는 것도. 그 아이 때문에 짜증이 나니까 어떻게든 해달라고 아버님에게 계속 속닥거렸다는 것도….

사토코는 계단 중간에서 몹시 불안정한 자세로 멀거니 서 있는 자신을 깨닫고 남은 계단 몇 개를 더 올라가 시아버지 방 옆의 문을 열었다.

가요는 침대에서 자고 있었다. 엄마에게 혼이 나고 그래도 잠깐 공부를 했는지 책상 위의 스탠드는 켜진 채였고 그 불빛이 가요의 얼굴 옆에 놓인 인형의 얼굴을 비추고 있었다. 이불 밖으로 나온 두 개의 얼굴은 똑같이 부자연스러운 각도로 굽어 있어서 어느 쪽이 부러진 인형의 목인지, 얼핏 봐서는 알 수 없었다.

그 때문에 둘 다 얼굴의 천진함이 애처롭게 보였다. 그 사건이 일어나고 한 달이 지나 가요도 이제 겨우 조금씩 침착함을 되찾았다. 하지만 곧 전화벨이 울리고 이 집안에 또다시 태풍이 몰아칠 것이다…. 사토코는 자신의 사랑스러운 딸이 잠깐이나마 편히 잠들 수 있도록 가만가만 머리를 쓰다듬고 스탠드 불을 꺼준 뒤에 방을 나왔다.

시아버지의 방이 기묘하게 괴괴한 것이 마음에 걸려 사토코는 다시 한번 들여다보려고 문손잡이를 잡으려다가 문득 그 손을 멈췄다. 사건이 터진 뒤부터 이렇게 어떤 일을 하다가 문득 움직임을 멈추고 생각에 잠기는 일이 많아졌다.

그 순간에도 조금 전 유키코가 전화로 "형부는 나를 감싸주려고 경찰서에 간 거야"라고 외치던 목소리가 떠오르고, 그 의기양양한 여운이 사토코의 머릿속을 점령해버렸다.

사토코는 자신의 얼굴 뒤편에서 심술궂은 미소가 떠오르는 것을 느꼈다.

어리석은 것. 유키코는 모든 남자들이 자신을 사랑한다고 굳게 믿고 있다…. 그렇게 믿고 싶으면 믿으라지. 아버님이 말했던 "이따금 이 집에 와서 그 아이를 죽이라고 명령한 여자"라는 게 유키코가 아니라 바로 나지만, 그걸 저라고 믿고 싶다면 그러라지. 그러고서 류스케가 자신을 감싸주는 것이라고 혼자 좋아라 하고 있으니.

아버님은 나와 유키코를 제대로 구별하지 못하고, 설령 구별한다고 해도 시집온 지 벌써 몇 년째나 되는 나를 이 집 안에서는 언제까지나 유키코와 다름없이 '이따금 찾아오는 타인'으로 생각하는 것이다.

유키코는 아버님이 착각한다는 것도 알지 못한 채, 저 좋을 대로 류스케가 자신을 감싸주는 것이라고 철석같이 믿고 있다. 하지만 류스케는, 아버님이 나와 유키코를 곧잘 착각한다는 것을 알고 있던 류스케는, '그 아이를 죽이라고 명령한 여자'가 사실은 바로 나라는 것을 곧바로 눈치챈 것이다.

어떤 이유에서인지는 모르겠지만 나오코를 죽인 사람이 자신의 아내라는 걸 류스케는 알고 있다. 내가 아버님에게 계속 은밀하게 속닥거렸다는 것도… 그날 내가 일부러 나오코를 아버님과 둘만 집에 남겨두고 나갔다는 것도… 내가 아버님을 이용해서 죄 없는 나오코를 죽였다는 것도….

그래서 나를 감싸주려고 아버님이 한 말을 경찰에 말하지 않기로 한 것이다. 결코 유키코를 감싸주려는 게 아니다. 왜냐하면 류스케는 사건 당일 히라타가 이 집에서 어떤 짓을 했는지 말하기 위해 경찰서에 갔고, 그렇게 되면 경찰은 히라타뿐만 아니라 유키코도 용의선상에 올릴 테니까…. 아니, 경찰에서는 유키코야말로 주범이라고 의심할 가능성이 높다. 상황이 그런 터에 류스케가 유키코를 지켜주려고 한다는 건 말이 안 된다. 류스케는 나를 지켜주려고 한 것이다…. 아버님이 한 말은, 아이를 죽이라고 한 사람이 유키코라고 하는 것 같지만 사실 아버님의 혼란스러운 머리를 생각해보면 반대로 유키코는 아니라고 얘기한 셈이다. 아버님이 경찰 앞에서도 나와 유키코를 자주 혼동하셨으니까 역시 아버님이 말하는 여자가 어쩌면 나일 가능성이 있다고 생각할 것이다. 특히 직접 나오코의 목을 조른 사람이 아버님이라는 걸 알게 되면 유키코보다 항상 아버님 곁에 있는 나를 더 의심할 것이다.

류스케는 그걸 염려해서 일부러 아버님이 한 말은 밝히지 않을 작정이다. 그리고 경찰이 히라타와 유키코 쪽을 주목하게 하려고 자신이 사체를 감춘 죄로 체포될 것을 뻔히 알면서도 경찰서에 갔다···. 사토코는 그렇게 생각하고 동시에 그 생각을 확신했다. 류스케의 심경이 어떻게 이토록 손에 잡힐 듯이 선명하게 보이는지, 사토코는 스스로도 신기했다.

몇 년 동안이나 서로의 눈을 피하고 외면하며 살아왔어도 우리 두 사람은 어느새 서로에게 가장 중요한 증인이 되었다. 평범하고 행복한 여느 부부와 하나도 다를 게 없는 것처럼···.

심술궂은 미소를 띤 채 사토코의 눈에서는 눈물 한 방울이 굴러떨어졌다. 그것은 류스케가 아내인 자신을 감싸주려고 경찰에 출두했기 때문이 아니었다. 그보다 지금 이 순간, 사토코는 갑작스레 매우 순수한 마음으로 자신의 죄를 인정하고, 그 사건이 일어난 참된 동기를 인정하고, 그날 이래 처음으로 아무 죄 없는 소녀를 죽음으로 몰아넣은 것에 대해 진심으로 후회했다.

내가 아버님을 이용해 그 아이를 죽였다···. 아버님과 유키코에게서 해방되고 싶었기 때문이라기보다 나는 그냥 그

279

아이가 미웠다. 그 아이가 류스케의 자식이라는 것을 아직
알지 못했지만, 그냥 그 아이가 가요보다 예쁘고 얌전하고
유키코를 꼭 닮은 화려함을 안에 감추고 있는 것을 용서할
수 없었다. 그 아이가 곁에 있으면 모두가 가요 따위는 무시
하고 그 아이만 예쁘다고 추켜세웠다. 마치 어렸을 때의 유
키코처럼….

　　그날 아침, 가요가 "나오코는 치과에 데려가지 말자"라
고 했던 건 그 때문이었다. 가요도 알고 있었던 것이다. 나오
코와 함께 가면 치과 선생님도, 대기실에 있는 사람들도 모
두 나오코만 예쁘다고 하고 자신은 무시한다는 것을…. 그
건 사토코가 어린 시절에 유키코만 예쁘다고 칭찬하던 어른
들의 목소리와 똑같았다.

　　그래서 아버님에게 "저 아이를 어떻게 좀 해주세요"라
고 계속 속닥거렸고, 그날은 아버님이 정말로 어떻게든 해
주기를 기대하면서 가요가 "나오코는 치과에 데려가지 말
자"라고 했을 때 "그럴까?"라고 대답했다…. 유키코를 미워
하듯이 나는 그 아이를 미워했다. 그래서 죽였다. 그 이유만
으로 죽였다….

　　밤은 고요했다. 하지만 이 고요함도 이제 곧 종말을 고
하고 경찰에서 걸려온 전화벨 소리가 요란하게 울리리라.
내일 아침부터 당장 언론사 관계자들이 이 집 초인종을 울
리고, 온 도시가, 온 나라가 다시 한번 이 사건으로 떠들썩해
지리라. 하지만 나는 아무 말도 하지 않을 것이다…. 내가 그
아이를 죽인 가장 잔인한 범인이라는 것을 영원히 아무에게
도 말하지 않고 침묵할 것이다…. 어느 누구에게도…. 나 자

신에게도….

　아까 방에 들어온 사람은 누구였을까.

　누가 이 방에 들어와 뭔가를 하고 나갔다. 자는 척하는 내 얼굴을 지그시 들여다보고 스탠드 불을 꺼서 방을 컴컴하게 해주고 나갔다.

　엄마일까. 아니, 분명 그 애다. 그 애는 아직 죽지 않았다. 이 집 어딘가에 숨어서 '숨바꼭질'을 하는 것뿐이다. 오늘은 이 인형의 눈 속에서 나를 슬쩍 내다보고 있었다. 그래서 나는 인형을 방바닥에 내동댕이쳐 목을 부러뜨렸다. 엄마는 그런 건 눈치도 못 채고 할아버지가 한 짓이라고 했다.

　모두 그날하고 똑같다. 그날도 치과에서 돌아왔을 때 주방이 할아버지가 먹은 사과로 잔뜩 어질러져서 엄마는 거기로 달려갔다. 그 애가 눈에 띄지 않아서 나는 정원으로 내려가 찾아봤다. 그 애는 숨바꼭질을 하고 있었던 거다. 틀림없다. 내가 "치과 갔다 와서 숨바꼭질하고 놀아줄게"라고 말했으니까. 나는 그 애가 진짜 싫지만, 숨바꼭질을 하면서 노는 건 싫지 않았다. 왜냐하면 내가 엄청 싫어하는 그 얼굴을 어딘가로 숨겨주니까. 나는 항상 술래가 된 척하며 그 아이를 찾지 않고 나 혼자만의 시간을 즐겼다. 정말로 지금도 그 애가 엄청 싫다. 아빠는 그 애를 좋아했고, 엄마는 그 애 엄마를 엄청 싫어했으니까.

　하지만 그때는 좀 찾아봤다. 나무 밑의 흙이 살짝 움직였다. 가까이 가봤더니 또 움직였다. 나무뿌리가 흙 속에서 불쑥 자란 것처럼 손가락 몇 개가 나오는 게 보였다.

그리고 흙 속에서… 푸슬푸슬한 흙 속에서 얼굴 모양 같은 것이 떠올랐다. 보이지 않는 누군가의 손이 흙으로 사람 얼굴을 만들어내는 것처럼 그건 조금씩, 조금씩, 얼굴이 되었다. 입이, 코가, 잠든 것처럼 꼭 감은 눈이 만들어졌다. 흙의 입이 괴로운 듯 움찔거렸다. 흙을 빨아들이면서 그 애는 열심히 숨을 쉬고 있었다…. 좀 힘들긴 하지만, 절대로 어느 누구에게도 들키지 않을 완벽한 숨을 곳을 그 애는 찾아낸 것이다.

얕은 흙에 덮여 그 애는 눈을 감고 있을 텐데도 흙 속에서 나를 빤히 바라보는 것 같아서 무서웠다. 내가 술래인데 그 애가 술래가 되어 나를 찾아냈다고 신이 난 것 같아서 정말 무서웠다. 그래서 그 흙 위에 올라섰다. 나는 그 위에 서 있었을 뿐이다. 하지만 발밑의 흙은 금세 조용해졌다….

나는 안으로 들어가 엄마하고 그 아이를 찾는 척했다. 시간이 많이 지나서 지쳐버렸을 때, 할아버지가 무슨 이상한 말을 했고 다케히코 이모부도 뭔가 눈치를 챈 것 같아서 내가 말해줬다.

"엄마, 아까 치과에 갈 때는 저기에 삽이 없었어."

내 말에 대답하듯이 뭔가 어려운 이름의 나뭇가지에서 오렌지색 꽃송이 하나가 뚝 떨어졌다.

그 애의 몸은 꽃이 떨어진 자리에서 금세 찾아냈다.

하지만… 진짜 숨바꼭질은 그때부터 시작되었다.

11

　한 여자가 있다.

　내가 괴로워하기 시작하면 그 여자는 항상 "괜찮아, 괜
찮아"라고 다정한 목소리로 나를 위로해준다. 희미하게 미
소를 머금은 그 입술에서 흘러나오는 목소리는 딱히 신심信
心 같은 건 없는 내게도 부처님이 건네주는 말씀처럼 들려서
항상 '자비'라는 단어가 머릿속에 떠오른다.

　자비.

　이제는 벌써 고갈된 우물이나 다름없는 내 머릿속에 그
말은 마지막 물 한 방울처럼 스며든다. 바짝 말라 금이 간 우
물 밑바닥의 흙에 빨려들어 한순간에 사라지기도 하지만,
기껏 한 방울의 그 물이 느닷없이 너른 바다처럼 넘쳐나 나
를 삼키고 죽음의 문턱까지 몰아붙이며 거꾸로 내게 더 깊
은 상처와 고통을 주기도 한다.

　그렇다, 내가 문득 그 섬의 일이 떠올라 "죽여야 해. 그

아이를 죽이지 않으면 나는 계속 괴로워져. 너희도 괴로울
거고 이 집도 괴로워져"라고 신음하기 시작하면 그 여자는
정말로 부처처럼 조용한 얼굴로 "괜찮아, 괜찮아"라고 다정
하게 위로하고 그와 동시에 나를 고통에 빠뜨리는 것이다.
이 집이 괴로워진다는 건 사실이다. 내 몸이 마비되면서 죽
은 살덩어리를 까마귀에게 쪼이는 듯한 고통에 갈가리 찢길
때, 내 늙은 몸처럼 낡아빠진 이 집도 삐걱삐걱 비명을 올리
고 괴로워하기 시작한다.

　　그래도 여자는 괜찮다고만 할 뿐이다…. 아니, 어쩌면
"좋아"인지도 모르고 "잘했어"인지도 모른다. 아무튼 단 한
마디 말이지만, 그 한 마디 뒤에 여자가 숨겨둔 수많은 말들
을 나는 분명히 알아들을 수 있다.

　　"죽여도 좋아"라고 여자는 말한다. "괜찮아, 당신 역시
고통에서 벗어날 수 있고, 이 아이 역시 고통에서 해방될 테
니까. 이 아이는 천사처럼 행복한 얼굴을 하고 있지만 사실
은 당신과 또 다른 사람들의 미움을 그 작은 몸으로 미처 다
받아내지 못해 울먹거리고 있어. 그러니까 이 아이도 편해
지는 거야…. 모두를 위해서야. 그러니까 괜찮아."

　　그런 다정한 목소리로 여자는 나를 위로해준다…. 나는
깊은 안도감과 함께 고개를 끄덕이지만, 동시에 그 목소리
에서 명령 같은 위압적인 것을 감지하고 겁에 질려 고개를
젓는다. 그러면 그 목소리의 주인은 반항적인 노예에게 화
를 내며 험한 말을 퍼붓는다. "죽여. 왜 죽이지 않아? 어차피
죽일 수밖에 없는데?" 그리고는 그다음은 승리를 기뻐하는
북소리처럼 터져 나온다. "죽여, 죽여, 죽여…"라고.

　　그때도 그랬다. 내가 섬의 밀림 속에 들어가 한 소녀를
만났던, 만나버렸던, 그때도.

　　그때 나는 노래를 흥얼거리고 있었다. 고국의, 고향 땅
의 민요를 부르고 있었다. 적군이 언제 공격해올지 모른다
는 불안감은 있었지만, 아직 섬은 평화롭고 바다는 푸르고
모래사장은 하얗고 태양은 그 작은 섬을 마치 노예나 개처
럼 금빛 사슬로 하늘에 묶어놓았다. 왜 그날 밀림 속에 들어
갔는지, 그건 이미 기억나지 않는다. 분명 섬의 안벽에 성채
를 쌓는 작업을 하다 잠깐 쉬는 시간에 홀연히 그곳에 들어
갔을 것이다. 낙원 같은 섬이지만, 북쪽 지방에서 자란 나는
살갗을 지글지글 태우는 적도의 햇빛에는 아무래도 익숙해
지지 않아 잠깐이나마 태양에서 벗어나려고 했을 것이다.
아마도.

　　밀림 속은 어둠침침했다. 그런데도 태양은 무성한 잎
사귀 틈새를 노려 눈이 아리게 번뜩이며 어둠 안쪽의 깊은
곳을 들여다보려고 했다. 소녀는 그 지나치게 눈부신 나뭇
가지 틈새의 햇빛 속에서 꽃을 동그랗게 엮으며 놀고 있었
다…. 아니, 소녀가 그때 무엇을 했었는지는 생각할 때마다
달라져서 어느 것이 정확한 기억인지는 이미 알지 못한다.
생각난다기보다 돌연 그 기억은 희미하면서도 기묘하게 선
명한 윤곽으로 내 뇌리를 파고드는 것이다. 소녀가 길을 잃
고 울고 있는가 하면, 그 작은 몸을 휘감듯이 날아드는 극채
색의 나비들과 노닐고 있는 일도 있다. 뭔가를 파묻으려고
나뭇조각으로 제 키를 훌쩍 뛰어넘을 만큼 깊은 구덩이를
파고 있는 일도 있다….

확실한 것은 그 소녀가 나를 보던 눈빛뿐이다. 그 눈빛은 돌연 나타난 일본군 병사를 보고 겁에 질려 있었다. 나는 소녀를 안심시키려고 웃어줬지만 그 눈에는 더욱 더 강한 경계의 빛이 떠오를 뿐이었다. 나는 천천히 다가갔다. 그리고 그 눈에 어린 것이 두려움도 경계도 아니라는 것을 깨달았을 때, 내 얼굴은 크게 일그러졌다.

그 눈은 나를 거부하고 있었다…. 나를 타인으로서, 다른 편으로서, 이물로서 거부하고 있었다.

눈부신 한 줄기 빛에 소녀의 얼굴은 하얗게 번지고 두 개의 눈만 남았다. 나는 소녀를 향해 "도망쳐!"라고 외쳤다…. 뭔가 위험한 것이 소녀에게 다가오고 있다. 섬 주민들이 '식인초'라고 두려워하는 풀이다. 굵은 넝쿨이 뱀처럼 구불거리며 소녀의 눈을 향해 뻗어간다. 넝쿨 끝부분에 달린 꽃이 다섯 개의 꽃대를 쫙 펼치고 머리 여럿 달린 뱀처럼 소녀의 얼굴을 삼키려고 한다…. 내 손이다. 그건 나도 어렴풋이 알고 있었다. 하지만 내 의지와는 상관없이 멋대로 뻗어나간 손이 인간의 손이라는 게, 내 손이라는 게, 도무지 실감이 나지 않았다. 누군가 내 몸 속에서 "죽여, 죽여"라고 외쳤다. 아니, 위로하듯이 다정한 목소리로 속삭였다. 다정하지만 내 손은 그 목소리에 저항하지 못한 채, 명령하는 대로 소녀의 목을 향해 다가갔다…. 나는 한사코 "도망쳐, 도망쳐!"라고 계속 부르짖었다…. 축 늘어진 소녀의 몸을 몇 달 만에 내린 비에 눅눅해진 방바닥에 눕힌 뒤에도 계속…. 방바닥?

나는 혼란스럽다.

오늘 밤에는 이상할 만큼 정신이 또렷해서 기억 속에서

지난 수십 년을 다시 새롭게 살아보는 것도 가능할 듯한 마음이 들었는데….

하지만 어쩔 수 없는 일이다. 기껏 한 달 전에 일어난 사건과 몇십 년 전에 머나먼 타국의 남쪽 섬에서 일어난 사건이 너무도 흡사해서 나는 이번 여름 한철 내내 수없이 혼란에 빠지고 그야말로 늙음이라는 병에 걸려 도무지 질서가 잡히지 않는 무시무시한 공백 속에 내던져진 기분이었다…. 지금은 괜찮다. 내가 혼란스럽다는 것을 알고 있고 기억을 정정할 줄도 아니까. 하지만 이러다가 내가 나라는 사람이 아니게 되는 날이 반드시 올 것이다. 아니, 이미 시작되었는지도 모른다. 이 년 전 아내 아키요가 세상을 떠난 뒤부터 나는 어떤 이유가 있어서 치매에 걸린 척해왔지만, 지난달에 그 사건이 일어나기 한참 전부터 때때로 치매는 연기가 아닌 실제가 되어 내가 무엇을 했는지 모르는 공백의 시간이 엄습하고 있다…. 그때도 역시 그렇다. 이 손으로 나오코의 목을 조르면서 그것이 이 년 전부터 계획된 일이라는 것을 내가 의식했었던가. 가까스로 기회를 잡아 이 년여의 계획을 실행에 옮기고 있다는 것을?

그때도 나는 그저 "괜찮아, 죽여도 괜찮아"라는 여자 목소리가 여름 햇빛에 썩어 문드러진 듯한 텅 빈 머릿속에 쟁쟁거리는 속에서… 그리고 머릿속 한 귀퉁이에서는 '나는 아직 그 섬에, 그 전쟁터에 있어'라고 중얼거리면서 나오코의 목을 졸랐던 게 아닌가.

하지만 어쨌든 지금은 아직 여러 가지 일들을 확실하게 떠올릴 수 있다. 아까 이 방을 들여다본 게 며느리 사토코라

는 것도, 지금 그 사토코가 아래층에서 누군가와 전화를 한
다는 것도, 알고 있다. 분명 경찰에서 온 전화다. 오늘 마침내
한 달 전의 그 사건이 한 가지 함정과도 같은 해결점을 향해
급속히 낙하하기 시작한 것이다…. 다케히코가 사토코를 찾
아와 긴 이야기를 나눈 뒤에 경찰서에 갔고, 저녁에는 류스
케가 경찰서에 갔다. 사건은 이 집의 거미줄처럼 복잡한 인
간관계 때문에 내 계획을 벗어나 뒤죽박죽 미로처럼 엉뚱한
방향으로 튀어버렸다…. 그날 내가 나오코를 죽인 직후에
웬 낯선 젊은이가 나타나 나오코에게 인공호흡을 시작했다.
그런데 그 참에 느닷없이 튀어나온 류스케는 그 젊은이가
나오코의 목을 조른 것으로 오해했다. 류스케는 자신이 오
해한 대로 경찰에게 말할 것이고, 그렇다면 형사들도 어지
간히 혼란스러울 것이다. 하지만 결국 그 젊은이가 불려 나
와 사건의 진상을 말할 테니까 문제는 없다.

　"나는 그 아이가 다시 살아날 수도 있다는 생각에 열심
히 인공호흡을 했을 뿐이에요. 내가 봤습니다. 그 집 할아버
지가 아이를 죽이는 걸. 내가 그 집에 들어간 게 그 직후였어
요. 그 할아버지는 아이의 목을 조르면서도 오히려 누가 자
기를 죽이려는 것처럼 비통한 소리를 내지르며 뭔가 알 수
없는 말을 하고 있었어요."

　처음부터 나를 의심했던 경찰은 아마 류스케의 말보다
그 젊은이의 말을 믿을 것이다. 그리고 나를 잡아다 어딘가
엄중한 감시가 딸린 감옥 같은 병원에 가둘 것이다. 이제 곧
그렇게 된다. 어쩌면 내일 아침 일찍이라도….

　경찰이 오면 나는 이유를 알 수 없는 말들을 늘어놓으

며, 이번에야말로 경찰을 속여 넘겨야 한다. 그러기 위해서는 우선 누구보다 나 자신을 속이고 나 자신을 향해 이유를 알 수 없는 말들을 주절거려야 한다.

그러니 그 전에 다시 한번, 아직은 또렷한 정신으로 7월에 일어난 그 사건의 진상을 말해두고 싶다.

누구에게?

물론 몇십 년 전에 내가 그 섬에서 만난 신기한 사람의 자취에게 말하려는 것이다. 나는 '그 사람'을 향해 아직은 정신이 또렷한 나의 마지막 말로써 참회하고자 한다.

그날 나는 섬의 소녀를 죽인 뒤에 내 손으로 판 구덩이에 작은 유해를 묻었다. 내 기억 속에서 때때로 소녀가 직접 땅을 파는 모습으로 나타나는 것은 그때 곁에 있던 소녀의 유해가 아직 살아 있어서 "내 무덤을 파는 거지? 도와줄까?" 라고 말하는 것처럼 느껴졌기 때문이다. 정말로 그런 말을 할 것 같은, 참으로 선한 얼굴이었다. 흙처럼 발갛게 그을린 그 작은 얼굴은 마치 흙으로 돌아가는 것을 기뻐하는 것처럼 보였다.

바로 옆의 한 그루 나무에서는 무수한 꽃을 매단 넝쿨이 구슬주렴처럼 땅바닥까지 늘어져 있었다. 진한 원색의 꽃이었을 테지만 태양 빛에 녹아들어 내 기억에는 티 없이 하얀 색깔로 낙인처럼 찍혀 있다. 그 꽃이 밀림의 음부라는 생각이 들었다. 속 깊은 어둠 속에 감춰져 있던 밀림의 음부를, 숲 사이로 뚫고 들어온 빛이라기에는 지나치게 강렬한 태양 빛이 허옇게 노출시켜버린 것이라고…. 꽃의 중심에는 어른 손가락보다 굵은 심지가 있고 넘쳐흐른 꿀물이 땅바닥 흙

위에 뚝뚝 떨어졌다. 허옇게 보일 만큼 농밀한 꽃의 꿀물을 '이승의 마지막 물' 대신 소녀의 입에 머금게 해주었다. 유해를 땅속에 눕히고, 따낸 꽃송이로 그 위를 가득 채운 뒤에 흙을 덮었다…. 나는 그 자리에 웅크리고 앉아 하룻밤을 보냈다. 오한처럼 몸이 부들부들 떨려서 그대로 내려가면 다른 병사들이 내가 저지른 짓을 알아챌 것 같았다. 경련이 가라앉은 다음에 돌아가 정글에서 길을 잃었다고 말하면 될 것이다…. 그런저런 생각을 하는 사이에 평생분의 일을 한꺼번에 해버린 듯한 피로감이 밀려와 나는 깊은 잠에 빠졌다.

동틀 무렵에야 깨어나서 나는 밀림을 빠져나와 바닷가로 내려갔다. 바다는 잔잔하고 어슴푸레 밝아오는 하늘에는 금세 쏟아질 듯한 별들이 아직 남아 있었다.

바닷가로 내려가 손에 묻은 꽃의 꿀물을 씻으려는데 찐득한 그것에 두 손바닥이 쩍쩍 맞붙었다. 작게 철썩이는 바닷물에 비쩍 마른 발을 담근 채 나는 모래사장에 무릎을 꿇은 상태였다. 그리고 그때 아득한 저 너머 수평선에서 사람의 자취를 보았다…. 사람의 자취라는 말 외에는 어떻게도 표현할 수 없는 모습이 바다에서 스르륵 떠오른 것이다…. 사람이 아니다…. 그토록 멀리 있는데도 사람의 자취로 보였다는 건 상당히 거대한 무언가다. 순간적인 내 느낌으로는 저 멀리 우뚝 선 불상이나 관음상 같은 것이었다. 그것이 바다 밑에서 떠오른 것처럼 수평선에 불쑥 일어서고… 다음 순간, 하얀 빛을 내뿜었다.

빛은 수평선을 타고 단숨에 영원의 저 너머까지 뻗어나가고, 인간이 서 있는 모습의 그것은 하늘로 무수한 빛줄기를 내뿜었다. 동시에 뭔가 작은 그림자를 점점이 바다에 흩뿌렸다…. 꽃이다…. 만다라화가 하늘에서 쏟아지는 빛 방울과 함께 바다로 흩어져 내렸다…. 나는 고향 땅의 절에서 했던, 꽃을 뿌리며 부처님을 공양하던 산화散華 공양이 머릿속에 떠올랐다. 원체 신앙심이 약해서 내가 믿는 신이라야 그 당시 모두가 믿던 일본의 천왕뿐이었지만, 그래도 고향 땅 절에서 스님이 독경을 하며 종이꽃을 뿌리는 의식에는 익숙해져 있었던 것이다. 종이가 아닌 진짜 꽃을 그 사람의 자취는 바다에 흩뿌리고 있다. 그렇게 생각할 수밖에 없었다…. 아니. 그렇게 생각한 건 한참 나중의 일이고, 그 순간의 나는 그저 모래사장에 무릎을 꿇고 찐득한 꿀물 때문에 나도 모르게 두 손을 맞붙인 자세로 저 멀리 사람의 자취를 멍하니 바라보았다. 우연히 그것을 향해 기도하는 자세를 취한 것이지만, 물론 내가 기도하고 있다는 것도 알지 못했다.

꽃은 물결을 타고 믿을 수 없을 만큼 빠른 속도로 육지를 향해, 내 쪽을 향해, 밀려들었다. 나는 더럭 겁이 나서 바다를 등지고 밀림 속으로 도망쳤다. 반나절 뒤에 그 모래사장이 일본군 병사의 사체와 피로 가득 메워져 낙원에서 일거에 지옥으로 변해버릴 줄은 상상도 하지 못한 채….

나중에 나는 그 사람의 자취가 군함이었다는 것을 알았다. 일본군에게 탈취당한 섬을 다시 빼앗기 위해 미군이 새벽 기습을 감행한 것이고, 내게로 밀려온 꽃들은 미군 병사를 태운 보트였다는 것을…. 아니, 수평선에서 그 자취를 발견하고, 나도 모르게 기도하는 자세를 취했던 순간에도 나는 그게 적군의 기습이라는 것을 알았을 테지만, 그 사람의 자취는 이 세상 것이 아닌 또 다른 존재로서 내 안에 낙인이 되어 다시금 허덕허덕 밀림 속으로 도망쳐 그 나무를 끌어안고 한껏 웅크리고 있었다. 총성과 수류탄이 터지는 소리, 병사들의 절규를 먼 천둥소리처럼 나오는 동떨어진 딴 세계의 소리로 들으며… 얼마나 시간이 흘렀는지 알 수 없었다. 밀림의 어둠이 짙어져 해가 지려고 한다는 것은 알았다. 총성은 멎고 섬을 온통 뒤덮은 광대한 정적 속에서 발소리가 들렸다. 발소리는 조금씩 내 쪽으로 다가왔다. 그리고 소리가 쏟아져 내려왔다. 한 번도 들은 적이 없는 괴상한 말을 내뱉는 목소리. 나는 고개를 들었다. 어둠 속에 나보다 두 배쯤은 큰 그림자가 우뚝 서서 당장이라도 나를 잡아먹으려 하고 있었다. 그들이 겨눈 총구는 밀림에 남아 있던 마지막 희미한 빛을 받아 내 눈앞에서 번쩍 빛났다. 곧바로 미군 병사라는 것을 알았는데도 나는 새벽에 본 그 사람의 자취가 마침내 나를 잡으러 왔다는 생각에 그 그림자를 우러러보며 기도하듯이 두 손을 맞댔다.

몇 군데 수용소를 전전하며 오랜 포로생활을 한 끝에 나는 종전 이 년 뒤에야 고국 땅을 밟았다.

고향에는 돌아가지 않고 도쿄의 먼 친척뻘 되는 사람의 집에 내 한 몸을 의탁했다. 그 친척에게서 고향에서는 내가 전사한 것으로 생각하고 있고 아내와 아이는 공습으로 사망했다는 소식을 들었다. 아내의 사망에도, 내 핏줄이 아닌 아이의 죽음에도 나는 별다른 슬픈 감정이 일지 않았다. 하지만 고향이 공습을 당한 날과 내가 섬에서 소녀를 살해한 날

이 똑같았다는 점에서 그 죽음이 단순한 우연이 아니라 어떤 인연일 것이라는 섬뜩한 느낌을 갖지 않을 수 없었다. 그 아이를 죽인 것은 나다. 내가 그 밀림에서 죽인 건 섬의 소녀가 아니라 그 아이다…. 그런 생각이 저절로 떠올랐다. 그 밀림 속에서 내 손이 왜 그 소녀의 목을 졸랐는지, 그때까지 도무지 알지 못했었는데 그제야 이유를 깨달은 듯한 마음이 들었다. 나는 아내를 증오하고 그 아이를 증오했다. 낯선 타국의 아이에게 그 증오를 폭발시킬 만큼 강하게.

하지만 언제까지나 그 일로 괴로워할 수만은 없었다. 그 시절의 다른 모든 사람들처럼 전쟁이라는 대규모의 범죄에 대한 책임 따위는 이미 지나간 일로서 잊어버리고, 어떻든 살아가지 않으면 안 되었다. 도쿄의 부흥에 발맞춰 나는 다시 일을 찾고 이윽고 재혼도 했다. 아내 아키요는 국어 교사였던 만큼 교과서 같은 말투를 쓰고, 자신에게나 타인에게나 엄격한 사람이었지만, 온화하고 다정다감한 면이 있었다. 첫아들도 낳고, 전후의 내 인생은 나름대로 충실하다고 할 만큼 행복했다. 한밤중에 꿈속에서 그 섬의 기억을 되짚으며 가위에 눌리거나 한낮에도 문득문득 그 순간이 뇌리를 스쳐서 숨도 못 쉴 만큼 심장이 옥죄이는 일도 있었지만 그건 몇 초 동안의 발작처럼 지나가고, 나는 대략 평범하고 온화한 인생을 살아왔다.

밤이면 잠꼬대를 하고 가끔은 갑작스레 입을 악물고 식은땀을 흘렸기 때문에 아키요는 내가 전쟁터에서 소녀를 죽였다는 건 어렴풋이 눈치챈 것 같았지만, 아들 류스케가 성인이 되어 결혼할 때까지 그 일은 캐묻지 않고 조용히 덮어주었다. 류스케가 결혼한 날 밤, 우리 둘만 남은 이 집에서 아키요가 처음으로 오랜 세월의 의구심을 입 밖에 냈을 때, 나는 모든 것을 털어놓았다. 고백이라고 할 만큼 대단한 건 아니고, 그저 먼 옛날의 추억을 이야기하듯이 담담하게 풀어놓았다.

"그 전쟁의 상처가 지금까지도 남아 있군요. 하지만 당신 책임이 아니에요. 전쟁 때였으니까 어쩔 수 없어요."

아내도 별로 마음에 담아두는 기색 없이 그렇게 나를 위로해주었다.

섬의 아이를 살해한 건 그 전쟁과는 아무 관계도 없는 나 혼자만의 큰 죄였지만 내 마음속에는 그것까지 전쟁 책임으로 떠넘기려는 마음이 없잖아 있었다. 전쟁이라는 광범위한 죄에 휘말리는 바람에 내 신경이 마비되어 그런 의미도 없는 살인을 저질렀다. 하지만 실제로 떠올리면 떠올릴수록, 생각하면 할수록, 내가 그 죄 없는 섬 소녀를 죽인 것에는 아무 의미도 없었다.

나는 분명 전처를 증오했다. 출정 열차에 올라타는 그때를 노려 자신의 배신을 고백한 그 여자를 섬에 간 뒤에도 내내 증오했다. 그 여자는 내가 전쟁터에서 틀림없이 죽을 것이라고 생각했기 때문에 뻔뻔스럽게 그런 고백을 했다. 그 여자도 전쟁을 이용해 거치적거리던 나를 죽이려고 한 것이다. 그런 아내를 내 손으로 목 졸라 죽이고 싶을 만큼 증오했다고 해도 그건 당연한 일이다. 눈 내리던 그 역에서 아내의 손을 잡고 있던 딸아이도 똑같이 증오했다. 하지만 평화로운 시절이었다면 밀림 속에서 우연히 만난 소녀가 딸아이와

비슷한 나이라는 이유만으로, 그 소녀가 나를 거부하는 눈
빛을 보였다는 이유만으로, 갑작스레 살인을 저지르지는 않
았을 것이다.

　밀림에서 끌려나온 나는 바닷가 모래사장을 가득 메운
시체의 처리를 거들어야 했다. 검은 연기와 시체 썩는 냄새
가 진동하고, 그 위에 쏟아지는 하얀 태양 빛은 거무칙칙해
서 섬이 통째로 전쟁의 불길에 지글지글 타죽는 것만 같았
다. 일본군이 벌인 무모한 전쟁에 대한 당연한 보복이기는
했지만, 작은 섬 하나를 탈환하기 위해 인간의 시체를 산더
미처럼 만들어낸 것이다. 그 크나큰 죄에 비하면 내가 저지
른 살인 따위는 금세 잊어버려도 괜찮을 만큼 미미한 것이
아닐까….

　그렇게 생각하려고 했다. 수없이, 수없이….

　하지만 소용없었다. 오히려 밀림에서 범한 내 죄가 단초
가 되어 그날의 전투와 살육을 불러들였고, 따라서 그 산더
미 같은 시체에 대한 책임도 나한테 있다는 꺼림칙함이 덮
쳐들었다. 천진무구한 천사를 죽인 내 죄 때문에 신의, 이 아
름다운 세계를 창조한 절대자의 뜻을 거슬러 수많은 사람들
을 내 죄에 끌어들였다는 마음마저 들었다.

　나이를 먹으면 사람에게는 과거가 모든 것이 된다. 내가
그 섬에서 들고 온 한 점의 검은 얼룩 같은 죄책감은 류스케
가 결혼했을 무렵부터 오히려 내 안에서 점점 더 커져가기
시작했다. 첫 손녀가 태어나자 그 아이의 성장에 맞춰 내 안
에서도 검은 얼룩이 생물처럼 조금씩 커나갔다.

　"딸이에요."

가요가 태어났을 때, 산부인과에서 돌아온 아내 아키요는 약간 걱정스러운 눈빛으로 내 얼굴을 슬쩍 훔쳐보며 그렇게 말했다.

전쟁 탓이지 당신 죄는 아니라고 말했으면서도 아내는 아내대로 내심 옛날의 내 죄에 얽매였던 것이다.

내 고백을 계기로 아내는 예전부터 공부하던 불교에 점점 더 빠져들었다.

분명 가요가 태어난 그 무렵부터 내 발작은 한층 더 심해졌다. 어느 날 밤인가, 전에 없이 식은땀을 흘리며 "도망쳐!"라고 소리치는 내 비명에 놀라 눈을 떴을 때, 어둠 속에서 아내 아키요의 목소리가 들려왔다.

"당신이 그 섬의 바닷가에서 본 건 역시 보살이었을 거예요. 아마 모든 중생을 구원하는 관음보살이었겠지요. 관음보살은 영원한 생명을 가진 석가여래께서 모든 중생이 경배를 올리기 쉽도록 형상으로서 나타나시니까요. 그 섬에서 어리석은 중생 한 명을 구제해주기 위해 부처님은 한순간 자신의 힘을 형태로 드러내 당신 눈앞에 나타나신 거예요. 당신은 꿈속에서 차마 그 여자애에게 손을 대지 못해 괴로워하는 것 같은데, 당신 손을 움직이는 건 부처님의 힘이지요. 섬에서도 그랬어요. 당신 손을 움직이는 것은 부처님의 힘이고, 당신의 의지가 아니라 좀 더 거대한 의지가 그 아이의 죽음을 원했던 것이겠지요. 그러니까 괜찮아요, 그 아이에게 손을 대도 돼요. 그러는 게 당신에게는 구원이 될 테니까. 당신은 하찮은 인간의 의지로 운명의 거대한 의지를 거스르려고 하기 때문에 괴로운 거예요."

　어둠 속에서 울려오는 독경처럼 조용한 그 목소리는 수평선에 떠오른 환영 같은 사람의 자취가 몇십 년 세월을 뛰어넘어 내게 직접 말해주는 것처럼 들렸다. 나는 저절로 자비라는 말이 머릿속에 떠올랐다. 하지만 그 말을 곧이곧대로 받아들인 건 아니었다. 분명 그 밀림에서 소녀를 죽였을 때, 내 머릿속은 하얗게 비어버렸고 누구를 죽인다는 의식조차 없었다. 하지만 내 손을 움직이게 한 것은 보살이나 운명의 힘 따위가 아니라 어디까지나 내 의지였다.

　살의가 있었다. 배신당한 자의 증오감인지 질투인지 분노인지는 모르겠으나 명백히 살의가 있었다. 오히려 그 순간, 나 자신을 집어삼킬 만큼 강력한 살의였기 때문에 마치 넋이 나간 듯 아무것도 의식하지 못했던 것이다.

　그보다 나는 그때 나 자신에게 어떤 의지가 있었는지 알고 싶었다. 꿈속에서도 나는 소녀의 몸에 손을 내밀면서 나 자신이 어떤 얼굴이었고 어떤 느낌과 생각을 갖고 있었는지 알고 싶은데 그걸 알지 못해 괴로웠다. 마치 기억상실자가 기억을 되살릴 단서가 되는 물건을 눈앞에 마주하고 생각이 날 듯하면서도 생각이 나지 않아 괴로워하는 것처럼….

　내게도 단서가 있었다. 그 공백의 시간은 검은 얼룩과도 같은 죄책감을 내 안에 선명하게 남겼다. 틀림없이 그 공백 속에는 죄 깊은 내가 있었다. 그렇다면 그걸로 좋다. 그런 천진무구한 소녀의 생명을 아무 관계도 없는 아내에의 증오 때문에 매장해버릴 만큼 어리석고 무서운 인간이라면, 그걸로 좋다. 어떤 의미에서는 그 공백의 한순간을, 영원과도 같은 한없는 공백의 몇 초 동안을, 현실의 내 얼굴이나 목소리로 메우기 위해 전쟁 후 수십 년을 이렇게 살아온 셈이니까.

아내 아키요 역시 진심으로 보살의 힘을 믿지는 않았다. 괴로워하는 나를 위로하려고 했을 뿐이다. 그 증거로, 아내는 내가 첫 손녀 가요를 품에 안는 것을 꺼려했다. 가요를 안아본 날이면 내가 발작을 일으킨다는 이유로.

하지만 가요는 괜찮았다. 내 품에 안긴 아기가 그 소녀의 환생인지도 모른다는 섬뜩한 느낌에 괴로워한 적도 있지만, 가요는 갓난아기 때부터 누구보다 나를 잘 따라서 앙앙 울다가도 내 얼굴을 보면 방긋방긋 웃었다. 그래서 나를 거부의 눈빛으로 바라보던 소녀가 마침내 나를 받아들여 주는구나, 아내의 말대로 부처님이 내 죄를 용서해주셨구나, 라고 생각되는 일이 많았다.

문제는 가요가 태어나고 이 년째 되던 해에 며느리의 여동생이 낳은 여자애였다.

그날 아키요는 옛 제자인 다케히코에게서 아내가 출산을 했다는 연락을 받고 아들 부부와 함께 산부인과에 갔다가 저녁나절에 혼자 돌아왔다. 그러고는 곧장 불단 앞으로 달려가 합장하더니, 비명 같은 소리를 내며 그 자리에 엎드려 울었다.

"그 아이는 다케히코가 아니라 류스케의 아이예요. 아무도 눈치채지 못했지만 나만은 첫눈에 알아봤어요. 귀 모양이 류스케를 꼭 닮았어. 복도에 혼자 서 있는 류스케에게 넌지시 물어봤는데 그냥 웃으며 얼버무리더군요. 하지만 류스케가 거짓말을 할 때의 버릇도 누구보다 내가 가장 잘 알잖아요."

아키요는 울면서 그런 엄청난 말을 토해냈다. 그날 며느리의 여동생이 출산을 했는데 어째서 류스케까지 산부인과에 갔었는지, 이제는 기억도 나지 않는다. 아키요는 그 이전부터 류스케와 그 여동생의 관계를 의심했고 뭔가 증거를 찾기 위해 적당한 구실을 만들어 류스케도 데려갔던 거라고 나 혼자 짐작했던 게 기억난다.

눈물이 가라앉자 아키요의 목소리는 분노로 바뀌었다.

"당신은 왜 남의 일처럼 입을 꾹 다물고 있어요? 당신의 전처가 지었던 죄가 이 집안에 다시 일어났단 말이에요. 예전의 당신과 마찬가지로 다케히코는 괴로워할 거라고요. 그런데 나는 가장 사랑하는 제자 다케히코를 그런 여자와 맺어주다니…. 아니, 이건 내 책임이 아니에요. 우리 류스케와 그 여자가 죄를 저질렀지요. 태어나기 전에 알았다면 절대로 아이를 못 낳게 했을 텐데…."

그러고는 느닷없이 고개를 번쩍 들더니 몹시 조용한 눈빛으로, 옆에 우두커니 서 있는 나를 올려다보며 말했다.

"아니, 지금이라도 늦지 않았어. 당신 전처의 죄를 어떻게 벌할지, 당신은 나보다 더 잘 알지? 그래요, 똑같이 해주면 되는 일이에요. 그 아이는 앞으로 자랄수록 남태평양 섬의 그 여자애보다 더 당신을 괴롭히는 아이가 될 거예요."

"무슨 어이없는 소리를 하는 거야?"

나는 그렇게 말했지만, 그건 아내라기보다 나 자신에게 들려준 말이었다.

그러니까 나오코라는 아이는 태어난 그날에 이미 사 년 뒤의 죽음이 약속되었던 것이다. 물론 신이나 운명의 의지가 아니라 나와 아내 아키요의 의지에 의해서. 하지만 내가 분명하게 그 아이를 죽이기로 계획한 것은 그로부터 이 년이 지난 뒤였다. 사 년 전 그날, 산부인과에서 며느리와 류스케가 나란히 돌아왔을 때는 이미 평소의 온화함을 되찾은 아내는 그뿐, 아무것도 모르는 척 넘어갔다. 하지만 그만큼 마음의 고통은 컸던지 이 년 뒤에 암에 걸렸고, 내가 혼자 병문안을 갔을 때 죽음의 짙은 얼룩이 찍힌 얇고 하얀 입술로 이렇게 말했다.

"당신, 아직도 악몽으로 괴로워하고 있지? 여보, 괜찮아요, 죽여도. 그 아이만 없어지면 다케히코도 류스케도 사토코도, 아니, 누구보다 당신이 구원을 받잖아요?"

한 여자가 있다.

그 여자는 올해 7월, 여름 한창 때에 한 소녀를 죽인 진짜 범인이고, 그때도 사건 현장에 있었다. 나는 교사敎唆에 따라 실행한 공범이었다고나 할까. 직접 손을 댄 것은 분명 나였지만 가장 중요한 범인은 내 바로 옆에서 항상 "괜찮아, 죽여도"라고 말했던 것이다.

그때 불쑥 나타났던 젊은이도, 그리고 류스케도 사실은 그 진짜 범인을 봤다. 두 사람 모두 그곳에, 그 불단 안에, 진짜 범인이 있다는 것을 과연 알기나 했을까.

어쩌면 류스케는 눈치를 챘는지도 모른다. 그날 나는 며느리와 손녀가 치과에 간 뒤에 그 불단 안에서 아내 아키요가 수없이 "괜찮아, 죽여도"라고 내게 말하는 목소리를 들었다. 그리고 내가 그 지시대로 해낸 뒤에도 불단 안의 아내는 "이제 됐어요. 죽이기를 잘했어"라고 말했다.

하지만 잘한 일일 리가 없다. 아무 죄도 없는 여자애가 그곳에 죽어 있었다. 이제부터 시작될 멋진 장래와 느닷없이 단절된 채, 그 자리에 죽어 있었다. 이 세상에 태어난 것이 몹시 손해나는 일이라는 듯 항상 어둡고 무표정하고 애교도 귀염성도 없는 그 아이를 나는 항상 마주 대하기가 껄끄러웠다. 하지만 언젠가 당뇨병에 좋지 않다면서 며느리가 내 과자를 빼앗아갔을 때, 그 아이는 며느리에게 들키지 않게 몰래 제 몫을 나눠주었다. 그래서 나중에 내 과자를 그 아이에게 나눠줬더니 평소에는 자꾸 사양하며 고집스럽게 고개를 가로젓던 아이가 웬일로 "응!" 하고 기쁜 얼굴로 고개를 꾸벅하며 얼른 받아먹은 일도 있었다.

비스킷이었는지 빵이었는지는 잊어버렸지만 입에 그걸 가득 물고 열심히 입을 오물거리던 그 얼굴은 내 머릿속에 낙인처럼 남아 있다.

"배가 고팠어?"

"응! 엄마가 아침에 많이 바빴어. 그래서 오늘은 아무것도 못 먹었어."

그 아이는 그렇게 대답했다….

그때의 그 얼굴, 내게 제 몫의 과자를 나눠줄 때, 무표정한 가운데서도 신비한 선함이 느껴지던 얼굴, 그 두 개의 얼굴을 그로부터 한 달이 지난 지금, 나는 후회와 함께 고통스럽게 떠올리고 있다. 그 두 개의 얼굴이 그 아이가 이 세상에 태어나 살고 갔다는 큰 증거인 것처럼….

아니, 그 아이의 몸이 내 손을 벗어나 방바닥에 스르르 무너지면서 그 무표정한 얼굴과 멍한 눈으로 나를 올려다본 그 순간에도 나는 '이 아이는 더 이상 그렇게 기쁜 얼굴로 입을 오물거리며 과자를 못 먹는 건가'라고 마음속으로 중얼거리면서 그야말로 멀쩡하게 깨인 의식으로 몹시 후회했다. 이건 결코 잘한 일일 리가 없다. 이 아이에게서 여린 동물 같은 그 두 개의 천진한 얼굴을 빼앗을 권리는 어느 누구에게도 없다….

그렇건만 아키요는 계속 불단 안에서 내게 명령하듯이 속닥거렸다.

"괜찮아, 그렇게 해도. 잘했어…."

나는 불끈해서 불단으로 달려가 아키요의 위패를 꺼내 방바닥에 패대기쳤다.

아키요의 목소리는 나 말고는 아무에게도 들리지 않는다는 건 알고 있다.

하지만 류스케는 내 행동의 의미를 알아차리지 않았을까. 불단 안에서 똑같이 위패가 된 어머니야말로 진짜 범인이라는 것을…. 그래서 제 어미의 범죄의 흔적을 감추려고 그 젊은이에게 위패를 불단에 다시 올려놓으라고 말했던 게 아닐까.

아니, 어차피 그것도 내 지레짐작일 것이다. 류스케는 단순히 당황했거나 뭔가 다른 이유가 있어서 그 젊은이에게 위패를 제자리에 갖다 놓으라고 했을 뿐이다. 게다가 나는 류스케보다 더 당황한 상태였다.

의식이 흐트러진 것은 아니지만, 너무 많은 것들이 소용돌이치는 바람에 내 머릿속은 도리어 태풍의 눈처럼 텅 비어버리고, 내가 왜 그 방에 있는지도 알지 못했다. 내 곁에 아주 조용한 얼굴로 서 있는 류스케를 바라보며, 이 사람은 누군가를 꼭 닮았다고 생각했다. 그게 누군지 필사적으로 생각해내려고 했다. 내가 살인을 저지른 현장에서 나는 그렇게 엉뚱한 생각을 했고… 잠시 뒤에 나를 닮았다는 것을 깨달았다.

그저 냉정할 뿐인 차가운 얼굴, 아무리 괴로울 때도 아무 감정도 없는 것처럼 보이는 백지 같은 무표정, 단 한 번도 슬픈 일이라고는 없었다는 듯한 메마른 눈빛.

젊은 시절의 내가, 전쟁 중의 그날 그 섬의 정글에서 소녀의 사체 옆에 우두커니 서 있던 순간의 나 자신이, 기억 속에서 튀어나와 거기에 서 있는 것만 같았다.

그리고 그때 이 년 만에 처음으로, 지난 시간 동안 정말로 괴로웠던 사람은 다케히코보다 오히려 여기 서 있는 류스케라는 생각이 들었다. 류스케는 무표정했지만 제 자식의 돌연한 죽음에서 자신의 죄를 보고 있었다….

이 년 전, 아내가 세상을 떠난 뒤부터 나는 치매에 걸린 척 하기 시작했다. 물론 그건 이 집에 이따금 찾아오는 여자애를 살해하라는 그 계획 때문이었다…. 아내 아키요가 세상을 떠나기 이 년 전, 며느리의 여동생이 아이를 낳는 것과 동시에 이 집안은 폭탄을 떠안은 꼴이었기 때문이다. 나는 어떻게든 그 폭탄을 제거해야만 했다. 그 아이가 제 엄마를 따라 진짜 내 집은 여기라는 듯이 천연덕스럽게 자주 드나들자 아키요는 불단 안에서 "괜찮아, 죽여도 괜찮아"라고 자꾸만 속닥거렸다. 명령과도 같은 그 목소리는 어느새 나 자신의 목소리가 되고, 그 아이를 죽이는 일은 내 계획이 되었다.

하지만 치매에 걸린 척 연기를 한 것은 딱히 그 계획 때문만은 아니었다. 아내를 잃고 나는 지뢰밭 전쟁터 같은 이 집에서 혼자 어떻게 살아가야 할지 알 수가 없었다. 게다가 실제로 전쟁 그 자체의 무거운 과거까지 짊어지고서….

과거에 사로잡힌 나를 아내는 결코 사랑하지는 않았지만 그래도 옛날 여자인지라 이래저래 나를 돌봐주었다. 매사에 의지가 되던 아내를 잃고 나는 황야에 홀로 내던져진 듯한 불안감에 휩싸였다. 스멀스멀 다가오는 죽음의 황야에서 나 혼자 그 옛날 전쟁터 섬의 기억과 싸워야 하는 것이다. 게다가 내가 패하리라는 건 불을 보듯 뻔한 일이었다. 나는 애초에 싸우기를 포기하고 그 기억에서 도망치기 위해 황야를 홀로 떠도는 수밖에 없었다….

그러기 위해서는 영문 모를 노인네가 되는 것이 가장 편리할 것 같았다.

내가 스스로 황야가 되어버리는 것이다. 그러면 옛날에 그 섬에서 범한 죄 따위는 전쟁터의 잔재가 뒤죽박죽 뒤엉킨 머릿속 어딘가에 매몰되어 잊어버릴 수 있다. 죄의식으로 고통받을 일도 없다….

내가 치매 노인인 척 하기 시작한 것은 뭔가 큰 잘못을 저지른 어린아이가 부모에게 들켜 혼이 나기 전에 어딘가 아픈 척 꾀병을 부려 자신을 방어하는 것과 같은 일이었다.

하지만 과연 어디까지가 연기였을까.

섬의 기억이 되살아날 때마다 발작적으로 몸이 자지러

드는 불안감에 시달렸던 나는 어떤 의미에서는 이미 병든 사람이었기 때문에 이 연기는 실로 간단한 일이었다. 하지만 어디까지가 연기고 어디까지가 실제인지, 나 스스로도 얼핏 구별이 되지 않을 때가 있었다. 며느리 사토코 앞에서 도무지 이해할 수 없는 노인 역할을 과장스럽게 연기하면서 문득문득 '나는 지금 연기를 하는 게 아니라 정말로 뭐가 뭔지 알 수 없는 게 아닐까'라는 의심이 들곤 했다. 사토코와 그 여동생 유키코를 일부러 혼동하면서도 정말로 눈앞의 여자가 누구인지 알 수 없는 일도 있었다.

아니, 그건 '있었다'라는 과거형이 아니라 바로 지금도 마찬가지다.

조금 전에 이 방에서 나간 여자가 다시 들어와 어둠 속에서 내 잠든 얼굴을 들여다보면서 "괜찮아, 괜찮아"라고 소리 없는 소리로 속닥거리고 있지만, 그게 누구인지 알 수가 없다…. 조금 전까지는 알았는데 이제는 모르겠다. 이 여자는 여름철에 접어들 무렵부터 며느리 사토코의 얼굴을 하고서 "그 아이 때문에 짜증이 나요. 어떻게 좀 해주세요"라고 수없이 속닥거렸다. 그리고 때로는 내 전처를 꼭 닮은 유키코라는 여자의 얼굴을 하고서 내가 "그 아이를 죽여야 해"라고 말하면 "좋아요, 그렇게 하세요"라고 대꾸했다….

내가 제대로 구별하는 건 류스케와 다케히코뿐이다. 지난 이 년 동안 비겁하게도 치매인 척 연기를 했던 또 다른 이유는 주위 사람들을, 특히 다케히코를 관찰하고 싶었기 때문이다.

동병상련이라고나 할까, 다케히코가 아내의 배신을 알

게 되고 나와 마찬가지로 괴로워하며 평생을 보내는 일만은 어떻게든 막아주고 싶었다. 그래서 항상 다케히코의 기척에만 신경을 쓰느라 나는 류스케의 고통은 막다른 곳에 몰린 그날까지 알아차리지 못했다.

그때 류스케는 나오코의 죽음에서 제가 저지른 죄의 깊이를 보고 있었다. 자신의 죄로 인해 자식을 죽음으로 몰아넣은 것을 깨닫고 있었다. 하지만 그건 류스케의 죄가 아니었다. 그건 내 전처의 죄이고, 그 죄를 용서하지 못해 어이없는 살인을 범한 내 죄였다. 그때만큼 류스케가 내 자식으로서 애처롭고 애틋하게 보인 적은 없었다. 나오코의 사체를 내려다보는 류스케의 눈빛은 몇십 년 전 그날, 섬의 밀림 속에서 소녀의 사체를 내려다보던 내 눈빛과 똑같았다…. 그리고 그것만이 내가 옛날의 죄를 이 집에서 재현했던 결과였다. 그래서 나는 연기하는 것도 잊어버리고 류스케에게 내 본래의 목소리로, "그 아이를 묻어줘라"라고 말했던 것이다….

재현이라고?

그렇다, 나는 무엇보다 그 섬에서의 범죄를 재현하기 위해 나오코를 죽였는지도 모른다. 내 이 손으로, 내 의지로…. 아내 아키요의 탓도 아니고 전처의 탓도 아니다. 사토코와 그 여동생의 탓도 아니다. 나는 단지 그 밀림에서의 몇 초 동안의 공백을 메우고 싶었다. 내가 어떤 얼굴로, 어떤 감정으로, 어떤 의식으로 죄 없는 섬 소녀를 죽였는지 알고 싶어서 그 사건을 재현해보려고 했는지도 모른다.

게다가 운명까지 섬에서의 그날을 재현하고 있었다. 7월

들어 다케히코에게서 전화가 걸려왔고, 며느리 사토코는 "여동생 일로 뭔가 상의할 게 있다니까 잠깐 다녀오겠습니다"라면서 나갔다가 약간 어두워진 얼굴로 돌아왔다. 다케히코가 아내의 배신을 감지했구나…. 그렇게 짐작하고 내가 애를 태울 즈음에, 예년에 없이 무더운 날씨가 온 집 안을 하얗게 달구기 시작했다. 저 남태평양의 섬처럼…. 그리고 바로 그날, 나는 나오코와 둘이서만 집에 남겨졌던 것이다. 아키요의 말대로 어떤 거대한 힘이 작동해서 내게 기회를 주었다고 생각할 수밖에 없었다. 게다가 가요와 숨바꼭질을 하기로 약속한 나오코는, 그림 그리기를 멈추고 숨을 곳을 찾기 위해 불볕이 쏟아지는 정원으로 내려가 꽃이 수없이 매달린 그 나무 밑을 오락가락 뛰어다녔다. 운명이 나에게 그 섬의 사건을 재현하게 해주는 것이라고 생각할 수밖에 없었다. 불단에서는 아내 아키요가 "괜찮아. 괜찮아"라고 부르짖는 것 같았다. 하지만 운명의 의지도 아내의 의지도 아니고, 이번에야말로 나 자신의 의지로 그 아이를 죽여야만 했다. 나는 냉정했다. 나 자신이 무슨 생각을 하는지, 어떤 얼굴을 하고 있는지도 분명하게 알았다.

　내가 그 아이를 부르자 쪼르르 내 곁으로 다가와 나를 올려다보았다. 하얀 빛이 머리칼에 엉겨서 소녀의 조그만 얼굴은 금빛의 신비한 광채에 둘러싸여 있었다. 나는 이번에야말로 나 자신의 의지로 두 손을 소녀에게로 내밀었다. 나는 다시 그 전쟁터에 있었고, 눈앞에 나와는 아무 관련도 없는 낯선 소녀가 있었다. 나는 그 얼굴에서 나를 배신한 아내와 딸아이의 얼굴을 보았다. 내 안에서 몇십 년 동안 똬리를 틀고 있던 증오가 쏟아졌다. 내 손은 그 증오에 떠밀려 소녀의 목을 향해 다가갔다…. 그리고 이런 어처구니없는 짓을 하는 나는 정말로 미친 것이라고 생각했다. 연기가 아니라 어느새 정말로 미쳐버린 것이라고….

"괜찮아."

다시 그 목소리가 들려왔다. 아키요의 목소리가 아니라 눈앞의 소녀가 그렇게 중얼거린 것이다.

한 여자가 있었다.

내 눈앞에 네 살짜리 한 여자애가 있었고, 스스로 이 범죄의 진짜 범인이 되려 하고 있었다.

"죽여도 괜찮아. 할아버지가 그렇게 하고 싶다면."

내가 물었다.

"왜 그런 말을 하지?"

"응, 엄마가 아까 전화했어. 할아버지가 나를 싫어해서 무서운 짓을 할지도 모르니까 도망치라고…. 근데 괜찮아, 죽여도."

"죽인다는 게 뭔지 알아?"

"아니. 근데 괜찮아, 그렇게 하고 싶다면. 그래서 할아버지가 힘들지 않게 된다면…. 할아버지, 힘들지? 얼굴이 힘들어 보여."

아니, 나는 환상의 목소리를 듣고, 뭐가 뭔지 알 수 없는 말을 하고 있을 뿐이다. 네 살짜리 어린아이가 그런 말을 할 리가 없다. 하얀 빛에 불타서 나는 또 다시 나 자신을 잃었다. 단지 내 손만이 먼 옛날의 죄를 기억하고 제멋대로 움직였다.

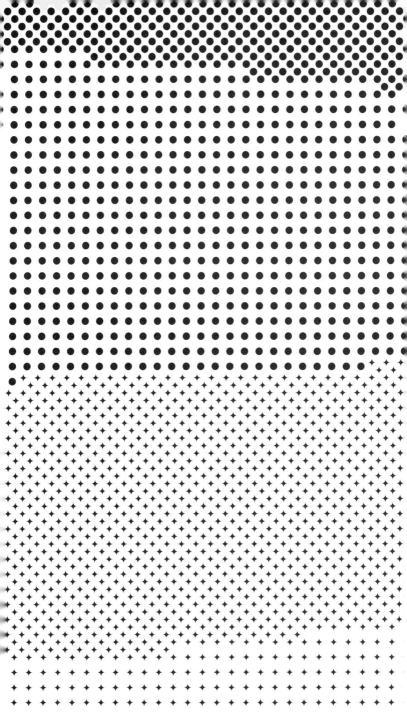

작가 렌조 미키히코를 소개합니다

1975년에 간행된 탐정소설 전문 문예지가 있었다. 이름 하여《겐에이조幻影城》. 이 멋진 이름은 일본 추리소설계의 대부 에도가와 란포의 평론집에서 따온 것이라고 한다.《겐에이조》는 아쉽게도 1979년에 폐간되었다. 그러나 사 년 남짓한 짧은 역사 속에서도 신인상을 통해 추리소설계에 아와사카 쓰마오, 구리모토 가오루, 다나카 요시키, 그리고 렌조 미키히코 같은 쟁쟁한 신인 작가들을 배출하여 이른바 '전설'의 문예지가 되었다. 작가 지망생 시절에 이곳의 팬클럽 회원으로 활동했던 미야베 미유키가 후에 유명한 추리 소설가로 성장한 것도 재미있는 일화로 전해져온다.

렌조 미키히코는《변조變調, 둘이서 한 옷 입기》라는 장편소설로《겐에이조》신인상을 수상하면서 작가로 데뷔했다. 마땅한 우리말이 없어 고심 끝에 '둘이서 한 옷 입기'라고 번역했지만, 이건 품이 넉넉한 겉옷 하나를 두 사람이 같이 입고 단추를 채운 뒤에 뒷사람만 옷소매에 팔을 꿰고 그 팔로 앞사람에게 뭔가를 먹이거나 손짓을 대신해주는 우스 갯짓을 가리킨다(일본어로는 니닌바오리二人羽織). 술자리 모임 등에서 자주 하던 여흥이라는데, 멀쩡한 내 손을 쓰지 못하 고 뒤에 붙어선 사람이 나 대신 손짓을 해주는 부조리한 상 황을 제목으로 쓴 데뷔 소설이라니, 그것만으로도 미리 내 용이 흥미롭게 상상되어서 시간 닿는 대로 꼭 한 번 읽어보 고 싶다.

작가 렌조 미키히코는 1978년에 데뷔한 뒤로《회귀천 정 사》(1981)가 일본 추리작가 협회상,《달맞이꽃 야정夜情》(1984) 은 요시카와 에이지 문학상 신인상,《연문戀文》(1984)은 나오 키 상,《숨은 국화》(1996)는 시바타 렌자부로 상까지, 굵직굵 직한 문학상들을 섭렵하면서 서서히 본격적인 일본 문단에 진입했다. 대담한 설정과 서정성 넘치는 문체, 반전의 트릭 을 구사하는 작풍으로 높은 평가를 받으며 모략 서스펜스와 유괴 사건 등 다채로운 추리소설과 심리주의적인 연애소설 을 꾸준히 써왔다.

하얀 태양 빛이 세상을 찌는 듯한 무더위로 채우고 그 속에서 진한 오렌지색으로 피어난 능소화의 정원을 배경으 로 지극히 평범한(?) 일가족의 이야기가 펼쳐진다. 치매 증세 의 시아버지를 모시는 성실한 가정주부 사토코, 그녀의 집 안 정원에서 네 살 난 조카딸의 사체가 발견되면서 이 평범 한 일상이 단번에 뒤흔들린다. 참혹한 유아 살인 사건과 관 련하여 그녀를 비롯한 일곱 명의 등장인물이 번갈아 자신의 속마음을 고백하면서 일가족의 뒤편에 숨겨져 있던 음울한 진실들이 하나둘 밝혀진다.

고백이라는 말에서는 진실함이 느껴진다. 등장인물들이 각자 마음속 깊은 곳을 어렵사리 드러내는 것이니까 물론 진실일 것이다. 그렇게 독자는 무의식중에 그들의 말을 '믿을 만한 진실'로 간주하고, 그것을 바탕으로 범인이 누구인지 추리하게 된다. 하지만 그다음 사람의 고백을 들어보면 앞에서 들은 고백은 단지 그 사람만의 진실이었고, 오히려 거짓된 범인을 유추하게 하는 트릭이었다는 것을 깨닫게 된다. 이 반전의 의외성이 독자를 충격으로 몰아넣는다. 애초에 고백이라는 것은 그 사람의 평소 이미지와는 전혀 다른 충격성을 지니고 있게 마련인데, 거기에 또 다른 사람의 고백이 뛰어드는 반전의 충격이 더해진다. 치밀하게 계산된 문장의 힘이 놀랍기만 하다. 고백이라는 형식을 빌린 '서술 敍述 트릭'을 한 치의 빈틈도 없이 짜내려간 '렌조 미스터리'의 세계다.

각 등장인물의 고백을 정확히 배치하여 마지막까지 범인을 감춰두는 구성력도 돋보인다. 끊임없이 '그렇다면 범인은 대체 누구야?'라는 강한 의문으로 유도하는 흡인력에는 이미 수많은 독자들이 감탄한 바 있다. 마지막 페이지를 덮고 난 뒤에 이 작가가 얼마나 독자의 추리적인 두뇌를 두루두루, 그리고 쉴 새 없이 조종하고 자극하는 주재자였는지 실감하게 될 것이다. '이런 추리소설을 읽고 싶었다!'라는 일본의 독자 평이 있었지만, 단연 추리소설로서 백미로 손꼽히는 작품이다.

이야기의 키워드는 '지난 전쟁의 상처'와 '배신'이다.

일본군이 벌인 무모한 전쟁, 사람들은 누구에게 어떻게 휘둘리는지도 모른 채, 혹은 어렴풋이 알면서도 마냥 휩쓸린 채, '그 당시 모두가 믿던 일본의 천황'과 그 상징으로서의 일장기 아래에서 하얗게 불타올랐다. 그리고 '그 시절의 다른 모든 사람들처럼 전쟁이라는 대규모의 범죄 책임 따위는 이미 지나간 일로서 잊어버리고' 다시 행복한 일상을 쌓아나간다. 하지만 대충 덮어두었던 그 범죄의 상처가 죽음을 앞둔 노인의 뒤엉킨 뇌리에서 되살아난다. 꽁꽁 얼어붙은 겨울날, 만세 소리와 일장기가 소용돌이치는 고향 역 플랫폼에서 남편은 죽음의 전쟁터로 향하는 열차에 오르고, 아내는 뿌연 유리창 너머로 미소를 지으며 자신의 부정을 고백한다···. 모든 죄의 악연은 거기서부터 시작되었다.

무엇보다 섬뜩한 것은 모두 별다른 직접적인 의도가 없었는데도 죄를 짓게 된다는 것이다. 등장인물 모두가 범인이 아니면서 범인이다. 어쩌면 인간의 내면에 잠재한 어둠을 포착하는 이 작가의 시선이 살아 있는 한, 우리 모두가 공범인지도 모른다. 이야기의 갈피갈피마다 '무표정한', '마치 남의 일처럼'이라는 말이 자주 나오는 이유를 음미해보는 게 좋겠다. 실제적인 문제로서, 과연 이들 중 누가 법망에 걸려 형을 받게 될지 반추해보는 것도 추리소설의 재미를 더해줄 것이다.

렌조 미키히코는 몇몇 작품에서 공통적으로 '악녀 캐릭터'를 등장시켰다. 이번 이야기에도 타성과 충동으로만 움직이는 '유키코' 캐릭터가 유난히 선명하다.

그저 존재하는 것만으로도 남자를 충동질하는 몸…. 그녀를 유리라고 한다면 아직 녹아 있는 상태의 뜨겁고 유연한 액체 유리였다. 남자를 갖고 놀듯이 마음껏 꿈틀거리며 형태를 바꾸는 몸.

그런 유키코에게 번롱당하는 남자의 절절한 절망감은 2시 41분이라는 시간과 함께 아주 오래도록 기억에 남는 장면이 될 것 같다. 믿음을 배신당한 이들을 위한 레퀴엠이랄까.

결혼식을 올린 그날 밤부터 꾹꾹 억누르며 참아온 모든 것을 청산해버릴 생각으로 나는 주방에 들어가 눈에 띈 식칼을 집어 들었습니다. 하지만 그때도 칼날은 의외의 방향으로 튀면서 나는 묘한 친밀감에 휩싸이고 말았습니다.

벌써 몇 년째 남편에 대해 다정한 마음이라고는 가져본 적이 없었는데 그가 나오코를 살해한 잔인한 범인인지도 모른다고 의심하기 시작하자마자 갑작스럽게 왜 다정한 마음이 생겨나는지, 사토코는 알 수가 없었다.

다케히코가 느낀 친밀감, 사토코가 느낀 그 알 수 없는 다정함은 정말 무엇이었을까.

선과 악, 죄와 벌이 얽혀 있는 지그소 퍼즐을 한 차례 뒤엎은 다음에 다시 한 조각 한 조각 맞춰나가다 보면 그 이분법을 뛰어넘는 광대무변의 세계가 펼쳐지는 것 같다. '꿈보다 훨씬 깊은 꿈에 떨어진' 것처럼 진실은 '탁한 유리창 몇 겹 너머에 놓고 바라보는 듯 희미'한 것이다.

　마지막의 마지막에 독자를 후려치는 반전을 그저 섬뜩한 것으로만 받아들이지 않고 이 작가의 의중을 헤아리자면 얼마나 많은 경험과 아픔을 쌓아야 하는 걸까.

　렌조 미키히코는 집안이 정토진종 사찰이어서 작가로 데뷔한 이후에 일 년여 동안 절필하고 불문에 정진하여 지순智順이라는 법명을 받았다고 한다. 한편으로, 어렸을 때부터 영화를 좋아해 대학시절에 시나리오 공부를 위해 프랑스에 유학했다고 하는데, 그런 경험들이 이 소설에 녹아들었을까.

　추리소설은 자칫 오락용으로 흐르기 쉬운 가운데, 흡입력 강한 서술트릭을 치밀하게 구사하면서도 문학적인 격조를 잃지 않고 인간의 깊은 내면을 흘깃 엿본 듯한 섬뜩함을 보여준 멋진 소설과 작가를 소개할 수 있어서 참으로 뿌듯하다. 우리 독자들의 감상이 기다려진다.

백광

초판 1쇄 발행 2022년 2월 14일
초판34쇄 발행 2024년 11월 19일

지은이
렌조 미키히코

펴낸이
서현동

옮긴이
양윤옥

펴낸곳
㈜오팬하우스

책임편집
김혜영

출판등록
제2024-000141호
(2024년 5월 16일)

디자인
보이어

주소
서울특별시 강남구 테헤란로
419, 11층

책임마케팅
김서연, 김예진, 김소희, 김찬빈,
박상은, 이서윤, 최혜연, 노진현,
최지현, 최정연, 조형한, 김가현,
황정아

이메일
info@ofh.co.kr

ⓒ 렌조 미키히코

마케팅
최혜령

ISBN
979-11-91043-61-7 (03830)

경영지원
백선희, 권영환, 이기경

제작
제이오